청춘송가 2

청춘
송가 2

남대현 지음

아시아

일러두기

1. 소설 본문은 띄어쓰기와 일부 부호를 제외하고는 북한의 어문법에 따르는 것을 원칙으로 삼았다.

2. 북한에서만 쓰는 단어와 남한에서 익숙하지 않은 단어가 처음 나올 때 괄호 안에 설명을 넣었다.
   예) 걸구(거지 귀신), 겨끔내기로(서로 번갈아), 미누스(빼기), 밤패워(밤새워)

3. 남한에서는 과도하게 사용하고, 북한에서는 과도하게 사용하지 않는 '두음법칙' '사이시옷' 등도 단어가 처음
   나올 때 괄호 안에 남한 어문법에 따라 표기하였다.
   예) 곤난(곤란), 녀선생(여선생), 란간(난간)
       구두발(구둣발), 귀속말(귓속말), 나무잎(나뭇잎)
       부러(일부러), 바나(버너)

4. 독자들의 편의를 위하여 책의 맨 뒤에 표기법이 다른 단어와 남한에서 익숙하지 않은 단어들을 가나다 순으로
   실어 찾아보기 쉽게 하였다.

차례

5장

할 수 있는 일과 해야 할 일

22

"어떻소? 이젠 좀 낫소?"

진호를 찾아온 초급 당 비서 상범은 병원 앞마당 느티나무 아래에 있
는 의자에 그를 끌어다 앉히며 이렇게 물었다.

"이젠 좀…"

자리에 앉기는 했으나 진호는 고개도 들지 못한 채 기여들어가는 소
리로 대꾸했다.

"어쨌든 그만하니 다행이요."

"면목이 없습니다."

"정말 큰일 날 번했단 말이요."

물끄러미 진호를 바라보던 상범은 갑자기 생각난 듯 주머니에서 담배
를 꺼내며 약간 엄한 어조로 말했다.

"한데 어째서 그런 일을 아무 토론도 없이 했소? 어째서 갑자기 그런 용단을 내렸는가 말이요."

"…"

어떤 자학의 감정에 치받쳐 오른 진호는 자신에 대해 뭔가 혹독한 말을 하고 싶었지만 목이 메여 말이 나가지 않았다.

"그래, 시험에선 뭐 새로운 것이라도 알아냈소?"

사실 연료와 가스와 공기의 배합비에 따라 온도가 예상 외로 달라진다는 새로운 발견은 진호에게 있어서 커다란 의의를 가지는 것이 아닐 수 없었다.

그러나 그것은 유독 자기만이 그것도 륙감으로 알아차린 데 불과하기 때문에 비서에겐 그런 설명이 사고를 무마시키려는 변명으로밖에 들리지 않으리라는 것은 너무도 뻔한 일이여서 잠자코 있기만 했다.

"알아두오만 직장에선 모든 사람들이 이젠 동무의 기술안에 머리를 젓고 있소. 기사들은 말할 것도 없고 로동자들까지도 말이요. 공장에서는 또 뭐라는지 아오? 사태의 엄중성으로 하여 공장적인 사고심의를 따로 조직하겠다는 거요. 사고에 대한 처리며 동무에 대한 결론을 거기서 확정할 모양이요. 그렇지만 결론은 벌써 명백하오. 새 연료안 연구는 그만두어야 하며 동문 모든 피해에 대한 책임을 전적으로 져야 하오."

진호는 자기 머리 우에 떠돌던 검은 구름이 이젠 뚜렷한 형체로 나타났다는 것을 절감하지 않을 수 없었다.

"그래 어떻게 하겠소?"

"할 수 없지 않습니까. 결정되는 대로 하는 수밖에."

가슴은 미여지는 것 같았으나 그런 일은 이미부터 각오하고 있었다는 듯이 그는 혼연한 표정을 지어보였다.

"결정되는 대로 하겠다…"

상범은 자리를 고쳐 앉으며 깊숙이 빨아드린 연기를 후- 하고 내뿜었다.

진호는 지금 비서의 추궁을 전적으로 타산도 없는 기술안을 시험한 결과 엄중한 후과를 빚어낸 데 대한 비판으로만 받아들였지, 반대로 그 자신이 자기에 대한 그 어떤 자책과 후회로 하여 가슴 아파하고 있는 줄은 전혀 짐작도 못하고 있었다.

자식의 행동을 놓고 꾸지람하는 부모는 자식의 소행이 위험했던 것일수록 더 호되게 꾸짖게 되는데 그것은 앞으로 다시는 그런 일이 없길 바래서인 것이다. 그러나 반대로 그 소행이 위험하긴 했지만 참된 것이라는 걸 알았을 땐 오히려 자식을 제때에 도와주지 못한 것으로 하여 더 가혹해지는 부모도 있는데, 이런 준절함은 어느 부모에게나 다 해당되는 것이 아니라 진실한 사랑을 아는 참된 부모에게만 한하는 것이다.

사실 상범은 진호가 사고를 낸 다음에야 비로소 자기가 그에 대해 너무도 무관심했다는 것을 깨달았던 것이다.

누구에 대해서건 그 사람을 잘 알자면 후에 가서 고치고 바로잡기 힘든 오해나 편견에 떨어지지 않도록 두고두고 신중히 따져봐야 한다는 것을 철칙으로 삼고 있는 그였으나, 진호에 대해서만은 선입견이 작용했다는 것을 시인하지 않을 수 없었다. 따져보면 그것은 그가 목적하는 일에 비해 그 자신의 힘이 너무도 미약하다는 데서 오는 편견과 우려의 결과였다.

진호에 대해 특히 그의 기술안에 대해 관심을 돌리는 과정에 그는 곧 하나의 사실에 놀라지 않을 수 없었다. 그것은 그가 어떤 각오와 충동과 열정을 가지고 새 연료안 연구에 달라붙고 있는가 하는 그것이었다.

확실히 그는 여느 사람들과 달랐다.

용해공들과의 담화를 통해 더우기 진호가 자기 기술안을 위해 대학 초기부터 적어온 시험일지를 보면서 그는 이것을 더욱 통감하지 않을 수 없었던 것이다.

그의 시험일지 첫 장에는 이런 글이 적혀 있었다.

"그 동무들에게 조금만 기다리라고 하시오. 지금 원유가 두만강까지 와 있습니다."

이것은 그 당시 어느 부문에 원유가 시급히 필요하다는 보고를 받고 당에서 해당 일군들에게 한 말이었다.

이 말이 얼마나 가슴에 맺혔으면 첫 장에 또박또박 새겨 넣은 것일가? 안타까와하는 당의 입장을 헤아리며 한 자 한 자를 눈물로 써 넣었으리라!

바로 당의 이 심려가 그의 모든 행동과 사색의 원동력이라는 것을 보풀이 인 사 년간의 시험일지가 여실히 증명하고 있었다.

때문에 남들이 중유를 우선적으로 해결해준 당의 배려를 사랑으로만 받아 안을 때에도 그는 도리여 당에 대한 죄책감으로 가슴을 뜯었고 그처럼 남들이 대단한 혁신안으로 여기는 '중유절약안'조차 그에게는 대수롭지 않은 것으로만 보인 것이 아닌가!

사람들은 누구나 말로는 다 자기의 당의 뜻을 받들어 일한다고 하지만, 정작 따져보면 그 각오와 감정에는 차이가 많은 것이고 바로 그 차이로 하여 서로 다른 결과가 나타나는 것이다.

흔히 어떤 사람들은 당의 교시를 법적인 과제로, 지상의 의무로 받아들이긴 하지만 거기에 머무르기만 할 뿐 그것을 수행하지 않고는 견디지 못할 최대의 욕망, 간절한 충동으로까지 승화시키지는 못하는 것이다. 그러나 진호는 바로 거기에 자기의 모든 것, 기쁨과 행복, 환희와 사랑은 물론 분노와 울분까지도 담고 있는 것이었다.

진호에 대한 이런 새삼스런 느낌은 자기에 대한 뼈아픈 자책, 사람을 책임진 당 일군으로서 진실한 한 인간을 너무나도 소격하게 대했다는 괴로운 자책과 함께, 사람을 똑바로 볼 줄 알고 올바르게 지도한다는 것이야말로 얼마나 힘든 일이며 또 얼마나 섬세한 과학인가 하는 진리를 통절히 느끼게 했다.

하지만 그 과정에 그는 보다 놀라운 한 가지 사실에 부딪치지 않을 수 없었다. 그야말로 깜깜한 어둠 속에서 한 줄기의 서광을 본 것처럼 정신이 퍼쩍 드는 그런 엄연한 사실이었다.

그것은 자기가 여태껏 고민하면서도 종내 해결책을 찾지 못해 모대기던(괴롭거나 안타깝거나 하여 몸을 이리저리 뒤틀던) 문제, 즉 요즘 직장 전반을 지배하고 있는 비정상적인 사태를 수습할 방도가 바로 그의 새 연료안과 관련되어 있지 않을가 하는 느낌이었다.

의존심으로 만성화된 사람들의 관점과 새 연료를 도입하려는 진호의 자각, 이것은 중유로부터 파생된 문제이긴 하면서도 서로가 극단을 이루고 있는 것이었다.

만약 그의 기술안이 가능하다면 그 수행으로 사람들을 동원하여 그들의 그릇된 관점을 바로잡아나갈 수 있지 않겠는가. 바로 이것이 우리 직장이 걸린 문제를 푸는 열쇠, 내가 틀어쥐고 나가야 할 중심 고리가 아니겠는가!

이런 생각이 그를 불길처럼 사로잡기 시작했던 것이다.

집단이란 잘라놓아도 하나와 같이 훌륭한 단면을 가진 강괴와 같아야 한다. 그렇지만 훌륭하게 보이는 단면도 산으로 표면을 침식시키면 드문드문 반점들이 나타나는데 그것이 바로 강철 내에 함유된 불순물인 것이다.

그 불순물이 지금 직장에서는 중유에 대한 사람들의 만성적인 관념이다.

이 불순물을 없애자면 오직 중유가 아닌 우리의 연료로 강철을 졸여내는 과정을 통해서만 사람들도 참답게 단련시킬 수 있는 것이 아니겠는가!

생각할수록 그 이상 더 정당하고 적합한 대책이 없을 상싶었다.

하지만 아직은 주관에 지나지 않았다. 문제는 의도에 있는 것이 아니라 기술안의 현실적인 가능성 여부에 있기 때문이었다.

결코 그의 의도가 옳고 방법이 섰다고 해서 무턱대고 내밀거나 특히 기술은 무시하면서 대중들을 부추겨대는 우둔한 일군이 아니였다. 반대로 기술에 대한 파악이 있고야 방법이 있으며 그런 파악에 기초한 방법 이래야 어떤 의도도 올바로 실현된다는 것을 원칙으로 여기는 것이였다.

그는 공업시험소며 연료연구소로 다니며 여러 사람들과 새 연료안에 대해 구체적으로 토론해보았다. 언제나 그런 것처럼 이번에도 진호의 기술안을 부정하는 립장에서 상대방과 론쟁을 벌려나갔던 것이다.

누구던 자기를 반박하고 납득시키는 사람이 있기만을 고대했으나, 그런 사람은 유감스럽게도 하나도 없고 도리여 자기의 보잘 것 없는 공격에도 이내 수그러들고 마는 것이였다.

자기의 희망이 한갖 공상에 지나지 않는다는 것을 느끼게 될 수록 그는 부아가 더 치밀어 올랐다.

'아무래도 진호를 직접 만나봐야겠어. 다른 사람은 몰라도 그야 어떻게든 덤벼들 테지!'

그래서 병원으로 온 것이였으나 그를 대하는 순간 어떤 비관에 젖어 있다는 것을 알고는 정말 격분하지 않을 수가 없었던 것이다.

그는 오늘 진호한테서 하나의 새로운 측면을 찾아보게 되였는데, 그것은 그가 심장이 가리키면 어떤 일이라도 하고야 마는 사람이지만 어떻게 해야 그것을 가장 빨리 더 효과적으로 할 수 있는가 하는 것은 모르고 있다는 사실이였다.

오직 자기의 힘을 경기에 나선 선수의 역할로만 생각할 뿐 집단이라는 유기체와 결부시켜 따져보지 못했다. 확실히 그에게는 자기가 옳다는 것을 대중을 통해 확인하려는 습성이 적었고 그들한테 인정받는 습관이 없었다. 일이 어렵고 힘들수록 그들에게 의지해야 풀리며 그때라야 진정한 힘이 발휘된다는 것을 알지 못하거나 안다 해도 무시하고 있는 것이었다.

"그러니 비서 동지도 저의 기술안을 전혀 가망이 없는 걸로만 보십니까?"

이 물음에 대한 대답에 따라 자기의 운명이 결정되기라도 하는 것처럼 비서를 마주보는 진호의 두 눈은 사뭇 긴장돼 있었다.

"내가 어떻게 생각하던 그게 무슨 상관이요. 나야말로 언제나 대중들의 의사를 쫓아야 할 사람이 아니요."

상범은 진호를 흘끔 훔쳐보았다.

"동문 혹시 지금 내가 등물 지지해 나서면 되지 않을가 하고 생각하는 게 아니요? 천만에! 아무리 사상이 좋고 의도가 좋아도 과학과 기술이 안받침 되지 않으면 절대 안 되오. 기술안은 어디까지나 기술적인 문제니까. 설사 내가 사람들을 동원시킨다고 합시다. 그렇다고 그들이 호응해 나설 것 같소? 그 일에 대한 정당성을 느끼고 진심으로 궐기해 나설 것 같은가 말이요. 아니, 절대로 나서지 않을 거요. 무슨 근거로? 무슨 과학적인 담보가 있어서?"

"그럼 제가 설명하지요. 이걸 보십시오."

얼른 땅바닥에 내려앉은 진호가 막대기를 쥐고 땅에 금을 긋기 시작하자 상범은 손을 저어보였다.

"그만두오! 자기 기술안에 대한 희망을 잃은 사람들의 입에서 무슨 소리가 나오겠소. 나온대야 어떤 설분(분한 마음을 품)에 지나지 않을 걸. 또 그런 사람이 기술적인 신념이 있다면 얼마나 있겠소."

그러면서도 그는 진호가 금을 긋는 땅바닥만 유심히 내려다보기 시작했다.

23

출장지에서 돌아올 때까지만 해도 황홀한 기대의 상상통으로 날아오르던 태수였으나 직장에 들려 집으로 향하는 지금에 와서는 정반대의 감정, 누를 길 없는 절망으로 하여 가슴이 미여지는 것 같았다.

숱한 탐색과 실패와 수정을 거듭한 끝에 자기의 완성된 특성을 가지고 뚜렷이 살아났던 매개의 선들, 그처럼 많은 고통과 기쁨을 가져다준 요소들, 또 그처럼 힘들게 이룩하였던 그 모든 조화의 률조들이 일조에 거품처럼 날아가고(흩어지고) 만 것이 아닌가!

생각할수록 울분이 솟구쳐 올라 견딜 수 없었다.

그러나 입원하고 있는 진호를 생각하면 자기가 그런 괴로움만 터뜨려 놓을 수 없다는 구속감에 사로잡히지 않을 수 없었는데 이것이 그에게는 더 고통스러웠다.

워낙 사소한 감정도 숨기지 못할 뿐 아니라 그것을 그대로 털어놓는 것만이 진실한 것이라고만 믿어 마지않는 그로서는 이런 경우를 당해보지도 못했거니와 당한다 해도 어떻게 처신해야 할지 가늠조차 할 수도 없었다. 아무리 참아야 한다고 속다짐하는 일도 감정은 한사코 그 계선을 넘어서는 것이었다.

터벅터벅 걸음을 옮기며 외진 오솔길로 접어든 그는 비탈 쪽에서 마주 걸어오는 은심이, 분명 전화로 자기가 돌아왔다는 것을 알고 아까부터 집 앞에 나와 기다리고 있었을 안해에조차 말 한마디 던질 기분이 없었다.

"수고하셨어요."

"…"

"가셨던 일은 잘 됐어요…?"

"…"

자기를 대하는 조심스런 거동에서 태수는 은심이가 자기의 기분 상태를 이미 간파하고 있다는 것을 알았다.

아닌 게 아니라 은심이는 다 짐작하고 있었다.

마당에 들어서서도 그는 괴로와하는 남편 앞에서 어떤 태도를 취해야 좋을지 몰라 한동안 서성거리기만 했다. 그러다가 자기의 그런 매련때기(헤아려서 갖춤) 없는 행동이 오히려 남편의 기분을 더 잡쳐놓을지도 모른다는 생각으로 하여 조용히 부엌으로 향했다.

"여보!"

너무 무뚝뚝하게 들리는 남편의 목소리에 은심은 놀라지 않을 수 없었다.

"네?"

"술 없소?"

"술요?"

창황 중에도 은심의 입가에는 엷은 미소가 스쳤는데 그것은 걸핏하면 과격하게 나오기 잘하는 남편의 버릇을 감촉했기 때문이였다.

"있어요. 왜요?"

"가져오오."

"지금요? 지금은 안 돼요!"

은심이를 치떠 보는 태수의 눈길은 남편으로서의 권위를 행사할 때마다 나타내군 하는 그런 위엄 정도가 아니라 어찌 보면 무섭기까지 했다. 그래서 은심이는 얼른 부언하지 않을 수 없었다.

"드리긴 하겠어요. 그렇지만 병원에 갔다 오신 다음에요."

"병원에? 병원엔 내가 뭣 하러 간단 말이요. 누가 뭐 다리라도 부러졌다오?"

늘 자기의 속심을 정확히 알아맞추군 하는 은심이가 어느 땐 더없이 사랑스러웠으나 지금은 도리여 얄밉기만 했다.

"아무래도 가실 걸요. 갔다 오시지 않고는 한잠도 주무시지 못할 텐데요."

'챠- 요런!'

"그래 내가 그 친구한테 가서 무슨 말을 하라는 거요. 투사기를 박살 내줘서 고맙다는 인사를 하라는 거요? 아니면 그동안 출장보고를 하라는 거요?"

은심은 벌써 알고도 남는 남편의 성격 즉 참을 수 없이 괴로운 나머지 가슴 속의 오뇌를 지우기 위해 하등 상관도 없는 문제를 들고 트집하는 그의 내심의 요구를 짐작했다.

일단 불만을 품기만 하면 자기의 불만에 대하여 누구던 남에게 그중에서도 제일 가까운 사람에게 터놓지 않고는 배기지 못하는 남편이었다.

"그래 내가 그 친구한테 간다고 합시다. 술을 먹으면 왜 안 된다는 거요? 주정을 할가봐?"

"안요(아뇨)."

"그럼?"

"술을 마시고 하는 말은 다 진실이 아니니까요."

살며시 치떠 보는 은심은 조심스러워하긴 하면서도 웃을 수도 또 뾰로통해질 수도 있는 표정, 이를테면 남편의 기색에 따라 자기의 태도를 결정지으려는 그런 눈매로 쳐다보았다.

"헛 참! 모르면 가만있기나 하오. 실은 술을 먹고 하는 소리가 진짠데 사람들이 그걸 믿지 않는 게 탈이란 말이요. 알겠소?"

"이봐요."

남편의 기색이 다소 누그러진 것으로 느낀 은심은 한 걸음 다가서며 간절한 목소리로 말했다.

"저도 알아요. 당신의 맘이 어떠리라는 걸 제가 왜 모르겠어요. 그렇지만 보다 걱정스러운 건 화만 내면 당신은 모든 걸 다 잊어버리는 거죠. 생각해봐요. 당신이 그러면 진호 동무는 얼마나 괴롭겠어요. 그렇지 않아도 지금 많은 사람들이 투사기를 파괴한 것 때문에 그를 얼마나 욕하게요. 그런데 당신까지 그러면… 당신도 말했지만 그는 이미 부당한 의심으로 하여 마음에 상처를 입고 있는 사람이 아니예요."

"그러니까 동문 내 투사기가 파괴된 것보다 그에 대한 동정이 더하다는 거요?"

'동무'라는 말에 은심은 또다시 어리둥절해지고 말았다. 확실히 여느 때와 다른 기분 상태에 있는 남편이였다.

"혹시 투사기에 결함이 나타났기 때문에 파괴된 걸 대수롭지 않은 걸로 여기는 게 아니요? 진호도 바로 그래서 취입기로 썼겠지. 그렇지만 그런 부족점은 한 주일이면 얼마든지 보충할 수 있는 거란 말이요!"

진호에 대한 남편의 불만이 바로 자기가 그를 옹호해 나서기 때문에 더한 것이였으나 은심은 이것을 조금도 눈치채지 못하고 있었다. 다만 그로선 자기의 심정을 리해하려고 하지 않는 남편이 야속스러울 따름이였다.

"어째서 당신은 자꾸 자기와 저를 따로 구분하는 거예요. 자기가 괴로울 땐 저 역시 그만치 괴롭다는 걸 왜 리해하지 못해요? 그리고 어떻게 해야 그 괴로움을 덜가 하고 저도 생각한다는 걸 왜 모르세요."

말끝을 흐리며 은심은 얼른 뒤로 돌아섰다.

그는 남편을 다루는 데 있어서 제일 유력하다고 생각하는 무기, 즉 정도 이상의 감정으로 뾰로통해지는 무기를 사용하려고 했다. 그럴 때면 천성이 곧은 남편은 화는 내면서도 내심으로는 어느 정도 누그러지기 때문이었다. 아니나 다를가 남편의 목소리는 한결 낮아졌다.

"이것 보오! 물론 내가 그를 위로해야 할 립장에 있기야 하지. 그렇지만 위로한다고 해서 어떻게 속에도 없는 소리를 한단 말이요. 난 그런 거짓을 꾸밀 줄도 모르거니와 꾸미기도 싫소. 어쨌든 난 내가 품고 있는 불만을 털어놓지 않을 수 없소. 그러지 않고는 견딜 수가 없단 말이요."

"그래요. 바로 그거지요. 당신이야 원래 어떤 감정도 숨겨선 안 된다고 생각하니까요."

자기의 무기가 어느 정도 효과가 있다는 것을 느낀 은심은 확신에 넘친 어조로 말했다.

"그렇지만 속에 있는 걸 다 털어놓는 게 진실한 걸가요? 그게 솔직한 걸가요? 그건 마치도 열을 내며 앓고 있는 환자가 시원한 음료가 우선은 구미를 돋군다고 해서 마셔버리는 거나 같은 것이라고 봐요. 그것이 당장엔 시원하겠지만 병을 이겨내기 위해서는 그것보다 약은 내키지 않을 수 있어도 쓴 약물을 택해야 하는 것처럼 경우에 따라서는 하고 싶은 말도 참는 게 진실이 아닐가요? 상대를 위해서도 그렇고 자기를 위해서도 말이예요. 전 아직도 잊을 수 없어요, 당신이 하던 말을. 그까짓 고민이 뭐냐고, 우리야 젊은 사람들이 아니냐고, 우리의 번민은 언제나 새 것을 위한 투쟁으로 환원시켜야 한다고 하던 말을 말이예요. 전 그 말에 용기를 얻었고 또 그 말에 당신을…"

"…"

태수는 문득 보슬비 내리는 합숙의 정원에서 그를 붙들고 안타깝게 호소하던 때의 일이 떠올랐다. 그때 자기가 그런 말을 했는지 어쨌는지는 알 수 없으나 지나친 고민에 시달리고 있는 그가 가엾었던 것만은 사실이었다.

"그땐 그때고 지금은 지금이지! 어쨌든 술이나 빨리 가져오오."

이젠 별로 술을 마시고 싶은 생각도 없었으나 일단 고집했던 것을 관철해야 할 남편으로서의 자존심이 본래의 요구를 강조케 했다. 정 그렇게 요구되면 제가 부엌으로 내려가 마실 수도 있으련만 일이 이렇게 된 이상 굳이 안해가 들고 올 때까지 기다리지 않을 수 없었다.

할 수 없이 부엌으로 내려선 은심은 유리잔에 술을 부어들고 나오긴 했으나 그것이 마치 독약이라도 되는 것처럼 내밀기를 주저했다.

대뜸 술잔을 앗아든 태수는 '자 봐라, 이 정도엔 눈섭 한 오리 까딱 안 한다.' 하듯이 잔을 통째로 입 안에 쓸어 넣고는 단숨에 꿀꺽 삼켜치웠다.

"저- 그 동무가 왔다 갔다는 걸 알아요? 현옥이라는 동무!"

"들었소."

그 말을 들었을 때 태수는 현옥이가 내려온 그날로 돌아갔다는 데 대해서는 어딘가 리해되지 않았으나 모름지기 진호가 그를 그렇게 돌려세웠으리라는 것을 짐작하고는 그에 대한 불만을 누를 길이 없었다.

'하여간 얼빠진 친구라니! 어쨌든 만나야 해. 아니 만나지 않을 수 없어!'

그는 자리에서 움쭉 일어섰다.

사위는 벌써 어두웠다.

병원으로 갈 때까지는 물론, 소독약 냄새가 풍기는 복도에 들어서서 수위가 가르쳐준 호실을 찾을 때까지도 그는 진호에게 어떤 태도를 취하며 무슨 말을 해야 할지 갈피를 잡을 수 없었다. 오히려 제 편에서 불안스러워지는 것을 어쩔 수 없었다.

아무런 결심도 가지지 못했지만 8이라는 호실 번호가 눈에 띄자 그는 저로서도 리해할 수 없으리만치 단호한 기세로 문을 열어제꼈다.

먼저 눈에 비친 것은 량쪽 벽에 붙여놓은 두 개의 침대와 그 사이에 있는 원탁이었다.

한쪽 침대에 까딱 않고 누워 있던 환자, 팔이며 어깨며 머리에 온통 붕대를 동이고 있는 것으로 하여 움직이기가 몹시 거북한 듯 겨우 이쪽으로 돌아눕는 환자를 본 것은 그 다음이었다.

"어-"

괴상한 소리를 지를 그가 일어나 앉으려고 할 때에야 태수는 그를 알아보았다. 그러나 그는 자기의 눈을 의심하지 않을 수 없었다.

우묵이 패여져 들어간 눈확, 삽날처럼 뾰족해진 턱, 한 둘레나 작아져 가냘퍼 보이기까지 하는 어깨… 과연 이 사람이 진호란 말인가! 대번에 가슴이 저려드는 것을 어쩔 수 없었다.

"흠! 꼴좋군! 붕대를 칭칭 동인 게 꼭 패잔병 같군그래!"

미리 준비한 말이 아니어서 퍼그나 수월하게 나갔으나 어쩐지 진호를 면바로 쳐다볼 수가 없었다.

"…"

자기와 시선이 부딪치기 바쁘게 얼른 눈길을 아래로 내려 깔며 송구해하는 진호를 보자 왜서인지 더 큰소리가 터지는 것이었다.

"남의 투사기는 하늘로 날려치우고 셈평 좋게(태평스럽고 넉살 좋게) 떡드러누워 있어?"

"…"

고개를 든 진호였으나 또다시 눈길을 피하는 것을 본 태수는 그가 무슨 말을 하려고 하는가를 짐작하고는 얼른 뒤를 달았다.

"그러게 내 뭐라던가! 호케이 선수가 불바다에 뛰어들면 폭발이 인다고 말이야. 그 주제에 뭘 해보겠다고…"

태수는 벌써 자기가 애초에 품었던 감정을 털어놓을 수 없다는 것을 알았다. 털어놓을 수 없을 뿐 아니라 이런 진호 앞에 그것을 털어놓는다는 것이 친구로서 너무도 부끄러운 일이라는 것을 느끼지 않을 수 없었다.

"용서해주게."

"용서? 투사기를 콩가루로 만들어놓은 이제 와서 용서는 무슨 놈의 용서야!"

"하긴 용서조차 바랄 수 없지…"

울음이라도 터뜨릴 상싶은 진호의 가긍한(불쌍하고 가여운) 정상에 태수는 대뜸 눈굽이 달아올랐다.

'제길! 이렇게도 고지식하다구야.'

자기한테서 어떤 란폭(난폭)한 일격이 있기만을 기다리는 듯한 그의 공손한 태도를 지켜보느라니 그에게 품었던 자기의 감정이 더욱 수치스러웠다. 어쩌면 자기가 이런 진호에게 그런 야비한 감정까지 품을 수 있었던지 도저히 리해되지 않았다. 그럴수록 이상하게도 말은 더 가혹하게만 나가는 것이였다.

"하여간 동문 량심이 없는 사람이야. 파괴된 투사기를 보았을 때 난 미칠 것 같았어. 동무가 그 자리에 있었다면 아마… 미리 입원했으니 망정이지 그렇지 않았다면 내한테서 더 심한 부상을 당했을 걸."

그는 자기가 품었던 불만을 숨기지 못해서가 아니라 그것을 드러내 보임으로써 그 불만이 덜하다는 것을 보여주려고 했다.

"할 말이 없네. 사실 투사기로 취입할 때까지도 난 그게 동무의 고심 어린 창조물이라는 것을 조금도 생각하지 못했어. 심사를 애타게 기다리고 있을 동무의 심정에 대해선 조금도 생각하지 못했단 말일세. 동무 한테서 그런 부탁까지 받고도 말이네. 그저 내 기술안에만 혈안이 돼 있었지. 글쎄 이런 내가 무슨…"

너무도 진정에서 우러나오는 목소리로 하여 태수는 더 과장된 태도를 취할 수 없었다.

"그래도 난 여태까지 자신을 성실한 인간으로 여겼었지. 그만하면 진실하다고 치부했고. 그러나 이제 와서야 내 자신이 어떤 인간인가 하는 걸 비로소 느끼게 됐네. 왜 남들이 나를 욕하며 질시하는가 하는 것을 알게 됐고 또 그것이 백번 응당하다는 것도 깨닫게 됐네. 사실 나 같은 인간이 사람들의 조소를 받는 거야 너무나도 마땅한 일이 아닌가."

"그래 사고심의는 언제 한대?"

태수는 서둘러 진호의 말허리를 꺾어버렸다.

"글쎄…"

"이번 시험에서도 성과가 없나?"

"뚜렷한 건 없네. 그렇지만 온도가 이전보다 20도나 올랐지. 보충연료의 덕분도 있겠지만 난 첨가제가 그만한 열량을 담보하는 것으로 믿네. 그리고 또 하나는 이제껏 알지 못하던 걸 새로 발견했는데 그건 연료의 지나친 취입이 오히려 열을 떨군다는 걸세."

"그건 어째선가?"

"그건 나도 아직 모르겠네. 이렇다 할 근거가 없기 때문에 남들은 웃을지 모르겠지만 난 어느 정도 신심을 얻었네. 확신을 얻었단 말일세. 비서 동지도 리해해주고. 그렇지만 이제야 무슨 소용인가! 다 필요 없어!"

진호는 갑자기 맥을 놓으며 침대 모서리를 쓰다듬기 시작했다.

"난 어떤 일이 있어도 새 연료를 완성하려는 걸 통해 자길 증명해 보이려고 했지만 이젠 틀렸네. 어리석었지. 오히려 한 쪼각의 량심도 없는 철면피한 인간이라는 것이 낱낱이 드러났으니 말일세."

태수는 그가 이미 받은 부당한 의심, 그것도 진정을 부인당한 괴로움에서 벗어나려고 필사의 노력을 다하다가 도리여 더 험한 구렁텅이에 빠져들었다는 것을 통감하지 않을 수 없었다. 그리고 그가 이젠 거기에서 헤여나올 기력마저 잃고 절망 상태에서 허우적거린다는 것을 알았다.

이런 느낌은 불현듯 막다른 골목에 빠진 진호를 어떻게든 구원해야 하리라는 의협심과 함께 오직 그것은 자기에게 한하는 일이며 또 자기가 해야 한다는 충동으로 사품쳐 오르게 했다.

'어째서 이처럼 고지식하고 진실한 진호가 그런 혐오의 대상으로 되여야 한단 말인가! 돕자! 도와야 한다. 이럴 때 돕는 게 참다운 벗이렸다.'

그는 진호에 대한 이런 감정의 도약에 저로서도 놀라지 않을 수 없었다.

그러나 기뻤다. 자신의 감정을 난생 처음 자신의 의지에 복종시킨 것으로 하여 자랑스럽기까지 했다.

"직장에는 거듭 부탁해놓았네만 이제라도 꼭 다시 만들어주게."

자기 생각에만 음해 있느라고 태수는 그가 무슨 말을 하는지 알아듣지 못했다.

"기술과에서도 승인했네. 이젠 공무직장에 도면만 넘겨주면 될 거네. 최대한 빨리 제작해주겠다고 했으니까."

그제야 태수는 진호가 투사기에 대해 말하고 있다는 것을 알았다.

"그러니까 취입기 자재로 투사기를 만들라는 건가?"

"글쎄 그건 나를 위해서라잖나! 나한테도 약간의 량심쯤은 있다는 걸 보이게 해달라는 거야."

그의 고뇌에 찬 모습과 애원이 담긴 목소리를 듣는 순간 태수는 불시에 마음속에서 무엇인가가 고개를 들고 일어나 자기를 더 대담한 어떤 새롭고 신비로운 길로 이끄는 것을 느꼈다.

"그렇게 해주겠지?"

의미심장한 눈길로 진호를 바라보던 태수는 갑자기 히쭉 웃었다.

"정 요구라면 할 수 없지! 그렇게 하는 수밖에! 아니 꼭 그렇게 하겠
네!"

그제야 그는 자기 내심에 이는 충동이 어떤 것인가를 똑똑히 깨달을
수 있었다.

'그래! 그 자재로 투사기가 아니라 취입기부터 만들어놓자! 이제라도
그가 바라는 것이 어떤 것인가를, 무엇을 위해 그가 헌신하는가를 만 사
람이 알게 하자!'

이렇게 결심하자 그의 가슴은 일시에 형언할 수 없는 기쁨으로 설레
기 시작했다.

그까짓 고민이 뭐냐고, 우리는 젊은 사람들이 아니냐고, 우리의 번민은
새 것을 위한 투쟁으로 환원시켜야 한다고 하던 은심의 말이 상기됐다.

'암! 그렇고말고!'

그것은 분명 자기가 한 말이였으나 그 참된 의미는 오늘 은심이에게
서 새삼스레 깨닫게 되는 것이였다.

그렇다! 우리는 젊은이들이다. 그 어떤 시련도 고민도 난관도 절망도
무자비하게 짓밟고 일어서야 할 불타는 청춘들인 것이다. 그까짓 사고
가 뭐란 말인가! 내 투사기야 도면이 있으니까 아무 때나 만들 수 있지
않은가!

그는 자기의 이 새로운 결심을 진호가 눈치챌가 싶어 얼른 자리에서

일어나 창문 쪽으로 걸어갔다.

한동안 침묵이 흘렀다.

사실 태수는 입원실에 들어서는 순간부터 듣고 싶던 말, 현옥이에 대한 말을 그가 먼저 꺼내기를 기다리고 있는 것이었으나, 진호는 자기가 바로 그것을 기다리고 있다는 것을 뻔히 짐작하면서도 말을 하지 않는다는 것을 알았다. 그래서 더는 참기를 그만두고 뒤로 들어섰다.

"현옥 동무가 왔댔다면서?"

진호는 마주 쳐다보기만 했다.

"왔댔네."

그러면서 그는 고개를 돌리고 한숨을 내쉬었다.

"그렇지만 그가 온 건 진심으로 자기 잘못을 깨달아서나 어떤 결심이 있어서가 아니라 단지 자기 맘이 괴롭기 때문에 내려왔을 뿐이네. 아니 날 설복하려고 왔었지. 차라리 난 그가 어떤 론거를 가지고 내 기술안을 부정해주기라도 했다면 그다지 맘이 쓰리진 않았을 거네. 그러나 그는 나를 이젠 어떤 객기를 부리는 가련한 존재로밖에 여기지 않는단 말일세."

"그래서 그시(그때) 돌려보냈나?"

"어쨌든 난 우리 사이의 간격이 어떤 것이라는 것을 이번에야 똑똑히 알게 됐네. 동문 언젠가 내가 지나치다고 했지만 실은 내가 지나친 것이 아니라 따져보면 우리 두 사람 사이에 가로놓였던 심연이 그때 그 모습을 처음 드러냈던 거야. 하지만 오늘은 리해의 샘이 영영 말라버린 그가 바로 그 메마른 모습을 다시 드러냈거던. 그땐 날 의심하던 그가 이제 와선 동정하지. 그저 불쌍하게 여길 뿐이란 말이네. 그러나 그런 동정이 상대에 대한 얼마나 혹독한 모욕인가 하는 걸 모른단 말일세. 그래 어떻게 서로의 사이에서 가장 귀중하고도 선차적인 리해를 그따위 동정으로 메꿀 수 있겠나 말일세."

"리해?"

진호에게로 돌아선 태수는 곧 침대 앞으로 다가섰다.

"그래 그가 아직 동물 제대로 리해하지 못한다는 건 사실이라고 하세. 동정만으로 대한다고 하잔 말일세. 그럼 대체 동문 그를 얼마나 리해하고 있나? 그의 고통이 뭔지 그 고통을 가시기 위해 그가 얼마나 모대기는지, 또 말로 표현하지 못하는 그의 마음속에 어떤 것이 고여 있는지 알기나 하나? 알려고나 했나 말일세. 동문 그가 자길 동정하고 있다고 분해하지만 동무 자신은 그를 동정이라도 해보았나 말일세. 상대는 연약한 처녀지만 그래도 동무야 사내가 아닌가! 내가 보건대 동문 확실히 자기가 정해놓은 어떤 기준에 상대가 이르길 바랄 뿐이지 자긴 한 번도 상대의 요구에 비춰보지도 않아. 무서운 독선주의자란 말이네."

"?"

진호는 새삼스런 눈길로 태수를 바라보지 않을 수 없었다.

덜퉁할 뿐 아니라 아무 문제나 직선적인 감정 하나로 식별하기에 버릇된 그가 이런 말을 한다는 것이 놀라와서였다.

자기가 알기엔 태수는 모든 생활이 그런 것처럼 사랑이며 결혼도 특별한 요구를 내세우지 않지만 저절로 남다른 혜택이 차례지는 행운아였다. 그런데 자기의 경우에는 별로 높지도 않는 요구임에도 불구하고 그 요구를 실천하기 위해 모든 것을 다 바치는데도 생활은 빈번히 자기를 배척하는 것은 이상한 일이 아닐 수 없었다.

그런 자기를 태수는 너무 까다로운 요구를 내대기 때문이라고 했지만 진호는 오히려 태수가 남다른 '팔자'를 타고났기 때문이라고 여기는 것이었다.

그러나 지금 그가 한 말은 그런 사랑의 행운아가 한마디 한 것이라고 듣기에는 스쳐버릴 수 없는 어떤 뜻이 담겨있는 것 같기도 했다.

"난 이렇게 생각하네. 동무가 결코 속으로는 그처럼 그에게 매정하게 대하고 싶진 않았을 거라고. 그런데 왜 그랬는가? 그건 이제 와서 그를 리해시킨다는 것이 이제까지 고집하던 자기의 신념을 부정하는 것으로 되는 것 같았으니까 말이네. 안 그런가?"

진호는 도리를 저었다.

그 말이 리해되지도 않았거니와 받아들일 수도 없었던 것이다.

그것은 사랑의 리치를 단순하게만 생각하는 태수가 구체적인 실정을 모르는 데로부터 자기 가슴에 얼마나 깊은 상처가 있는가를 가늠하지 못한다는 데도 있었지만 보다는 현옥이에 대한 자기 립장을 따져볼 때 어떤 잘못도 없다고 확신하게 되기 때문이었다.

이때 환자복을 입은 뚱뚱한 중년의 사내가 주사를 맞고 오는지 살집이 좋은 덩치를 비벼대며 방안에 들어섰다. 다른 한쪽 침대의 주인인 듯싶었다.

"그럼 난 가겠네. 아직 저녁도 못 먹었어. 배가 고파 못 견디겠단 말일세."

진호를 유쾌하게 만들어주고 싶었던 태수는 얼른 그의 귀가(귓가)에 입을 갖다 댄 채 속삭이듯 말했다.

"은심이가 눈이 빠지게 기다리고 있거던. 밥을 먹고 가라는 걸 뿌리치고 일어섰더니 그럼 술이라도 한잔 하라는 게 안야. 그래서… 알 만한가? 하긴 총각이 이런 재미를 알 게 뭔가!"

방문을 나서면서 그는 다시 오겠다고 부언해두었다.

하늘에는 어느덧 야무진 별들이 명멸하고 있었다.

'아직 철부지야… 어쩌면 그렇게도 단순할까? 하긴 그래서 남달리 깨끗하기도 하지! 그건 그렇고 어떤 일이 있어도 당장 취입기부터 만들어놓자! 어찌 취입기뿐이랴! 나도 이제부턴 그의 새 연료안에 같이 뛰여들자! 진정한 친구란 장래를 내다보는 눈이 같기 때문에 친구라지 않는가!'

큰길에 나서서도 그는 줄곧 이 하나의 생각에만 젖어 있었다. 어쩐지 저절로 걸음발이 빨라졌다.

"아이 태수 동무가 아니예요?"

웬 처녀가 앞을 막아서는 바람에 그는 고개를 들었다.

희미한 가로등불이였지만 태수는 그가 누구라는 것을 이내 알아보았다. 정아였다.

"언제 오셨어요?"

"낮차로. 방금 병원에 들렸다 오는 길이요. 진호한테."

자기를 마주보는 그의 눈길에서 어떤 동정, 분명 '투사기가 파괴돼서 안 됐군요.' 하는 듯한 위로를 읽은 태수는 곧 정색을 하며 그를 바라보았다.

"참! 듣자니 정아 동무가 새 연료안을 제일 반대한다는 게 사실이요?"

"?"

뜻하지 않던 물음이였는지 정아는 어리둥절해했다.

"도대체 무슨 근거로 그의 기술안을 그렇게 일축하오? 그가 그걸 위해 얼마나 많은 걸 바쳤는지 알기나 하오? 저기 가서 좀 앉기요. 동무한테 꼭 해줄 말이 있소."

"?"

태수를 마주보는 정아의 두 눈에는 더욱 짙은 의혹이 어려 있었다.

24

정아는 며칠째 잠을 이룰 수 없었다. 어떤 일이 있어도 입원하고 있는 진호를 찾아가려고 했던 결심을 오늘도 그는 지킬 수가 없었던 것이다.

그날 병원 앞에서 태수를 만나 그로부터 진호가 새 연료안을 위해 얼마나 고심해왔는가를 들을 때까지만 해도 그는 고개를 저었었다.

고생해 만들어놓은 자기의 투사기가 파괴된 데 대한 아쉬움보다 친구의 지향을 더 소중히 여기는 태수의 우애에 자못 감심되였으나 그가 진호에 대해 지내 과찬하는 것으로만 여겼었다.

"언젠가는 진호 동무가 동무의 투사기를 두둔하더니 오늘은 동무가 그의 새 연료안을 비호하는군요."

그는 이렇게 말했었다.

"바로 그렇게 생각하니까 그를 제대로 리해할 수 있을 게 뭐요. 투사기에 바친 내 노력은 그에 비교할 수도 없소. 비교하기조차 부끄럽단 말이요. 자 들어보오."

정아는 장시간 그에게서 진호에 대한 얘기를 들었었다.

실로 놀라움을 금할 수 없는 사연들이였다.

대학 전 기간을 그 하나의 연구에만 바친 일이며 시험을 위해 매 방학을 공장에서 보냈다는 사실 그리고 그처럼 가슴 아픈 의심을 받고 제철소에 내려왔건만 조금도 그런 티가 없이 여전히 그 기술안에 열중하고 있는 것이 아닌가!

'도대체 어떤 기술안이기에 그토록 몰두하는 걸가?'

이튿날 정아는 진호의 시험일지며 분석자료들을 봐야겠다는 생각에 그의 서류함을 열어보았으나 거기에는 여러 가지 기술서적들 외에는 아무것도 없었다. 시험일지는 며칠 전에 초급 당 비서가 가지고 갔다는 것이였다.

그는 비서를 찾아갔다.

"마침이요. 그렇지 않아도 동무한테 꼭 보이려던 참이였는데."

이러며 빙그레 웃기까지 하는 비서였다.

"저한테요? 어쩌섭니까?"

"보오! 보면 다 알게 되어. 그런데 도중에서 덮어버리든가 집어던지지 말고 마지막까지 봐야 하오, 알겠소? 그리고 다 본 다음에는 내한테 와서 꼭 의견을 말해야 하고."

그렇게 하기로 약속했다.

세 권이나 되는 노트를 하나로 묶은 일지에는 사 년 전부터 진행해온 시험들에 대한 기록들, 언제 얼마만 한 연료를 어떻게 투입했으며 그때 배합비가 얼마고 그 결과가 어떠했는가가 상세히 밝혀져 있었다.

누구에게나 있는 평범한 일이라고 보기에는 보풀이 인 두툼한 노트와 거기에 적혀 있는 수자들이 너무도 많은 것을 암시하고 있었다.

온통 수자들과 부호들이여서 구체적인 의미를 해석하기는 어려웠으나 도간도간(드문드문) 여백에 써 놓은 글들만은 비슷이 짐작이 갔다.

"오너라! 파도여! 시련의 폭풍이여!" 하고 시 구절처럼 써 놓은 것이 있는가 하면 "나는 알았네 1:0." 하고 장난처럼 갈겨쓴 것도 있었다. 그런가 하면 "만세-발화 성공!" 하고는 그 옆에 축포를 터뜨려놓기도 했고 "총 X천 X백 원"이라는 엄청난 돈 액수가 적혀 있기도 했다.

무심코 보았으면 아무것도 느끼지 못할 그였으나 태수의 말을 듣고 난 뒤여서 그 돈이 모름지기 실패로 인한 손해액이라는 것을 짐작할 수 있었다.

일지의 갈피마다에는 어째선지 현옥이라는 이름이 자주 나타나군 했다.

‘누굴가? 애인일가?’

그에 대해서는 태수한테서 한마디도 듣지 못했던 것이다.

그가 제철소에 온 이후 페지(페이지)들을 들쳐보던 정아는 문득 "소극적이다-중유절약안!" 하고 씌여 있는 곳에 시선을 멈추었는데 거기에는 그때의 비분강개한 심정을 표시한 듯 감탄부호가 세 개씩이나 찍혀 있었다.

‘현실에 피동적이라는 거겠지?’

‘중유절약안’을 놓고 론쟁하던 때를 회상하며 다음 장을 넘긴 그는 두드러지게 새겨진 자기의 이름을 보고 놀라지 않을 수 없었다.

그러나 더 아연한 것은 그 옆에 ‘왜 맹목적인 순종’ 하고 기중기 갈구리 같은 의문부호를 커다랗게 그려놓은 것이였다.

락서(낙서)로밖에 여기지 않을 수 없는 글이였으나 그는 저도 모르게 얼굴이 달아오르면서 화까지 치밀어 올랐던 것이다. 숨기려고 애쓰던 것을 로출(노출)당했을 때와 같은 수치감이 온몸을 엄습했다.

어째서 맹목적으로 순종하느냐는 그 물음이 마치 책임기사에 대한 련정 때문이 아니냐고 반문하는 것만 같았기 때문이다.

"그래요! 그를 사랑해요. 어쨌단 말이예요. 그게 동무와 무슨 상관이예요. 그렇다고 그의 기술안에 대한 공감을 그에 대한 감정과 일치시키진 말아요. 전 이미부터 그 기술안에 매혹돼왔고 지금도 그래요. 그래 이게 나빠요?"

눈앞에 진호가 있기라도 한 것처럼 그는 이렇게 쏘아붙였다.

그러나 그 다음 장에 있는 글을 보고는 더 아연해지지 않을 수 없었다.

'할 수 있는 것만 하려는 한심한 처녀-윤정아.'

"?"

바로 이것을 보고 비서가 자기가 봐야 한다고 했다는 것을 짐작하자 분해서 견딜 수가 없었다.

'한심하긴 뭐가 한심하다는 거야! 그럼 자기처럼 아무 담보도 없는 걸 고집해야 할가? 타산과 전망도 없는 그런 기술안이 옳다는 건가? 천만에! 그런 건 내가 타협할 수 없어! 절대로! 만약 다시 한 번 '중유절약안'을 헐뜯어보지?'

이렇게 반박하던 그는 또 한 장을 번진 순간 대뜸 굳어지고 말았다.

거기에는 자기의 불만에 대한 대답이 명백히 적혀 있었기 때문이였다.

"우리의 과제-그것은 할 수 있는 일이 아니라 해야 할 일을 하는 것이다!"

'할 수 있는 일이 아니라 해야 할 일?'

그는 몇 번이고 반복해 읽어보았다.

처음 듣는 말은 아니였으나 뭔가 새로운 것을 느끼게 되면서 태수가 하던 말이 다시금 상기됐다.

"하긴 동무가 어떻게 그를 제대로 리해하겠소. 친구라고는 하지만 나 역시 그 지향을 리해하자면 멀었단 말이요."

'할 수 있는 일이 아니라 해야 할 일!'

집에 돌아와서도, 지어는 잠자리에 누워서까지도 자꾸만 그 글줄이 눈앞에 아물거렸다.

다음 날 그는 또다시 진호의 시험일지를 펼쳤다. 이번에는 어떻게든 확고히 반박할 수 있는 실질적인 근거를 쥐여야겠다고 결심하면서.

수자며 부호들에 포함된 의미까지 놓치지 않으려고 무진 애를 쓰며 그는 한 장 한 장을 번져나갔다.

한데 그 과정에 그는 놀랍게도 자기의 결심과는 반대되는 사실, 즉 진호가 무엇을 위해 어떤 것을 이룩하려고 하는가 하는 것을 어렴풋이나마 깨닫지 않을 수 없었다.

새로운 첨가제의 도입, 새 연료의 부족점과 취입과정에 나타나는 약점들을 첨가제로 극복하려는 것이 그의 기술안의 핵심으로 되여 있었다. 근 사 년을 이것 하나에만 바쳐왔고 지금도 그것을 위해 모든 것을 깡그리 쏟아 붓고 있었다.

이러저러한 성과는 둘째 치고 우선 무엇이 그를 이런 새롭고 대담한 길에 들어서게 했는지 또 어째서 부디 이런 어려운 것을 택하게 됐는지 그리고 이런 스스로의 고행을 바라는 그의 심층의 밑바닥에 어떤 것이 흐르고 있는지 새삼스레 따져보지 않을 수 없었다. 그러면서 은연중 그의 기술안과 자기가 맡은 중유절약안을 대조해보게 되였다.

확실히 같은 연료에 대한 기술안이긴 하지만 서로 달랐다. 아니 판이했다. 한두 가지의 구조나 요소의 차이가 아니라 본질적인 차이였다. 한쪽은 할 수 있는 가능성을 보고 하려는 것이지만 다른 한쪽은 하기는 어려워도 기어이 그렇게 돼야만 하기에 하려는 것이였다.

'그가 그처럼 이것을 주장하는 데는 우리의 현실이 바라기 때문이 아니랴! 바로 우리 당에서 간절히 바라고 있기 때문이 아니랴!'

그는 론쟁에서 일정한 론거를 가지고 증명해나가던 자기가 론쟁 도중에 상대방이 무엇을 원하며 무엇을 의도하는가를 알게 되자 자기 자신도 그것에 호의를 가지고 그 즉석에서 동의해버리는 때와 같은 심정을 체험했다.

사람이란 흔히 우연한 기회에도 귀중한 진리를 체득할 때가 있는데 그것은 자기에 대한 요구와 진정한 자존심을 가진 사람에게만 한하는 것이다. 그런 사람은 그 진리를 서슴없이 자기 것으로 만들 뿐 아니라 보다 새로운 경지로 자신을 한 계단 도약시키는 것이다. 정아는 바로 그런 처녀였다.

여태껏 아득히 멀고 불가능한 것이라고만 여겨온 진호의 기술안이 점점 뚜렷한 형체로 눈앞에 나타나면서 움직일 수 없이 가능한 사실로 여겨지는 것을 어쩔 수 없었다.

그럴수록 진호와 자기와의 차이, 새 것을 창조하려는 사람과 순탄한 길로만 졸졸 따라가는 자기, 해야 할 일을 위해 자기를 바치는 그와 어떤 위험도 없기 때문에 하려고 하는 자기와의 차이를 뚜렷이 감득케 했고 나아가서는 그를 자기가 그처럼 탐구와 열정의 우상으로 여겨오던 책임기사와도 대조시켰던 것이다.

'분명 차이가 있어, 뭔가 뚜렷한 차이가.'

그처럼 해박한 지식으로 사업에 대한 특출한 재능을 소유하고 있다고 생각해온 책임기사가 진호와 비교해볼 때 확실히 그의 지식과 열정이 훌륭하고 고상한 품성에서 발로되는 것이라기보다, 그 어떤 다른 목적에서 오는 것, 그렇다고 성품이나 재능에서 오는 부족이 아니라 흔히 참다운 것이라고 하는 그의 부족, 오직 하나의 목적을 향해 매진하는 사람이 나타내는 그런 결함일지 모른다는 생각이 싹텄던 것이다.

물론 그로서도 기철이와 같은 사람들에게 있을 수 있는 약점이 어떤 것이라는 것을 모르진 않았다. 그것을 그는 부득이한 결함, 지어는 특출한 사람에게만 한하는 필수적인 부족점이라고까지 여겼던 것이다. 그러나 지금 새롭게 깨닫게 된 그의 약점은 그런 부족점이나 기술적인 약점만이 아니라 서로의 지향의 차이, 심장의 열도(뜨거움)의 차이에서 나타나는 결함이 아닐 수 없었다. 바로 이 점이 그를 괴롭히는 것이었다.

자기가 가지고 있지 못했던, 그렇기 때문에 더욱 받아들이지 않을 수 없는 정신적 천부(태어날 때부터 지닌 것)로 말하면 한쪽은 너무도 풍부했고 다른 한쪽은 빈약했다.

그렇지만 감정은 특히 진호에 대한 이미부터의 곰살궂지(부드럽고 친절하지) 못한 타성은 그에게서 새로 받아 안은 진리, 리성의 힘을 마냥 부인하면서 한사코 기철이를 옹호하라고 속삭이였으나 그때마다 그의 성격 속에 숨어있는 완고하리만치 결곡한(깨끗하고 야무진) 기질이 그것을 허락치 않았다.

'안 돼! 이것만은 숨길 수도 없고 숨겨서도 안 돼! 기철 동무 역시 새 연료안이 어떤 것이라는 것을 알면 발 벗고 나설 거야. 그는 바로 그런

사람이니까. 가슴 속에 차 넘치는 그 열정이야 누구한테 비길 수 있어!'

이제라도 그에게 '중유절약안'보다 새 연료안이 우월하다는 자기의 속심을 터놓아야 한다는 생각, 사랑하는 만큼 그가 깨닫도록 도와주어야 한다는 의무감에 솟구쳤으나 차마 행동에 옮길 용기까지는 나지 않았다.

그를 진정으로 위해주어야 한다는 의무감과 또 그러다가는 혹시 그가 벼락같은 소리를 지를지도 모른다는 두려운 생각이 마음을 괴롭힐 때마다, 그는 리성의 부르짖음이 야속해선지 아니면 사랑의 감정이 원망스러워선지 저도 모르게 새여나오는 한숨을 호- 하고 내뿜었다.

그런 번뇌는 어쨌든 진호의 기술안에 대해 자기가 느낀 바를 말하지 않을 수가 없어 그는 비서를 찾아갔다.

그런데 비서는 도당에서 조직한 당 일군들의 강습에 참가하기 위해 떠나고 없었다. 며칠 후에야 돌아온다는 것이였다.

'진호 동물 찾아가자. 새 연료안에 대해 느낀 걸 솔직하게 털어놓자! 그리고 알고 싶은 것들을 다 물어보자.'

그러나 병원 앞 갈림길에서 그는 주저하지 않을 수 없었다.

정작 그에게 해야 할 말이 어태까지 자기가 취해온 행동과는 너무도 상반된다는 데도 있었지만, 보다는 옆에 같이 퇴근하는 책임기사가 있었기 때문에 더욱 용단을 내릴 수 없었던 것이다.

"호-"

그는 이불깃을 헤치고 다시금 한숨을 내뿜었다.

아침차로 제철소에 내려온 명식은 강철직장에서 벌어진 사태로 하여 한동안 어리둥절해지지 않을 수 없었다.

심사해야 할 투사기가 파괴된 것도 놀라왔지만 그것을 파괴한 사람이 다름 아닌 진호라는 사실에 더 아연해지고 말았다. 더우기 믿어지지 않는 것은 그가 또다시 그 새 연료안을 시험하다가 사고를 냈다는 그것이였다.

'아니! 아직까지 새 연료안을 고집하다니?'

아무리 생각해도 모를 일이였다. 도저히 리해할 수가 없었다. 자기의 막다른 처지로부터 첨 얼마간은 '새 연료연구'라는 연막을 칠 수밖에 없었다 하더라도 그것이 가소로운 변명에 불과하다는 것을 그 자신도 모르지 않을 것이기 때문에, 곧 아무 말 없이 시키는 일에나 열중할 줄로 여겼었는데 의연히 자기 기술안을 고집하고 있는 것이 아닌가!

'어쩌면 그 정도의 판단조차 아직 가리지 못한단 말인가!'

고개를 기웃거리던 그는 곧 어떤 새로운 감촉에 놀라지 않을 수 없었다. 그것은 진호의 행동에 뭔가 심상찮은 의도가 깃들어 있지 않을가 하는 의혹이 들었기 때문이였다.

비렬함을 낱낱이 투시한, 그것으로 해서 사랑까지 파탄케 한 나에 대한 원한으로 타번지고 있는 것이 아닐가? 그래서 내가 올린 보고가 허위라는 걸 증명해보겠다는 망상적인 고집에 매달리고 있는 것이 아닐가?

이런 의심이 들자 어처구니없다기보다 가슴이 선뜩해지면서 온몸이 굳어지는 것이었다. 설사 아무리 부질없는 짓이라 해도 결코 묵과할 순 없는 일이었다.

어떤 일이던 그 일에 대한 성격을 철저히 파악하고 그에 따라 행동하는 그였지만 이런 일, 즉 자기의 정치적 존엄에 해되는 일에 대해서는 촌보의 양보도 없는 그였다.

특히 모든 문제를 원칙적이고도 정확하게 본다는 자기에 대한 평가에 사소한 그늘이 가지 않게 하기 위해서도 이런 문제는 제때에 처리해놔야 했다.

그런데 마침 기술부기사장이 이런 권고를 했다.

"이왕 내려왔던 김에 래일 있는 협의회에 참가해주지 않겠소? 상반년도 기술과제수행정형총환데 다 실장 동무와 관계되는 것들이란 말이요."

명식은 쾌히 응했다. 총화에서 필경 투사기 문제가 언급되기 마련일 것이고 그러면 진호에 대해, 더우기 그런 사람이 종당에는 어떤 지경에 이르게 되는가 하는 것을 구체적으로 해부해 보일 수 있기 때문이였다.

그는 기철이를 통해 진호의 생활을 구체적으로 료해하기 시작했다.

확실히 진호의 생활은 여기 와서도 첨부터 자기 궤도를 멀리 탈선하고 있었다. 어떻게 되여 자기가 내려왔는가 하는 건 감쪽같이 숨기고 공정기사라기보다 마치 국가과제를 수행하러 온 사람처럼 행세했는가 하면 주제넘게도 제멋대로 연료를 취입하다가 투사기를 파괴했고 로까지 보수하지 않으면 안 되게 했다.

'도대체 그의 사고는 어떻게 돼먹은 걸가? 어째서 합리적인 가능성은

한사코 배제하고 감정적으로만 나가는 걸가?'

이것이 진호를 대할 때마다 품게 되는 의혹이고 불만이였으나 그렇다고 해서 이전에도 그랬지만 이번 역시 그는 그 의혹과 불만에 대한 해답을 찾아보려고 하지 않았다.

왜냐하면 그 해답을 찾기에 앞서 그것은 언제나 그에게 있어선 순시도(한시도) 묵과할 수 없는 투쟁대상이였고 당장 일소해버리지 않으면 안 될 위험한 현상이기 때문이였다.

"물론 그가 어떤 사람인가 하는 건 동무가 몰랐다고 하세. 그러나 그의 기술안이 어떤 것인가 하는 것까지 몰랐을 수야 없지 않나!"

옆에서 걷는 기철이를 돌아보며 그는 이렇게 말했다.

현장에 있을 때까지만 해도 자기가 좀더 일찌기(일찍) 왔어도 투사기를 심사할 수 있었으리라는 것으로 하여 저으기 민망스럽기도 했던 그였으나, 기철이와 함께 구내산 식당으로 향하는 지금에 와선 진호에 대해 내렸던 자기의 판단이 얼마나 옳았는가 하는 생각을 새삼스레 느끼지 않을 수 없었다.

마치 한 발 늦게 도착한 탓으로 환자에게 치명적인 후과를 낳게 한 의사가 알고 보니 그 환자란 이미 자기가 불치의 병이라는 것을 진단 내렸던, 때문에 미상불 이런 결과밖에 차례질 수 없다는 것을 확진했던 사람이라는 것을 알았을 때와 같은 심정이라고 할가?

'이런 진호한테 현옥이를 따라 보냈으면 어쩔 번 했는가? 그것이야말로 현옥이 목에 폭탄을 매달아놓은 것과 같은 것이 아닐 수 없지.'

현옥이가 제철소에 왔던 일은 모르는 그였지만 요즘에 와선 이전보다 더한 고민에 모대기고 있다는 것만은 깨닫지 않을 수 없었던 것이다.

시간이 가면 저절로 해결되리라고 여겼던 것이 오히려 점점 더 큰 상처로 확대되는 것 같아 은근히 불안스럽기까지 했다.

'그래도 이 사실을 알게 되면 생각이 달라지겠지. 이번에 가선 단단히 정신을 차리게 해주어야지.'

"알 만하네. 짐작이 가. 그의 기술안이 가망이 없다는 걸 알면서도 동무가 왜 그만두게 하지 못했는가 하는 게 말일세. 그 안이 바로 '중유절약안'과 대조되였기 때문이겠지. 자기가 그걸 반대하면 책임기사가 자기의 기술안을 위해 남의 것을 묵살한다는 비난을 들을가봐 겁낸 거겠지. 안 그런가?"

"…"

기철은 아무 말도 할 수 없었다. 실상 그런 걱정이 없었던 것도 아니기 때문이였다.

"그런 사소한 체면의 결과가 어떻게 됐나 보게. 언제나 원칙을 떠나면 이런 후과가 차례지기 마련이야. 사람이 감정의 동물이라고는 하지만 그 감정을 이기지 못하면 완전한 사람이 못 돼. 특히 우리 일군들인 경우엔 말일세!"

기철이가 알고 있는 명식이란 리성이 풍부하며 엄격하고 공정한 사색과 지혜를 가진 사람으로서 정력을 결코 헛되이 랑비하지 않을 뿐 아니라 모든 현상을 정확하게 보고 오로지 합리적인 것만을 뜻있는 것으로 인정하는 사람이었다.

"그 사람이 잘못 판단할 수야 없지요. 그 사람이 잘못됐다는 건 원칙이 잘못됐다는 거니까!"

남들이 생각하는 것처럼 그 역시 명식이를 이렇게 인정하고 있었다.

명식이 말을 들으면 들을수록 기철이는 확실히 진호가 자기 기술안은 물론 생활에서까지 회의를 품고 있으면서도 자신이 처한 처지와 그로 인한 궁여지책으로 하여 어떤 망상적인 완강성을 고집하고 있는 것 같았다.

그러자 애초에 그에게서 느끼던 의혹, 어째서 그만한 학식과 능력을 소유한 그가 그처럼 막연한 기술안을 고집할가 하는 의문이 풀리면서 바로 그런 처지에 있었기 때문에 그토록 무모한 행동을 할 수밖에 없었으리라는 리해가 일종의 련민과 함께 솟구쳐 오르는 것이었다.

'그러면서도 '중유절약안'을 일축하다니?'

은연중 진호에 대한 고까운 생각이 일었다.

"하지만 그런 사람들은 현실이 용납하지 않는 법이지. 아무리 교묘하게 위장을 한다 해도 우리의 생활은 그런 사람에겐 공정한 판결을 내리고 만단 말일세. 어제가 그랬고 바로 오늘의 현실이 또 그걸 증명하지 않나. 그건 그렇고 '중유절약안'은 어째서 다른 사람한테 넘겼나?"

분명 말머리를 돌리고 싶었던지 이렇게 말하며 기철을 바라보던 명식은 손을 들어 해빛을 가리였다.

"어쩌겠습니까? 기술과에서는 당장 '산소의 강욕취입안'부터 선행하라는데 그걸 그냥 묵혀둘 수야 없지 않습니까. 더우기 혼자서 두 기술안을 다 안고 있을 수도 없고…"

"하여간 동문 그게 탈이야! 또 체면이 작용한 건가? 아니면 그 알량한 인간성의 탓인가? 어쨌든 동문 그런 사사로운 감정으로 해서 사업의 리익을 지키지 못하는 게 흠이거던. 진호와는 너무나도 반대라니까…"

기철은 그가 몇 해 전 고속도 분석기에 대한 공동론문을 제기했을 때의 일을 념두에 두고 하는 말이라는 것을 모르지 않았다.

그때 한 연구소에 있는 늙은 연구사가 오래동안 연구한 끝에 제기한 분석기가 자기네 것보다 더 우월하다는 것을 느낀 기철은 이제라도 론문을 포기하자고 했었다. 그러나 명식은 웃으면서 이렇게 말했다.

"이 사람아! 그런 동정은 필요 없어! 기술이란 어디까지나 현실이란 무대에서 벌어지는 치렬한 경쟁이란 말이네. 우린 벌써 현장시험을 거쳤지만 그건 아직 도면에 불과하지 않나! 어느 게 더 국가에 리익을 주는가 하는 건 두고 봐야 한단 말일세."

그런데 아나나 다를가 연구사의 분석기는 종내 도면으로 그치고 말았던 것이다.

"내가 말하는 건 완성단계에 있는 기술안을 다른 사람한테 넘겨준 것이 아까와서가 아니네. 그게 그만치 기술 발전을 위해서는 손해기 때문이야. 동문 량심에 못 이겨 그런 '선심'을 썼지만 그게 결국 어떻게 되겠나? 그 기술안을 인계받은 사람은 어차피 첨부터 새로 시작해야겠지? 동무가 이룩해놓은 높이까지 리해해야 앞으로의 연구를 계속할 수 있을 테니까. 그럼 그게 몇 달이 걸릴 텐가? 얼마만 한 기일을 손해 보는가 말일세. 어떤 문제도 결코 자기 자신의 감정으로가 아니라 국가적 견지에서 사고할 의무밖에 없다는 걸 어째서 명심하지 못하나!"

기철은 명식의 행동과 사색의 지침이 랭철한 리성과 분석이라는 생각을 다시금 품게 되면서 바로 이 명확한 생활관이 그를 그처럼 빨리 발탁케 한 요인이라는 것을 새삼스레 느끼지 않을 수 없었다.

구내산에 들어서는데 벌써 영양제 식당(노동자 무료 구내식당)에서 풍겨오는 구수한 냄새가 코를 찔렀다.

26

회의실은 많은 사람들로 붐비였다.

공장 내 기사들은 말할 것도 없고 공업시험소와 흑색금속(선철과 강철 및 2차 가공 금속) 설계연구소의 연구사들까지 와 있어 거의 빈자리가 없었다. 기술부기사장을 따라 들어선 명식이가 집행석을 차지하자 곧 회의는 시작됐다.

자리에서 일어난 부기사장이 먼저 모임의 취지에 대해 말하면서 오늘은 부의 실장도 참가했으니만치 심사와 관련하여 제기할 문제들도 있으면 서슴지 말라고 발을 달았다(부연했다).

야금 일반에 대해서 특히 강철주조학에서는 일정한 권위가 있을 뿐아니라 외국에 기술고문으로까지 파견된 적이 있는 그는 오늘도 모임을 주관할 때마다 짓군 하는 그런 근엄한 표정을 지었다.

그는 어떤 모임도 정도 이상으로 엄숙하게 이끌어가군 했는데 그때면 목소리도 일반용이 아니라 공식용 즉 매우 뜨직뜨직하면서도 저력이 있는 목소리를 내는 것이었다.

아무 때나 자기만이 정당하다고 주장하는 사람이 아닐 뿐더러 때에 따라서는 남다른 리해력과 아량까지 가지고 있는 그였으나, 일단 이렇게 여러 사람들 앞에 나설 때면 이상하게도 본래의 자기가 아닌 다른 사람처럼 돼버리는 것이었다.

그의 이런 버릇을 '형식주의'로 치부하는 사람도 있었으나 보다는 '순박성'으로 여기면서 선망이 어린 눈길로 지켜보는 사람이 더 많았다.

기사들이 한 사람씩 일어나 자기가 맡은 과제에 대해 총화 짓기 시작했다.

대개가 마감단계에 들어섰거나 계획보다 선행되고 있다는 보고였다. 개중에는 설계심사를 당겨달라고 제기하는 사람도 있었다.

"좋-소! 아주 좋습니다!"

고개방아(고갯방아)를 찧긴 했으나 부기사장의 얼굴에는 언제나처럼 조금도 만족한 빛이 나타나 있지 않았다.

"강철! 왜 강철설비를 맡은 데서는 총화가 없소? 석 동무!"

자리에서 일어난 사람은 얼굴이 가무잡잡한데다가 머리가 가운데만 홀랑 벗겨진 체소한 늙은이였다.

"두 바닥 로야 이달 중으로 심의에 내놓게 돼 있지 않소."

"그렇긴 합니다만 사정이 좀 어렵게 됐습니다."

목소리도 별나게 가늘고 쉬여빠진 목소리였다.

"어쩨?"

"그렇지 않아도 제기하려고 했습지요. 저의 두 바닥 로 개조안은 어디까지나 중유 취입을 전제로 하고 있지 않습니까. 그런데 아다싶이 지금 강철직장에서는 중유가 아니라 새 연료를 취입하려고 하고 있지요. 만약 그렇게 되면 로 바닥 구조는 물론 분출구의 위치와 각도도 다 달라져야 하는데 그것 때문에…"

"가만! 그 새 연료라는 건 무슨 소리요?"

부기사장이 어처구니없는 표정을 짓는데 또 한 사람이 일어나 자기 역시 그 문제가 명백해지지 않고는 상승도 설계를 계속할 수 없다고 했다.

"이거 문제로구만, 문제! 공장에서 승인한 일도 없는 기술안을 놓고 과제들을 흥정하다니? 공장에선 그 기술안에 대해 어떤 결심인지 아오? 담당자가 퇴원하기만 하면 사고심의부터 하자는 거요. 단단히 문제를 세우고 당장 그만두게 하자는 거란 말이요. 대체 그런 본때가 어디 있소. 아무 준비도 없는 걸 망탕(되는대로 마구) 시험하는가 하면 로까지 마사놓고… 작년에 그만큼 고생했는데도 성과가 없었다는 걸 동무들도 다 알지 않소! 무시하시오. 그 기술안은 무시하란 말이요."

"아니 무시하다니요?"

회의실 중간에서 한 사람이 불쑥 자리를 차고 일어났다. 태수였다.

"그걸 어떻게 무시한단 말입니까?"

너무도 급작스런 그의 태도에 사람들은 놀랐다.

"물론 그 새 연료안이 어떤 건지는 전 잘 모릅니다. 하지만 그것을 위해 그가 얼마나 많은 것을 바쳐왔는가 하는 것만은 잘 압니다. 대학 초기부터 그는 오직 그 하나를 위해 모든 걸 바쳐왔습니다. 아니 그걸 위해 대학에 왔다고도 할 수 있지요. 휴식 날이 따로 있은 줄 압니까? 방학 때도 그 하나를 위해 줄창 공장에만 나가 살았지요. 그 과정에 그는 눈까지 못 쓰게 됐습니다. 육안으로 쇠물을 주시한 것으로 하여 한쪽 눈의 시력이 점점 잃어지고 있단 말입니다. 이런데도 그걸 무시해야 합니까? 이런데도 이미의 경험만 따지면서 안 된다고 단정해야 하는가 말입니다."

태수는 벌써 끓어오르는 격정을 주체하지 못하는 상싶었다.

"태수 동무!"

부기사장은 목소리를 낮추며 조용히 말했다.

"주관적인 욕망이나 소원으로 이루어질 수 있다면 도대체 우리가 해결 못할 문제가 뭐겠소? 기술이란 욕망으로는 해결 할 수 없다는 진리를 알고 나서야 비로소 제 1보에 접하는 게 아니요."

"옳습니다. 저 역시 그가 지나친 욕망을 앞세우지 않나 해서 만류한 적이 있지요. 론쟁도 하구요. 강좌의 선생들도 첨엔 다 우려 했습니다. 그러나 그는 자기의 주장을 기여이(기어이) 고집했고 그 과정에 많은 것을 이룩해놓았습니다. 그래서 오늘은 그걸 실현시켜보겠다고 여기까지 내려오지 않았습니까. 그래 그가 과연 아무런 담보 없이, 확신도 없이 그런 용단을 내렸겠습니까?"

벗어놓았던 안경을 다시 낀 부기사장은 저으기 난처한 기색을 지으며 명식이를 돌아보았다.

그러나 명식은 웃고 있었다.

그러지 않아도 새 연료안에 대한 문제가 제기되여 마침이라고 생각했는데 태수가 진호를 옹호해 나서는 바람에 그는 더욱 만족스러운 기분에 젖어 있었다.

"이것 보오."

명식의 입가에는 다시금 엷은 미소가 스쳤는데 이 미소는 흔히 어리석은 상대방을 설복해야 할 경우에만 나타나는 것이였다.

"물론 그가 새 연료안을 위해 노력은 했소. 그러나 아직은 초보의 초보에 지나지 않소. 동문 그가 아무런 담보도 없이 여기까지 내려왔겠는가고 하지만 실지로 아직은 아무런 과학적인 담보도 없소. 사실을 정확히 알아야겠기에 말하오만 그가 여기로 오게 된 건 자기의 희망이나 어떤 확신이 있어서가 아니라 이미의 실패를 책임지지 않을 수 없었기 때문이요."

"?!"

사람들은 이게 무슨 소리냐는 듯 대번에 눈이 휘둥그래졌다.

"아니 실패라니요? 아닙니다! 그래서가 아닙니다."

태수는 황황히 부르짖었다.

"물론 그가 사고를 냈습니다. 그러나 그가 이리로 온 건 그래서가 아닙니다. 그래 실장 동문…"

"동무!"

명식의 목소리는 높지 않았으나 저항할 수 없는 힘이 풍기였다.

"그래 동무가 그게 어떤 사곤지 알기나 하오? 그 사고심의에서 어떤 문제가 론의됐는가 하는 걸 아는가 말이요. 그때에도 그는 큰 사고가 아니기 때문에 용서받았노라고, 제철소에 가는 건 자기가 탄원했기 때문이라고 했소. 사람들을 기만했단 말이요. 긴 말 할 필요 없이 본인에게 물어보오. 그 자신이 사람들을 속였다는 걸 실토했으니까."

"?"

태수는 입을 딱 벌리고 사방을 두리번거렸으나 명식은 그런 건 더 론의할 여지도 없다는 듯이 눈을 꾹 감았다. 그리고는 장내가 조용해지자 다시 눈을 떴다.

"문제는 거기에 있는 게 아니라 그가 왜 그 무모한 기술안을 계속 고집하는가 하는 여기에 있소. 그의 기술안이 현실성이 없다는 건 자명한 일이요. 그 자신이 이걸 몰라서겠소? 아니요! 그것이 자기 힘에 아름찬 것이라는 걸 몰라서겠소? 그것도 아니요. 더우기 그는 이미 새 연료에 대한 실태를 당에 보고 올렸다는 사실도 알고 있소. 그런데도 여전히 그걸 고집하고 있소. 무엇 때문이겠소? 그의 목적은 그 기술안을 계속 주장함으로써 자신의 이미의 행동, 남들의 비난과 조소의 대상이 된 자기의 처지를 다소나마 타당화해보자는 데 있을 뿐이요. 말하자면 악에 받친 사람의 무분별한 행동에 지나지 않는단 말이요."

회의장은 긴장한 분위기에 휩싸여들었다.

"그러다나니 지금 그는 자기의 보잘 것 없는 체면을 위해 집단을 우롱하고 있고 동무들은 그에게 희롱당하고 있단 말이요. 알겠소? 그래 이게 심각하오, 심각하지 않소?"

부기사장의 말을 들을 때에는 누구나 순전히 기술적인 범위에서만 사색하던 사람들이 명식이의 말을 듣고는 원칙에 대해, 집단의 리익에 대해 생각했으며 더우기는 진호와 같은 사람은 함부로 사귀지 말아야겠다는 경각성을 느끼게 했다.

사실 명식은 지금 자기가 그 어느 문제보다도 깊이 이 복잡한 사건의 본질을 파악하고 있을 뿐더러 이 사건을 완전히 해명함으로써 자기의 실력이 또 한 번 과시될 것이며 따라서 집단을 위해 거대한 리익을 가져오게 되리라는 것을 믿어 의심치 않고 있었다.

모두가 하나같이 고개를 숙이고 저마끔(저마다) 깊은 생각에 잠겨 있었지만 오직 한 사람, 정아만은 아까부터 꼿꼿한 눈길로 명식이를 치떠보고 있었다. 그는 지금 어떤 의혹과 불만으로 하여 질정할 수 없는 마음이였다.

그러나 한 가지만은 명백했는데 그것은 실장이 진호를 몰아세우면 세울수록 반감은 어쩐지 진호에게가 아니라 실장에게 쏠리는 그것이였다.

'어째서 실장은 진호 동무를 그렇게만 볼가? 진호 동무가 그런 사람이라니? 사고를 내긴 했지만 어떻게 그가 집단을 우롱하고 있단 말인가! 오히려 그야말로 누구보다 당의 뜻을 진심으로 받들려고 하지 않는가!'

"우리는 어떤 기술안을 대할 때에도 반드시 사소한 감정이나 주관을 경계하고 철저히 원칙적인 립장, 당적인 립장만을 견지해야 하오. 그러자면 우선…"

한마디 한마디에 힘을 주어가며 강조하는 명식이의 말에 정아는 다시 고개를 들었다.

더는 잠자코 앉아 있을 수 없었다.

"저의 의견을 말해도 좋습니까?"

그는 저도 모르게 자리에서 일어났다.

일시에 자기한테로 쏠리는 사람들의 시선에 다소 당황했으나 그런 당황에 비하면 내심에 이는 충동이 너무도 격렬했다.

"전 얼마 전까지만 해도 새 연료안을 반대해온 사람입니다. 기술적인 타당성이 없는 것으로, 주관적인 욕망에 불과한 것으로만 여겨댔습니다. 그러나 진호 동무의 기술안을 구체적으로 따져보는 과정에 실로 많은 걸 새로 느끼지 않을 수 없었습니다."

조용하던 회의장이 일시에 술렁거렸다.

"그래 새로 느꼈다는 게 뭐요?"

부기사장이 물었다.

총화모임이 새 연료안 하나에만 국한되는 게 언짢아 어떻든 회의를 제 곬(한쪽으로 트여 나가는 방향이나 길)으로 끌어가려고 노력하던 그였으나, 이젠 아무리 자기가 노력한다 해도 회의 분위기를 돌려세우기는 글렀다고 여기고는 그럴 바엔 아예 새 연료안 하나라도 똑바로 결론을 내려야겠다고 맘먹은 것이었다.

"제가 알기에는 그가 연구하는 첨가제가 온도를 보충해줄 뿐 아니라 연료의 이러저러한 부족점을 방지해주는 환원제로 또 촉매제로 되고 있다는 것입니다. 여기에서 그는 벌써 적지 않은 성과를 이룩하고 있습니다. 례를 들면 그 첨가제로 지금 로 내 온도를 1780도까지 보장했는데 이것은 이전에 그가 시험했을 때보다 20도나 더 올랐다는 것을 말해줍니다. 그뿐이 아닙니다. 회분이 많은 연료를 연소시킴에 있어서 작업공간에 재가 쌓이는 것을 막기 위해 보충적으로 화실을 따로 설치하고 거기서 연소시키게 되여 있다는 것입니다. 이것은 그가 수백 도나 되는 연도 속에 직접 들어가 얻어낸 귀중한 자료입니다."

정아의 두 눈은 어느덧 열기를 띠고 반짝였다.

꽃술처럼 발딱 들린 속눈섭은 그린 듯이 움직일 줄 몰랐고, 볼록 내민 단단한 가슴은 흥분으로 하여 세차게 오르내렸다.

"이런 기술적인 타산도 타산이지만 제가 보다 새롭게 느낀 건 그 기술안을 완성하기 위해 무엇도 가리지 않는 그의 고상한 정신적인 힘입니다."

두 손으로 커다란 주먹을 만든 채 까딱 움직이지 않던 명식은 부기사장에게 처녀가 누군가고 물어보고는 눈을 스르시(소리 없이 슬며시) 감았는데 그 품은 마치 그런 말은 새삼스런 것이 아니며 나아가서는 웃음거리로밖에는 되지 않는다는 것을 보여주려는 것 같았다.

아닌 게 아니라 명식은 심정이요 정신이요 하는 정아의 말이 가소롭기 짝이 없었다. 생각 같아서는 "여기가 뭐 시를 합평하는 덴 줄 아오? 우린 시인들이 아니라 기술자들이란 말이요. 그런 뜬소리들은 걷어치우시오." 하고 소리치고 싶은 것을 어쩔 수 없었다.

"전 기술을 알기 전에 인간을 알아야 한다는 것이 무엇을 의미하는지 그리고 고결한 정신적인 안받침이 없는 기술은 한갖 거품과 같이 무게가 없다고 한 리치가 무슨 뜻인가 하는 걸 그 새 연료안을 따져보는 과정에야 비로소 알게 됐습니다."

그 리치는 대학 때 기철이한테서 배운 것이지만 그에 따르는 진정한 가치는 오늘 진호한테서 깨달은 것이었다.

"그러니 동문 우리의 과제들 중에도 그런 정신적인 힘이 안받침 되지 않은 기술안도 있다는 거요? 우리의 기술안들은 우선 목적부터가 다 국가를 위하고 근로자들을 위한 데 있는 게 아니겠소."

"아니 그렇지만 않다고 봅니다. 상대적이긴 하지만 그런 것도 있습니다."

"있다?"

부기사장은 눈을 크게 떠 보이며 놀랍다는 시늉을 했다.

정아는 망설였다.

그러나 곧 마음을 정하고는 다시 고개를 들었다.

"진호 동무의 새 연료안에 비해 책임기사 동무의 '중유절약안'이 그렇다고 봅니다. 저도 '중유절약안'이 실현할 가능성이 많다는 건 압니다. 하지만 그건 새 연료안에 비해볼 때 확실히 현실에 피동적인 것이 아닐 수 없습니다."

순간 정아는 자기가 무엇을 말했으며 그 말에 어떤 의미가 숨어 있는가를 깨닫고는 소스라쳤다. 자기의 생활에 결정적인 영향이 미칠 그런 말을 했다는 것을 느끼지 않을 수 없었던 것이다.

자기가 한 말은 결국 진호의 새 연료안을 긍정하는 데 그치는 것이 아니라 사랑해 마지않는 사람의 가슴에 칼을 박는 것이 아닐 수 없었기 때문이였다. 책임기사의 너부죽한 잔등(등)에 시선이 닿는 순간 그는 이것을 더욱 절감했다.

그러자 갑자기 비통한 마음으로 하여 가슴이 미여지는 것 같았다. 수치와 모멸로 하여 풀이 죽은 그가 저주를 담은 구슬픈 눈길로 쳐다보는 모습이 떠오르자 당장 울음이 북받쳐 올랐다.

'아니야! 그래도 나는 옳게 행동했어! 그를 위해서도 나를 위해서도 또 집단을 위해서도! 지금은 몰라도 어느 땐가는 그도 리해할 거야. 꼭 리해하고말고.'

그는 나약한 감정으로 우유부단해지려는 자신을 다잡았다.

'누가 사랑하는 사람에게 무자비할 수 없다고 했는가? 사랑하기 때문에 더욱 무자비해야 하는 거야!'

가슴은 널뛰듯 했지만 그 어떤 구속의 그늘도 비끼지 않는 마음이여서 행복했다.

감동과 격려에 찬 시선으로 자기를 돌아보는 태수를 대하자 그는 새삼스레 자기가 무엇을 위해 어떻게 처신했는가를 돌이켜볼 수 있었고 그처럼 자신 있게 행동한 것이 기뻤다.

'고맙소! 정아 동무! 장하오!'

태수의 눈길은 뚜렷이 이렇게 말하고 있었다.

오로지 그는 지금 책임기사가 자기의 목소리를 통하여 얼마나 자기가 힘들게 또 진정으로 얘기했는가를 조금이라도 짐작해주었으면 하는 그 한 가지 생각뿐이었다.

그러나 기철이는 정아가 바라는 리해는 고사하고 분노와 수치로 하여 가슴이 터질 것만 같았다.

분하다 못해 숨이 막혔고 온몸이 덜덜 떨리기까지 했다.

흔히 자존심이 강한 사람이 모욕을 받았을 때 터뜨리군 하는 그런 성급하고도 격렬한 분노가 가슴 속에 소용돌이치는 것이었다.

처음엔 정아의 태도에 어안이 벙벙했댔으나 두 기술안을 대조하면서 '중유절약안'의 취약성을 까밝힐 땐 어떤 수치, 정신적인 라체(나체)에서 오는 모멸감으로 하여 미칠 것만 같았다.

"이것 보오. 처녀 동무!"

명식은 한동안 미간을 좁힌 채 정아를 유심히 지켜본 다음에야 조용히 고개를 끄덕이였는데 그 모습은 마치 이제야 그에 대한 명확한 개념을 파악했다는 듯했다.

"물론 우리는 어디까지나 우리의 연료로 쇳물을 끓여야 하오. 그걸 모르는 사람은 여기에 한 사람도 없을 거요. 하지만 그 발전의 합법칙적 과정을 무시할 수야 없지 않소. 나도 동무가 말하는 그 첨가제가 어떤 것인지 모르지 않소. 그러나 20도의 온도가 증가된 것을 첨가제의 역할로 본다면 오산이요. 왜냐하면 여기에는 가스와 산소를 비롯한 보충연료들이 배합돼 있기 때문이요. 4천 립방의 가스와 5기압의 산소, 이것은 중유소비량의 절반을 담당할 수 있는 열량이란 말이오. 설사 그 첨가제가 온도를 담보한다고 합시다. 새 연료에 의해 생기기 마련인 생성물 처리는 어떻게 하겠소? 화실을 꾸려? 어디다 어떻게? 안 되오, 절대로! 만약 지금 단계에서 새 연료를 취입한다면 필경 로 수명이 절반도 되기 전에 연도가 메여버리라는 것은 당연한 리치요. 이 난관은 엄연한 사실이며 현 조건에서는 해결하기 어려운 과제가 아닐 수 없소. 그렇기 때문에 당에서는 이런 조건을 헤아리시여 우리들에게 중유를 우선적으로 해결해주신 것이 아니겠소."

우리 당의 배려가 모든 사실을 뚜렷이 증명하고 있는데 왜 그리도 리해하지 못하는가 하는 듯한 안타까운 어조였다.

그러나 그는 곧 확신에 넘친 표정으로 사람들을 둘러보았다.

"한 가지만 말해둡시다. 현실 조건에 대한 정확한 타산! 이것이 바로 우리 기술 일군들의 본분이라는 걸 말이요. 그런 의미에서 볼 때 새 연료안은 지금 단계에선 전혀 불가능하오. 가망이 없단 말이요. 나는 기술안에 대한 심의를 책임진 사람으로서 새 연료안과 관련된 이런 현상을 그대로 묵과할 수 없다는 걸, 때문에 제철소 당 위원회는 물론 부당에도 이 실태를 보고하여 해당한 대책을 취하지 않을 수 없다는 것을 밝혀두는 바요."

명식의 나직한 목소리에는 어떤 일이 있어도 자기의 결심을 기어이 관철하고야 말겠다는 의지가 력력히(역력히) 어려 있었다.

27

　병원에서 퇴원해 나온 진호는 첫 눈에 직장 분위기가 달려졌다는 것을 직감하지 않을 수 없었다.

　불과 보름 남짓한 기간이였지만 몇 달 만에 돌아온 것 같은가 하면 마치도 생소한 곳에 처음 온 것처럼 서먹서먹하기도 했다.

　새삼스럽게 자기의 존재가 고독하고 서글펐다.

　공장에서는 취입시험을 중단시켰을 뿐 아니라 기술부기사장을 책임자로 하는 심사조가 구성되여 새 연료안에 대한 전면적인 검토를 실시하고 있었다.

　기술안에 대한 기술적인 검정과 함께 창안자의 진의도가 무엇이며 혹시 막다른 처지에서 오는 반발적인 소행이 아닌가 하는 의심도 없지 않다는 것을 느낀 순간 그는 가슴이 미여지는 것만 같았다.

'내가 이젠 그런 존재로까지 돼버렸단 말인가!'

너무도 절망적인 사실이여서 불만을 터뜨릴 수조차 없었다.

병원에 있을 때부터 어떤 타격이 있으리라는 것을 은근한 공포 속에 예감하고 있었지만 이렇게까지 가혹할 줄은 몰랐다.

전에 의심을 받을 때와는 전혀 달랐다.

그때는 진정에 대한 의심에 지나지 않았지만 지금은 그 의심이 확증된 데 대한 무자비한 보복이였다. 그때는 불만과 분노를 앞날에 대한 희망에라도 걸 수 있었지만 지금은 희망은커녕 사소한 기대조차 가질 수 없었다.

오직 절망과 불안, 어둑침침한 고뇌만이 자기 앞에 도사리고 있을 뿐이였다.

어떤 일도 시련이 있어야 재미가 있고 시련을 통해서 얻어낸 보람이라야 진정한 보람이라고 여겨온 자기였으나, 이제 와선 그 시련이 지긋지긋하기만 했고 어떻게 유치한 생각을 했댔는지 가소롭기 짝이 없었다.

그것만이 아니였다.

그에겐 다른 또 하나의 고통이 있었는데 그것은 파악도 없는 기술안을 제때에 다잡지 못해 사고를 내게 함으로써 생산에 지장을 주었을 뿐 아니라 대중들을 옳게 이끌지 못했다는 것으로 하여 초급 당 비서가 제철소 당 위원회로부터 추궁을 받고 있다는 사실이였다. 책벌이 적용되리라는 소문까지 돌았다.

"이 일을 어떡하면 좋은가?"

태수를 붙들고 호소해보았지만 그 역시 아무 대꾸를 못했다.

웬만한 일쯤에는 꿈쩍도 하지 않는 그였으나 요즘은 어째선지 그 전처럼 활기에만 차 있지 않았다. 줄곧 무슨 생각에 골똘하기도 했고 갑자기 속 빈 탄식을 터뜨리며 허거프게 웃기도 했다.

모든 사람들이 자기를 멀리했지만 그래도 태수와 정아만은 그렇지 않았다.

스스로의 의사이긴 했으나 그들 역시 사람들로부터 고립되다나니 자연히 자기와 같은 처지에 놓일 수밖에 없기도 했다.

태수는 그새 자기한테 배당된 투사기 자재로 취입기를 만들어놓았을 뿐 아니라 파괴된 투사기까지 연료를 취입할 수 있게 수리해놓음으로써 이젠 한쪽만이 아니라 로의 동서 량쪽에서 새 연료를 취입할 수 있게 해놓았던 것이다.

그런 그가 더없이 고마왔지만 진호는 도리여 이렇게 말했었다.

"이제야 무슨 필욘가? 관두게!"

그때마다 태수는 왕청 같은 말만 했다.

"모르겠다니! 난 아무리 따져봐도 리유를 모르겠단 말일세. 그의 말이 하나도 납득되진 않지만 그렇다고 반박을 할 수가 없더란 말야. 글쎄 이게 이상한 일이 아닌가. 그의 말을 부정하면 마치 어떤 원칙을 반대하는 것처럼 돼버리니 말야!"

그는 요즘 노상 명식이에 대한 생각밖에 없는 듯싶었다.

언젠가 자기가 체험했던 그 불가사의한 감정을 오늘은 태수가 느끼는 것이라고 생각하며 진호는 쓸쓸한 미소를 지었다.

"바로 거기에 그의 남다른 힘이 있지. 자기의 견해, 그것이 어떤 것이라 해도 그것을 정당화하는 위력이 그에겐 있단 말이네."

"그렇다고 그가 옳은 거야 아니지 않나."

"옳지 않다니? 그래 그걸 뭘로 증명하겠나. 그가 잘못한 게 뭔가 말일세. 왜 사람의 진정을 리해해주지 않는가고? 어째서 마음속에 품은 간절한 마음은 알려 하지 않는가고? 흠! 그때 그가 뭐라고 하는지 아나? '혁명하는 사람은 나타난 사실을 놓고 변명하지 않소. 결과를 가지고 사람을 평가하는 것보다 더 정확한 기준이 뭐요.' 이런단 말이야. 뭐라겠어? 한마디로 말해 그는 철갑으로 완전무장했지만 우린 벌거숭이 알몸이거던. 그런 사람과 맞서기 위해서는 감정 따위나 가지고는 어림도 없다는 걸 알아야 해. 그런 것은 그와 맞서기 위해 필요한 것 가운데 겨우 20분의 1에 지나지 않지."

태수와의 이야기는 언제나 이런 결론으로 하여 다시 침묵으로 잦아들었으나 정아의 경우는 달랐다.

그는 마치 새 연료안이 지금 어떤 사태에 처해 있는지, 그것으로 하여 사람들이 자기들을 어떻게 보고 있는지 전혀 느끼지 못하는 것 같았다.

더우기 놀라운 것은 얼마 전까지만 해도 새 연료안을 정면에서 공격해나서던 자기가 이렇게 반대되는 행동을 하는 것이 혹시 다른 사람들에게 웃음거리로 되지 않을가 하는 위구 따위는 안중에도 없는 그것이였다.

"이걸 봐요. 방금 유도로에서 시험한 건데 탄소성분이 세 개나 높아졌어요. 배합이 잘못일가요? 아니면 분석이 잘못됐을가요?"

이런 식이였다.

정아가 자기의 기술안을 지지해 나섰다는 말을 첨 들었을 때 진호는 도저히 믿을 수가 없었다. 무슨 바람이 불어 졸지에 그가 돌변했단 말인가! 아무리 따져봐도 그의 의사를 가늠할 길이 없었던 것이다.

'알다가도 모를 게 처녀의 마음이라더니… 과연!'

무엇이 그를 돌변케 했는지 몰라도 필경 내막에 있어서는 변하기 잘하는 처녀들의 속성 즉 그처럼 자기와 지향을 같이할 것 같은 현옥이가 하루 사이에 돌아앉은 것과 같은 그런 변화가 정아에게도 일었다고 여겼댔으나, 퇴원하여 그를 만나는 순간 진호는 자기의 짐작이 잘못이라는 것을 깨닫지 않을 수 없었다.

"절 욕했지요? 용서해주세요. 대신 이제부턴 '조수'로 일할 게요."

이 한마디 말에 그는 이 처녀가 무엇 하나 마음속에 숨기지 못하는 아주 솔직하고 대담한 처녀라는 것을 직감했고, 특히 그가 어떤 일시적인 충동으로 취하는 행동이 아님을 알 수 있었다.

다음 날부터 그는 정말 성실한 '조수'로 일하기 시작했다.

자기가 해야 할 바를 다 알고 있다는 듯 그의 행동은 자못 자신만만했다.

짬 시간마다 시험소에 가서 분석을 하는가 하면 보충연료들이 연료에 미치는 작용에 대한 자료를 안받침하기도 했다.

그의 이런 행동에는 인위적인 진실을 나타내기 위한 과장된 표현이 조금도 없었을 뿐더러 다만 하던 일을 계속하는 듯한, 그것도 무척 흥미를 가지고 하는 듯한 인상뿐이였다.

당돌하기도 하고 어처구니없기도 한 그의 행동이 놀랍기도 했으나 한편으론 눈물이 나게 고맙기도 했다.

이제야 무슨 소용이냐고, 괜한 고생은 하지 말라고 권고하고 싶었지만, 막상 그 말을 하려니 그것을 표현할 말마디보다 사람들한테서 멸시를 받고 있는 자기의 비참한 처지가 되새겨지면서 울분이 솟구쳐 올라차마 입을 열 수가 없었다.

이 두 사람을 제외한 나머지 사람들은 모두 멀찌감치 물러나 싸늘한 눈길로 자기를 지켜보고 있었다.

하지만 어느 쪽이라고 찍기 어려운 사람이 있었는데 그는 바로 책임기사 기철이였다.

진호는 누구보다 그가 자기에게 랭담한 태도로 나오리라고 여겼었다. 그런데는 워낙 새 연료안에 대해 품고 있는 의견도 의견이지만, '중유절약안'을 배반하고 자기의 새 연료안에 합세해 나선 정아의 '괘씸한' 처사가 그를 더욱 그런 감정에 북받치게 하리라는 것은 당연한 리치였기 때문이였다. 한데 그는 침묵으로, 아니 도리여 호의적으로 자길 대하는 것이였다.

언제나처럼 긴장한 표정으로 그가 마주볼 때면 마치 자기가 온당치 못한 계책을 꾸며 그에게 타격을 가하게 한 듯한 느낌이 들었고, 그 역시 이것을 속으로는 느끼고 있지만 지나친 격분으로 하여 터놓지 못하고 있는 것이 아닐가 하는 생각으로 당황하게까지 되였다.

'왜 아무 말도 하지 않을가. 진실로 뭔가 깨달아설가? 아니면 가슴 속에 맺힌 원한 때문일가?'

도저히 종잡을 수가 없었다.

보매 그는 어떤 사소한 실수로 하여 더 큰 오해나 받지 않을가 하여 조바심하는 듯한 눈치였는데 이것이 진호에게는 더 난처한 노릇이였다.

확실히 자기와 책임기사 사이에는 표면상으로는 서로 얼굴을 맞대고 사업을 토론하면서도 속심으로는 상대방을 경원하고 있어 진지한 태도로 바라보지 못하는 것은 물론 지어는 싸울래야 싸울 수도 없는 그런 관계에 처해 있었다.

"오늘은 나하고 같이 가지 않겠나?"

휴계실을 나서던 진호는 방금 목욕을 하고 와서 옷을 갈아입던 로장이 이런 말을 하는 바람에 뒤돌아보았다.

"어델 말입니까?"

"글쎄 따라만 오게. 혹시 한 잔 있을지 알 게 뭔가!…"

땀방울이 맺혀 있는 그의 얼굴에 얼핏 한 줄기 미소가 스쳤다.

입원해 있은 자기를 생각해서 어떤 별식을 마련해놓고 집으로 가잔다는 것을 짐작 못한 진호가 아니였으나, 이 기회에 내심에 이는 고충을 털어놓고 싶었던 그는 로장을 따라가기로 결심했다.

사실 로장을 마주할 때마다 진호는 은연중 집에 있는 아버지를 생각하게 되면서 속심을 털어놓고 싶어지는 경우가 많았다.

외모와 체취는 전혀 달랐지만 가까이하면 할수록 점점 아버지와 류사(유사)한 점을 찾아보게 되었고 그리하여 저도 모르는 새에 아버지처럼 대하게 되는 것이었다.

일전에 투사기를 써야 한다고 주장하던 자신을 뉘우치며,

"제가 잘못했습니다. 사실 제가 투사기를 쓰자고 고집한 데는 심사에 어떤 지장이 있을가봐…" 하고 우물거리자,

"됐네! 알면 됐어." 하며 솥뚜껑 같은 손을 불쑥 내미는 것이었다.

아버지도 잘못을 뉘우치는 자기 앞에서는 그것이 아무리 엄중한 것이라 해도 언제나 이렇게 너그러웠으며 또 이처럼 행동했던 것이다.

진호는 로장과 아버지 사이에 마치 그 어떤 보이지 않는 뉴대(유대)가 형성돼 있는 것 같았는데, 그것이 모르긴 해도 계급적 바탕에 깊숙이 뿌리박은 인간들에게서만 나타나는 그런 동질적인 감정이 아닌가 싶었다.

한데 무엇 때문인지 로장은 요즘 수명이 지난 로를 그냥 유지하고 있는 것으로 하여 사람들의 말밥(구설수)에 오르고 있었다.

흔히 수명이 차기 전부터 수리해달라는 것이 일반적인 요구인데 무슨 변덕인지 계획을 이미 수행한데다 보수날짜가 지났는데도 한사코 가동을 고집하는 것이었다.

"흠! 이젠 도급에 눈이 어두웠구려. 골고루 노나(나눠) 먹어야지 혼자 배부르면 되우?"

이런 시비도 없지 않았으나 그는 끄떡도 안 했다.

실상 따져보면 로가 낡으면 그만치 잔손질이 많아질 뿐더러 제강시간

도 턱없이 길어지기 때문에 도급이래야 몇 푼 붙지도 않았다.

그래서 용해공들도 속으로는 달갑잖아 했으나 그런 내색을 하면 어떤 벼락이 떨어질지 모르는 터여서 벙어리 랭가슴(냉가슴) 앓듯 속으로만 끙끙거렸다.

"아바이도 절 무척 노엽게 생각하시지요?"

큰길에 나선 진호는 무슨 생각을 하고 있는지 가늠할 수 없는 로장의 덤덤한 표정을 지켜보며 조심스레 입을 열었다.

"왜?"

"자기 기술안을 위해 투사기를 파괴했지, 로를 마사먹었지, 거기다가 비서 동지까지 피해를 입게 했으니 말입니다."

고개를 끄덕이는 로장의 모습에서 그가 이미부터 자기의 속심을 짐작하고 있었을 뿐 아니라 바로 그래서 이런 기회를 만들었다는 것을 깨달을 수 있었다.

"나는 자네 심정을 모르는 건 아닐세. 고민이야 있겠지."

달빛에 어려 환영같이 어른거리는 나무 그림자를 내려다보며 우택은 탄식조로 중얼거렸다.

"왜 가슴이 아프지 않겠나 말일세."

그의 다심한 목소리에 진호는 어쩐지 목이 메여 오르는 것을 어쩔 수 없었다.

이룩하려던 것에 비해 너무나도 가혹한 결과만 차례지기 때문인지 아니면 그 결과가 이젠 더는 어떤 희망조차 품게 하지 않기 때문인지.

오직 하나의 충동, 자기는 결백하며 때문에 언제던 꼭 그것이 증명될 날이 있으리라는 그 하나의 신심으로 일해 왔지만, 증명되기는 고사하고 도리여 점점 더 파렴치한 인간으로만 인정되는 것이 아닌가! 내가 과연 그렇게도 비루하고 무뢰한 인간이란 말인가!

솟구쳐 오르는 격정을 삼키며 그는 나직한 목소리로 말했다.

"아바이, 전 요즘 이런 생각을 해봅니다. 누구나 살아가느라면 원하던 원치 않던 간에 지켜야 할 도덕적 의무가 있다고 말입니다. 아무리 량심이 없는 인간이라 해도 그 의무의 최소의 량은 지켜야 한다고 말입니다. 그게 바로 사람의 도리라구요."

"도리?"

우택은 마치 진호를 처음 보는 사람이기라도 한 것처럼 찬찬히 바라보았다.

"도리라… 자넨 지금 자기 기술안으로 해서 다른 사람들을 고생시키기 때문에 그런 말을 하는 것 같은데 내 생각엔 옳은 처사가 아닌 것 같네."

이때 앞에서 자전거를 타고 오던 사람이 속도를 늦추며 로장에게 자기네 로가 지금 무슨 작업을 하더냐고 묻는 바람에 로장은 그쪽을 보지 않을 수 없었다. 용해공이라면 누구나 출근할 땐 자기 로의 공정을 묻는 것이 상례로 되어 있었다.

"한창 쫄이구 있네."

"아니 벌써요? 그럼 올라가자마자 또 한물 뽑아야겠군! 좋-다! 넨-장!"

대뜸 엉치를 하늘로 추켜세운 그는 갑자기 자전거 선수라도 된 것처럼 허리를 새우처럼 꼬부리고 신명나게 페달을 밟아댔다.

"어쨌든 자네가 생각하는 건 도리가 아니야! 뭐라고 할가? 눈치? 그래 눈치지!?"

"눈치요?"

"암 눈치구말구, 사람들이 자길 어떻게 볼가 하는 눈치! 이런 경우에는 이렇게 행동하고 저런 경우에는 저렇게 행동해야겠다는 눈치란 말일세."

아버지가 하던 말이 회상됐다. 그때 남들이 자길 보고 뭐라겠는가고 하자 아버지는 그런 눈치는 볼 필요가 없다고, 행동으로 증명하라고 했었다. 그런데 그 행동의 결과 오늘은 또 이런 처지에 빠지지 않을 수 없게 되었는데 로장은 또다시 눈치를 본다고 하지 않는가!

"그럼 저의 립장에서 어떻게 해야 한단 말입니까. 그래도 계속 자기주장을 고집해야 한다는 겁니까. 저도 첨엔 그런 결심을 했습니다. 의심도 받고 손가락질도 받았지만 눈을 꾹 감고 일에만 달라붙었지요. 그걸 실현하는 것이 자기를 증명해 보이는 거다 하고 말입니다. 참된 량심은 어느 때던 승리하기 마련이다 하고 말입니다. 그런데 그 승리가 어데 있습니까. 어디 있나 말입니다."

또 한 무리의 사람들이 지나가면서 수고했다고 인사를 했으나 우택은 이번엔 그들을 거들떠보지도 않았다.

"그렇다고 해서 이제 와서 눈치를 봐서야 안 되지 않나. 사람이 그렇게 되기 시작하면 불구가 되고 마는 법이야. 왜냐하면 마음의 주추(바탕)

를 잃어버리니까 결국 허수아비가 되고 말지. 남의 말을 듣고 자기를 가늠할 수밖에 없게 된단 말일세."

진호는 로장의 말을 다는 리해하기 어려웠으나 그가 말하는 것과 자기가 생각하는 것의 차이만은 깨닫지 않을 수 없었다.

자기가 생각하는 것은 한갓 평범하고 범속한 범주에 속하는 것이라면, 로장이 말하는 것은 모르긴 해도 그보다 훨씬 숭고한 뜻이 깃들어 있는 것 같았다.

"그 주추란 뭐겠나? 그건 바로 우리 당에서 무얼 바라는가를 알고 거기에 자신을 내세울 줄 아는 것, 당이 의도하는 대로 행동할 줄 아는 그것이 아니겠나. 그래야 언제나 흔들리지 않고 변함없이 나갈 수 있지. 조국과 당에 바치는 이 깨끗한 마음, 이것이 바로 사람의 도리고 량심이 아니겠나 말일세."

진호는 어떤 새로운 충격에 몸을 떨었다.

그러나 자기가 여태껏 바라왔지만 이룩할 수 없었던 것, 그래서 포기하려는 것을 로장이 부인하고 있다는 사실은 어쩐지 반발을 촉발케 했다.

'과연 내가 그렇게 생각하지 않았단 말인가!'

당에서 야금의 주체화를 놓고 그처럼 심려한다는 것을 알았을 때 얼마나 괴로움에 모대기던 자기였던가.

바로 그걸 해결하려고, 기어이 원유를 대신할 우리나라의 새 연료를 만들어낼 하나의 일념으로 대학에 들어갔고 그 하나를 위해 사 년을 고스란히 바친 자기가 아니였던가! 또 그 하나를 위해 모든 고통을 일축하고 현장으로까지 뛰쳐나온 자기가 아니였던가!

"그런데 어떻습니까? 누가 그걸 리해해줍니까? 도와주기나 하나 말입니다. 도리여 비웃고 손가락질하다 못해 이젠… 자- 이런데도 여기에 무슨 량심이 필요합니까. 여기에 무슨 성실한 마음이 필요하나 말입니다."

걷잡을 수 없는 흥분과 어떤 자학적인 감정으로 하여 눈앞에 안개가 서리였다.

"이 사람아! 진리가 명백한 것이긴 하지만 즉시에 나타나지 않을 때도 있는 법이 아닌가! 사 년이 아니라 일생이 걸릴 수도 있지. 아니, 일생이 걸려서도 못할 수도 있지. 한데 문제는 뭔가? 몇 년이 걸리던 그 진리가 확증된 다음에 행동한다는 건 아무런 가치도 없다는 걸세. 진리가 진리로 되기 전에 느껴야 할 뿐 아니라 그렇게 행동까지 하는 데 보람이 있지. 사람은 바로 그런 재미에 사는 게 아니겠나."

"?!"

"실은 나도 그 재미를 한번 볼가 해서 수명이 찬 로를 그냥 유지하고 있는 걸세. 자네의 새 연료를 취입해볼가 해서 말이네."

진호는 놀라지 않을 수 없었다. 그러나 이상하게도 로장의 말에 대한 움직일 수 없는 힘을 느끼면 느낄수록 그 말을 더욱 받아들이게 되지 않았다.

"아무리 아바이가 그렇게 생각하신다 해도 누가 알아줄 줄 아십니까? 그런 마음을 지지해줄 줄 아나 말입니다. 보십시오! 지금도 아바인 그것으로 해서 시비를 듣고 있지 않습니까. 사람들의 말밥에 오르고 있지 않나 말입니다.”

“그건 나도 아네. 그렇지만 난 자네처럼 눈치를 보진 않아! 결심을 달리하지도 않고!”

어딘가 어둠에 휩싸인 한 곳을 응시하며 걷고 있는 로장의 모습이 진호에겐 전혀 딴 사람처럼 여겨지는 것이였다.

“물론 사고심의도 있고 책임추궁도 있겠지. 그렇다고 량심이야 저버릴 수 없지 않나, 안 그런가?”

“전 자신이 없습니다. 그런 생각이 옳다는 걸 믿을 수가 없단 말입니다.”

진호는 자기의 목소리가 어느덧 항변이라기보다 이미의 타성에서 오는 변명에 지나지 않는다는 것을 느끼지 않을 수 없었고 그럴수록 어떤 격정으로 하여 눈물이 솟구쳐 오르는 것이였다.

한마디로 말해 로장이 말하는 량심이란 사람이 사람다울 수 있는 근본조건, 즉 그 사람을 지탱케 해줄 뿐만 아니라 그로 하여금 새로운 인간으로 갱생케 해주는 힘, 그래서 사람이 죽을 때까지도 변함없이 지켜야 할 마음의 기둥이라는 것이 아닌가!

사람은 어떤 얘기를 통해 자기가 깨닫지 못했던 힘을 느낄 때가 있는데, 그것을 새롭게 느껴서가 아니라 그 힘이 자기한테 있다는 걸 깨우쳐주기 때문인 것이다. 그가 자기에게 새로운 것을 주입시켜서가 아니라 자신이 지니고 있는 좋은 점을 깨닫게 해주기 때문에 그를 더욱 존경하고 사랑하게 되는 것이다.

진호는 로장에 대해 바로 그런 감정을 느끼지 않을 수 없었다.

그는 로장의 인격이 암암리에 주는 영향력이 바로 그런 능동적인 힘을 자기한테 불러일으키는 데만 있는 것이 아니라, 어떤 충고나 책망까지도 마음속에서 새로운 의욕을 더욱 강하게 불어넣어주는 그것이라고 생각했다.

"그럼 누가 옳은가 어디 밤새껏 론쟁해보세!"

단단히 벼르는 것 같기도 하고 빙그레 웃는 것 같기도 한 로장을 바라보던 진호는 갑자기 돌부리에 걸려 넘어질 것처럼 비칠거렸다.

진호를 부축한 우택은 껄껄 웃으며 말했다.

"아직은 길이 험해. 그렇지만 저 굽인돌이(굽어 도는 곳)를 지나면 한결 낫지. 포장도로니까."

그러면서 로장은 진호의 어깨를 철썩 갈겼다.

로장네 집은 소박하고 평범하면서도 독특한 친근미가 넘쳐흐르고 있었다. 그것은 어느 집에서나 일부러 흉내 낸다고 될 성질의 것이 아니며 따라서 흔히 볼 수 있는 것도 아니였다.

어린애들이 많은 집, 모든 것이 흩어져 있으면서도 루추한 감을 주지 않는 집, 손님이라 해도 격식을 차릴 줄 모르는 집, 그런 집이 바로 로장네 집이였다.

현관에 들어서던 우택은 무슨 기미를 느꼈는지 갑자기 진호를 돌아보며 조용하라고 손짓했다.

아니나 다를가 건너방(건넌방)에서 로장의 두 손자 열두 살짜리와 일곱 살쯤 되여 보이는 놈이 된소리를 지르며 맞붙어 싸우고 있었다.

찰싹 찰싹 따귀를 갈기는 소리가 나더니 두 놈은 권투선수들처럼 방어태세를 취하고 상대방에게 일격을 가할 기회를 노리고 있었다. 그러다가 큰놈이 동생을 문 밖으로 홱 밀쳐버리고는 회심의 미소를 띠우며 문이 열리지 않게 걸상으로 막아놓았다.

"늘 이런 란장판(난장판)일세."

미간을 찌프리긴 했으나 웃방을 흘끔 바라보는 품이 무슨 재미있는 일이 벌어지지 않으려나 하고 기다리는 눈치였다.

밖에서 작은놈이 방문을 두드렸지만 큰놈은 태연하게 앉아서 가위로 종이를 오리기 시작했다. 문을 두드리는 소리가 멎더니 이번에는 악을 쓰며 고함을 지르기 시작했다.

"문을 열어! 열지 않겠어?"

또다시 주먹으로 힘껏 두드리고는 방안의 반응을 기다리는 듯 잠잠했다.

그래도 대꾸를 안 하자 곧 되알진(억세고 야무진) 소리가 튀여나왔다.

"문 열어라. 요 짱구새끼야."

진호는 웃음이 터져 나오는 것을 참을 수 없었다. '짱구'란 말을 듣고 보니 정말 방안에 있는 큰놈의 머리가 앞뒤로 삐져나왔을 뿐 아니라 하관이 길고 뾰족했기 때문이였다.

한참동안 잠잠하더니 이번에는 열쇠구멍으로 간사스런 목소리가 노래소리처럼 새여들어왔다.

"짱구, 짱구, 길 짱구."

그 소리에 큰놈은 가위를 방바닥에 내던지더니 문 앞에 세워놓은 걸상을 치우고 힝 하니 밖으로 달려 나갔다. 복도에서 빰치는 소리가 또 들려왔다.

작은놈은 도망을 치며 온 집안이 떠나갈듯이 비명을 올렸다. 그러다가 현관에 서 있는 할아버지를 발견하자 대번에 품에 안겨들었다.

"할아버지, 짱구 봐요. 막 때려요."

"그래? 어디 요 짱구놈 오기만 해라. 혼쌀(혼쭐) 낼라."

보매 로장은 언제나 작은놈 편인 모양이였다.

동생이 할아버지한테 안긴 것을 보자 큰놈은 더 달려들지 못하고 주밋거리다가 옆에 서 있는 진호를 보고는 얼른 허리를 굽석했다.

28

드디여 새 연료안에 대한 심사성원들의 결론이 있었다.

결론은 너무나도 무자비했다.

'현실성이 없을' 뿐 아니라 '무모'하기 때문에 기술안을 당장 취소할 것과 창안자에 대한 문제를 별도로 엄격하게 취급해야 한다는 것이였다. 이 결론은 그대로 제철소 당 위원회에도 제기되였다.

'그러니 이젠 결국…'

혹시나 하고 바라던 한 줄기의 기대마저 잃고 보니 진호는 눈앞이 깜

깜했다.

전신을 휩쓰는 허탈감으로 하여 그는 자기가 무엇을 하는지, 어디에 있는지조차 가릴 수가 없었다.

가슴 속에는 오직 한 가지 생각, 이젠 자기의 희망이 영영 사라져버렸다는 애달픔과 그처럼 고심참담한(마음을 태우며 걱정하고 애를 쓰던) 과정들을 거쳐 이룩해놓은 모든 것이 일시에 거품처럼 되고 말았다는 절망감 뿐이였다.

'이런 조건에서 뭘 더할 수 있단 말인가! 몇 년이 아니라 일생이 걸릴 수도 있다구? 그것을 끝까지 해내는 사람이 참된 사람이라구?'

로장이 하던 말이 이제 와선 한갓 현실과는 거리가 먼 뜬소리(공허한 말)로밖에 여겨지지 않았다.

그는 사람들을 피해 터벅터벅 구내산으로 들어섰다.

용광로의 열풍소리와 매미소리가 귀청을 따갑게 긁어댔으나 그는 아무것도 듣지 못하는 사람처럼 초연히 서서 멀리 바다처럼 펼쳐진 대동강과 그 우에 일매진(고르고 가지런한) 무늬를 이루고 있는 조개구름만 멍하니 바라보고 있었다.

털석(털썩) 그 자리에 퍼더버리고 앉은 그는 두 손을 뒤로 뻗치고 지그시 눈을 감았다.

이젠 하소연조차 할 데 없는 자기 처지라는 생각이 들자 저절로 목이 메여 올랐다.

'현실은 어째서 나에게만은 매번 이리도 가혹할가? 어째서 매 걸음이

암초에만 부딪칠가? 내 자신이 스스로 그런 처지에 내몬다구?'

현옥이가 하던 말이 떠올랐다.

물끄러미 옆에 있는 꽃밭을 바라보던 그의 얼굴에는 저도 모르게 허거픈 웃음이 스쳤다.

그것은 이름도 모를 하얀 꽃송이 우에 앉을 듯 앉을 듯 팔랑거리면서도 종시 앉지 못하는 노랑나비가 마치 그 어디에도 제대로 발을 붙이지 못하는 자기의 처지 같았기 때문이였다.

'그래도 저 나비야 더 좋은 꽃가루를 찾아다니지만 나야 어디…'

갑자기 그는 무엇에 놀란 사람처럼 벌떡 허리를 일으켰다. 불시에 어떤 흥분이 온몸을 사로잡는 것이였다.

'그래! 가자! 저 나비처럼 아무 데라도 가자. 거기서 쫓겨나면 또 다른 데 가서라도 새 연료만은 기어이 만들어 놓을 테다! 놓고야 말 테다!'

자리를 차고 일어난 그는 황황히 초급 당 사무실로 향했다.

마침 비서는 방에 혼자 있었다.

어떤 충동에 못 이겨 비서를 찾아온 진호였으나 정작 그를 마주보느라니 그런 충동보다 그에 대한 죄스러운 마음이 앞서는 것을 어쩔 수 없었다.

퇴원 후 단둘이 마주앉기는 처음이였다.

간혹 직장모임 때나 현장에 있는 그를 먼발치에서 볼 때가 있었지만 그때마다 진호는 지금 저 비서의 마음이 얼마나 괴로우랴, 더우기 그 괴로움을 털어놓을 수 없는 처지로 하여 얼마나 고통스러우랴 하는 생각에 저도 모르게 가슴이 미여지군 했던 것이다.

"어떻게 왔소?"

줄곧 무뚝뚝한 눈길로 자기를 주시하고 있는 비서를 보느라니 새삼스레 그에 대한 죄책감이 갈마들었다.

"비서 동지! 이런 말 한다고 욕하지 마십시오. 전 제가 저지른 일이 비서 동지한테까지 피해를 입게 할 줄은 몰랐댔습니다. 무슨 말로 잘못을 빌어야 할지 모르겠습니다."

상범은 한쪽 입귀를 실룩해 보였는데 그것은 흔히 맞갖잖을 때마다 나타내군 하는 그의 버릇이었다.

"솔직히 말씀드리지요. 전 어떤 결론이라 해도 저의 기술안에 대한 기대만은 버릴 수가 없습니다. 제 딴엔 자신도 있구요. 앞으로 있게 될 추궁이 어떤 것이라 해도 전 다 접수하겠습니다. 또 달게 받겠습니다. 사람들이 어떤 조소와 비난을 퍼부어도 좋습니다. 그런 덴 이미 습관됐으니까요. 다만 기술안을 계속할 수 있는 데로만 보내준다면…"

진호는 말을 더 이을 수 없었다. 그전에 사고를 냈을 때도 부당 비서를 찾아가 이렇게 말했었다는 생각이 가슴을 허비였기(날카롭게 긁었기) 때문이였다.

"그러니 다른 데로 가겠다 그 말이요?"

"아무 데라도 좋습니다. 야금로가 있는 데라면 기꺼이 가겠습니다."

비서의 눈치를 살핀 진호는 한결 간절한 목소리로 말했다.

원주필(볼펜)을 손에 쥐고 만지작거리던 상범은 한동안 아무 말 없이 진호를 바라보기만 했다.

"가겠다…"

또다시 침묵을 지키던 그는 혼자소리처럼 중얼거렸다.

"가겠다는 사람을 붙들어놓을 수야 없지."

너무도 선선한 대꾸에 진호는 얼떠름했다.

원주필을 만지작거리고 있는 변함없는 거동이며 침착하고 태연한 표정으로 봐서는 비서가 진정으로 자기의 제기를 받아들이는 것 같았으나, 방금 한 대답을 통해서는 뭔가 못마땅해하는 뜻이 포함돼 있지 않을가 하는 의심이 드는 것이였다.

사실 상범은 방금 전까지 바로 진호의 기술안에 대한 심사조의 결론에 대해, 그리고 그 결론에 대한 의견을 당 위원회에 제기했던 자신에 대해 생각하고 있던 터였다.

만약 당 위원회에서 자기의 제기를 무시하고 그대로 집행할 것을 승인하면 어떻게 할가 하는 불안도 없지 않았지만, 보다는 설사 그렇다 해도 그 기술안을 버릴 수 없을 뿐더러 어떤 책벌이 차례진다 해도 그걸 포기할 권리가 자기에겐 없다는 결론에 이르렀던 것이다.

그는 진호에 대해서도 생각해보았었다.

그가 심사결과를 놓고 고민하고 있으리라는 것과 자기의 앞날에 대한 불안에 잠겨 있으리라는 것은 짐작했지만 차마 여기를 뜰 생각까지 하고 있는 줄은 상상도 못했었다.

그런 진호를 보느라니 깨우쳐줘야겠다는 의무감보다 어쩐지 배반당한 듯한 노여움이 솟구쳐 오르는 것을 어쩔 수 없었다.

"하나 물어보기요."

그의 목소리는 언제나처럼 침착했다.

"동문 혹시 자길 어떤 수난자로 여기는 게 아니요? 억울한 희생만 강요당하는 수난자 말이요."

'수난자?'

너무도 뜻밖의 말에 어리둥절해진 진호였으나 곧 어떤 도전적인 기분에 사로잡히고 말았다.

'그래! 사실 내가 수난자가 아니고 뭐란 말인가! 진정을 유린당했지, 사랑을 잃었지, 그것도 부족해서 이젠 고의적인 방해자로까지 락인되고 (찍히고) 있는 내가 수난자가 아니고 뭐란 말인가! 세상에 나보다 애꿎은 수난자가 어디 있단 말인가!'

"이것 보오!"

자리에서 일어난 상범은 창가로 다가서며 말을 이었다.

"어떤 일도 목적과 방도만 가지고는 어려운 법이요. 특히 첨 해보는 일일수록 말이요. 그건 왜냐하면 목적과 방도를 찾기보다 몇 배 더 힘든 열정이 있어야 하기 때문이 아니겠소. 열정이! 그런데 그런 열정이 동무한테 있소?"

상범은 진호가 미처 대답할 새도 없이 손을 홱 내리그었다.

"없소! 동무한텐 그런 열정이 없단 말이요. 왜? 그건 언제나 동문 자기가 하는 일을 자기 개인의 리해관계에만 얽매놓기 때문에, 다시 말하면 동문 새 연료안을 통해 자기가 어떤 사람이며 자기가 얼마나 결백한가 하는 그것만을 증명하려고 할 뿐이요. 자- 봐라! 난 이런 사람이다! 바로 이걸 시위하지 못해 안달할 뿐이란 말이요!"

진호는 고개를 들었으나 무섭게 번뜩이는 비서의 두 눈을 보고는 다시 시선을 떨구지 않을 수 없었다.

"동무 같은 사람은 남들이 상상할 수 없는 정열을 발휘할 때도 있지만 그것은 어디까지나 모든 일을 자신에 대한 리해에 얽매기 때문에 그 정열에 편파가 있을 수밖에 없소. 더우기 참된 목적은 승리하기 마련이라는 이 하나의 생각에만 몰두할 뿐 승리를 위해선 복잡한 생활 속에서 그 목적을 신념으로 고수하고 그것을 자기의 의지와 노력으로 관철해나가는 것이 더 어려운 일이라는 걸 모르고 있단 말이요. 말하자면 참된 지향은 시련을 이겨내는 투쟁을 통해서만 증명된다는 것을 모른단 말이요. 알아두오만 동무 같은 그런 행동은 한갖 개인영웅주의자의 유치한 공명에 지나지 않소. 자길 수난자로 여기는 패배자의 너절한 추태에 불과하단 말이요!"

생전 처음 듣는 말이었다.

도저히 접수할 수도 없는 말이었다.

'내가 공명주의자라니? 자기 리해관계밖에 생각하지 않다니?'

조금도 납득되지 않았지만 어쩐지 그 말에 가슴을 찌르는 무엇이 있다는 것을 느끼지 않을 수 없었고, 그러면 그럴수록 마음속으로는 이상하게도 여태껏 한 번도 느껴보지 못했던 드센 격랑을 받아 안지 않을 수 없었다.

그는 그것이 무엇 때문인지는 알지 못하면서도 그 새로운 것에 커다란 충격을 느끼게 되는 것이었다.

"말이 났으니 말이지 어제 제철소 당 위원회 확대회의가 있었소. 그 회의에서 새 연료안에 대한 문제가 론의됐소. 당에서 중유를 해결해주었으면 더 많은 증산(점차 높여나감)으로 배려에 보답하도록 대중들을 동원하는 것이 당 일군으로서 본분이지, 파악도 없는 기술안을 붙들고 생산에 지장을 주는 것이 옳은 가고 들이대더군. 난 그 비판을 다 받아들였소. 모든 잘못이 내한테 있고 책임도 응당 내가 져야 한다고 말이요. 그렇지만 한 가지만은 리해해달라고 했는데 그것은 당에서 해결해준 중유로 더 많은 깡을 생산하는 것도 필요하지만 내 생각에는 중유가 아니라 우리의 연료로 깡을 생산하는 것이 보다 중요한 일이며 바로 이것을 당에서 더 바라고 있으리라는 걸 믿는다고 했소. 때문에 새 연료안을 취소시킬 것이 아니라 앞으로도 계속 시험하게 해달라는 것을 제기했단 말이요. 바로 동무를 믿고! 다른 사람은 못해도 동무만은 해내리라는 것을 믿고 말이요. 그런데 가겠다?… 나는 우리의 연료를 기다리고 있을, 우리의 연료로 쇠물을 끓인다는 보고를 애타게 기다리고 있을 당의 절실함이 떠오를 때마다 가슴이 저려 잠들 수 없었소. 그런데 동문 자기 체면, 자기 자존심, 자기 명예밖에 안중에 없단 말이요. 정말 동무야말로 한 푼의 량심도 없는 사람이요."

진호는 호되게 얻어맞은 것처럼 눈앞이 아질(아찔)했다.

한 푼의 량심도 없다는 말이 며칠 전에 하던 로장의 말과 합쳐지면서 예리한 비수가 되어 폐부(肺腑)를 찌르는 것이었다.

"가겠으면 가오. 그러나 이번엔 사람들의 조소나 힐난이 아니라 당의 기대를 저버린 배신자라는 걸 똑똑히 알고 가오. 그것도 두렵지 않거든 가란 말이요."

더는 마주하기도 싫다는듯 창문 쪽으로 돌아서는 비서의 모습을 진호는 멍하니 바라보기만 했다.

퇴근 시간이 지난 지도 오랬지만 진호는 공정기사실에 앉아 낮에 하던 비서의 말을 곰곰히 곱씹어보고 있었다.

비서의 말은 그의 마음속에 줄곧 전기의 불꽃과도 같은 작용을 일으키며 머리에서 떠나질 않았다. 이제까지 무기력했던 모든 생각들을 일제히 변형시키는가 하면 하나의 옹근 덩어리로 뭉쳐놓는 것 같았다.

모르긴 해도 그는 지금까지 자기의 온 생명을 틀어쥐고 있던 머리속의 중요한 나사못이 풀어져 있다는 것을, 바로 그것을 비서가 예리하게 지적했다는 것을 깨닫지 않을 수 없었다.

수난자— 그래 내가 과연 자신을 가엾게 여기면서 희생만 강요당하는 수난자로 여기지 않았단 말인가! 자기보다 불우한 사람이 없다고 여기면서 울분에 잠겨 사소한 일에도 저돌적인 흥분을 나타내지 않았단 말인가! 마치 남다른 목적을 위해 시련에 찬 길만 걸어야 하는 억울한 희생자처럼 여기지 않았단 말인가!

개인영웅주의자- 정녕 내 마음속에 자기에 대한, 자기 체면과 명예에 대한 생각밖에 뭐가 더 있었단 말인가! 우리 당과 인민이 바라시는 일이라는 생각, 그 숭고한 목적을 위해 일해야 한다는 생각이 얼마나 남아 있었는가! 오직 자기의 서 푼어치 '량심'을 증명해 보이려는 그 일념, 그 것을 통해 자기를 비난하던 사람들에게 보란 듯이 복수해보일 그 일념밖에 뭐가 또 있었단 말인가! 그러면서도 그런 비렬한 감정을 기술안을 위한 정열로, 남다른 헌신으로 치부해오지 않았단 말인가!

따져보면 볼수록 비서의 말은 깊숙이 박힌 화살처럼 좀처럼 가슴에서 뽑을 수가 없었다.

저절로 무거운 한숨이 쏟아져 나왔다.

"아니 아직도 퇴근하지 않았어요?"

이런 소리에 고개를 돌린 진호는 놀라지 않을 수 없었다.

무슨 일을 하다가 오는지 여태 작업복을 입고 있는 정아가 방안으로 들어섰기 때문이였다. 손에는 계산자와 도면말이가 쥐여져 있었다.

"예비처리로의 자동권양기(밧줄이나 쇠사슬로 무거운 물건을 자동으로 들어 올리거나 내리는 기계=자동 원치) 때문에 늦었어요. 자꾸 말썽을 부리는 군요."

피곤에 지친 듯하면서도 어딘가 행복스러워하는 기색이였다.

자기 기술안을 도우면서도 공정기사로서의 임무는 꼭꼭 책임적으로 수행하는 그였다.

머리 수건을 벗으며 자기 책상으로 다가서던 그는 갑자기 무슨 생각이 들었던지 이쪽으로 돌아서서 방긋 웃는 것이였다.

"저, 한 가지 재가하랍니까?"

어딘가 롱이 섞인 어조였다.

"재가라니?"

"'조수'니까 아무 일이나 연구사의 허가를 받아야죠?"

"허가라는 건 또 뭐요?"

언제나 그를 마주할 때면 그런 것처럼 진호는 이번에도 그의 기분에 말려들고 말았다.

"아무래도 제가 평양에 있는 연구소나 과학기술위원회에 다녀와야겠다는 거예요. 시험로의 분석수치를 보면 계속 규소분이 높아지거던요. 축열실과 연도에 미치는 작용에 대해서도 미흡한 점이 많고, 마침 장입기 도면을 끝냈기 때문에 당장은 급한 일이 없어요."

"…"

진호는 뭐라고 해야 할지 알 수 없었다.

자기는 지금 기술안의 운명을 놓고 불안에 휩싸여 있는데 이 처녀는 생각하느니 그것밖에 없지 않는가. 마치 이젠 자기가 새 연료안의 주인인 듯했다.

진호도 그가 속으로는 지금 못내 심사 결론에 신경을 쓰고 있을 뿐 아니라 누구보다 조마조마한 마음으로 있다는 것을 모르진 않았다.

놀라운 것은 그런 불안을 그가 조금도 내색하지 않는 것이였고, 그것도 결코 무슨 기교나 잔꾀로서가 아니라 선천적으로 타고난 천성과 의지로 극복하는 데 있었다.

정아의 그런 의지가 진호에게는 놀라운 한편 몹시 부럽기까지 했다.

"이젠 자료들을 빨리 확보해놔야겠어요. 참! 오늘 로장 아바이가 책임비서 동지를 직접 찾아가 취입시험을 하겠다고 제기한 걸 알아요? 이젠 사고가 나도 자기가 책임지겠다고 하셨다나 봐요."

진호도 그 사실을 알고 있었다.

낮에 그 얘기를 들었을 때 그는 너무도 놀라와 아무 말도 할 수 없었다.

로장의 결심을 몰랐던 것은 아니였지만 기술안의 운명이 판가리되는 (판가름되는) 이때에 그런 제기를 들이대리라고는 짐작도 못한 터였다.

"가도 되지요."

"내가 뭐… 그런데 책임기사가 승인하겠소?"

"책임기사요?"

갑자기 말끝을 흐린 정아는 시선을 아래로 떨구었다.

여느 때 같으면 틀림없이 "일 없어요." 하고 자신 있게 대꾸할 그였지만 책상 우에 있는 계산자만 만지작거렸다.

요즘 그는 확실히 책임기사를 피하는 눈치였다. 해야 할 말도 다른 사람을 통해서 하는가 하면 총화 때에도 그를 마주보기조차 꺼려했다.

'하긴 정당한 행동이라 해도 옹색할 때가 있는 법이니까.'

"동문 어째서 전기를 전공했소?"

그의 울적한 기분을 가셔주기 위해 진호는 지나가는 말처럼 한마디 던졌다.

"네?"

"왜 전기를 택했냐 말이요."

"왜요?"

"전기란 뭘 생산하는 것도 아니니까 제품을 놓고 희열을 느낄 수도 없고 또 워낙 처녀들한테는 어울리지도 않는 일이 아니요."

정아의 두 눈은 대번에 동그래졌다.

"생산물이 없다니요? 불과 열은 전기의 생산물이 아닌가요 뭐! 생산물 중에서도 가장 값진 거지요. 사실 제 딴엔 첨엔 남달리 좋은 걸 택했다고 생각했어요. 왜냐하면 전기일이란 잘하면 잘할수록 사람들의 눈에 뜨이지 않으니까요. 그런데 일을 제대로 못하니까 자꾸만 남의 눈에 거슬리기만 해요."

못내 유감스럽다는 듯이 고개를 저으며 한숨까지 내쉰 그는 어느새 다시 밝은 기색으로 돌아섰다.

"그래도 좋아요. 어쨌든 어두운 곳을 밝게 해주고 모든 것을 뜨겁게 해주니까요. 그렇지 않아요?"

"…"

정아를 대하게 될수록 진호는 그에 대한 어떤 호감과 호기심을 느끼지 않을 수 없었다.

호감은 자신의 정당성을 행동으로 과시할 줄 아는 그 담대한 기질과 올곧은 성격이었고, 호기심이란 그처럼 가슴 속에는 남다른 정신적 아름다움을 지니고 있으면서도 그 자신은 그것을 전혀 의식하지 못하는 그 점이었다. 보매 이 처녀는 오직 자기 일에만 급급할 뿐 자신에 대한 긍지와 자랑, 그리고 자기가 남보다 고상하다는 데 대해서는 조금도 깨닫지 못하는 상싶었다. 이 점이 그의 정신적 미를 더 보태주고 있었다.

확실히 그의 체내에는 남들에게는 없고 또 보이지도 않는 미묘한 것이 생기있게 약동하고 있었다.

아닌 게 아니라 정아는 요즘 여느 때보다 몇 곱절이나 더 행동하고 싶고 투쟁하고 싶은 열망에 타오르고 있었다.

자기 앞에 일감이 산더미처럼 쌓아져 있기만 바랐고 그 속에서 녹초가 되도록 일하고 싶었다. 그런 데는 단지 자기 내심에서 이는 정신적 불안을 누르기 위해서라기보다 나날이 더해지는 새 연료안에 대한 충동 때문이었다.

'중유절약안'을 맡았을 때에는 그 일의 리해관계가 많이는 기철이에게 국한되어 있었다면, 지금은 자기가 하는 일이 진호의 기술안이라고는 하지만 집단과 전체를 위해서, 아니 보다 숭고한 목적을 위해 일한다는 기쁨을 느끼게 되는 것이었다.

그 역시 지금 기술안의 운명이 위험에 처했다는 것을 모르지 않았지만, 그럴수록 더 태연하게 행동할 필요가 있다는 것을 자기만이라도 그래야만 진호에게 다소나마 힘을 줄 수 있으리라는 것을 알고 있기 때문에 더욱 명랑한 태도를 취하는 것이었다.

"평양에 가면 어디부터 찾아가야 필요한 방조를 받을 수 있을가요?"

정아는 조심스레, 그러나 의미 있는 눈길로 진호를 바라보았다.

실상 그에겐 평양에 가서 방조를 받는 것도 받는 것이었지만 또 하나의 중요한 일이 있었던 것이다.

그것 역시 기본임무 못지않게 어려운 과제였다. 아니, 그보다 더 어려운 것인지도 몰랐다.

낮에 그는 설계실에서 태수를 만났었다.

아무래도 평양에 가서 방조를 받았으면 한다는 의향을 말하자 그는 대뜸 제도판을 밀어놓고 자기 쪽으로 돌아앉는 것이였다.

"마침이요! 그렇지 않아도 골치거리가 하나 있는데…"

사업과 관련된 어떤 부탁이려니 했는데 그는 왕청 같은 말을 꺼냈다.

"거기 가면 XX출판사에 들려 현옥이라는 처녀를 만나주오."

"현옥이요?"

언젠가 진호의 사업일지를 볼 때 거기에 적혀 있던 이름이였다는 것이 상기됐다.

"누군데요?"

"진호의 애인이요. 그전에 말이요. 일전엔 여기까지 오기도 했는데 글쎄… 어쨌든 그 친구에 비하면 얼싸한(그럴싸한) 처녀요. 대학적으로 소문난 미인이겠다, 마음은 또 얼마나 곱다구. 그런데 이 친구가…"

그들에 대한 전후사를 대충 듣고 난 정아는 어쩐지 한숨이 나갔다.

현옥이라는 처녀에 대한 불만이 솟구치는가 하면 진호가 지내 가혹한 것 같기도 했고 처녀의 처지가 리해되는가 하면 또 진호가 너무도 불쌍하게 여겨지는 것이였다.

그러나 총체적으로 느끼지 않을 수 없는 것은 진호에 대한 새로운 련민의 정이었다.

'너무해! 어째서 그에겐 그토록 가슴 아픈 일만 생기는 걸가? 도대체 어떤 처녀기에 그와 같은 사람도 리해하지 못할가?'

"거기에 들려 그 처녀의 기색이 어떤지나 알아봐주오. 속 시원히 알아야겠단 말이요. 그래야 결심할 문제도 있고 해서. 처녀들은 말이 없이도 그런 걸 알아내는 재간이 있지 않소."

그 처녀를 어떻게 만나며 만나서는 무슨 말을 할 것인가에 대해서는 전혀 생각이 나지 않았지만 정아는 응했다. 응하지 않을 수 없었던 것이다.

한데 사무실에 홀로 앉아 있는 진호를 보니 그가 처녀에 대해서 어떻게 생각하고 있는지 알고 싶은 충동이 불쑥 일었던 것이다. 그래서 지금 그는 진호의 생각이 처녀에게 미치게 하려고 촉수를 조심스레 뻗쳐보는 것이었다.

"아무래도 부에 먼저 가야겠지요?"

"아니, 과학기술위원회에 가는 게 더 효과적일 거요. 거기 가야 연료 전문가도 있고 해당한 자료를 볼 수 있을 테니까."

"혹시 우리한테 필요한 론문이 투고된 건 없을가요?"

"론문?"

"출판사 같은 데 말이예요."

"…?"

얼른 자기를 마주보는 진호의 표정에서 정아는 그의 생각이 은연중 처녀에게 미쳤다는 것을 직감했다. 너무 직선적으로 들이댄 것이 후회

되기도 했다.

자리에서 일어난 진호는 창문으로 다가가 달빛에 우중충한 구내산을 바라보기만 했다.

"출판사에 그런 원고가 투고될 게 뭐요? 없을 거요. 가지 마오."

이렇게 혼자소리처럼 되뇐 그는 문득 전화번호를 대줄 테니 전화나 한번 걸어달라고 했다.

"네, 그러지요. 누군데요?"

가로수의 잎새로 새여드는 달빛에 비치였다가는 그늘에 덮이군 하는 진호의 얼굴을 살피며 정아는 다음 말이 나오기를 기다렸다.

"녀동생인데 내가 보고 싶어 하더라고만 말해주오. 시간이 있으면 한 번 오라고…"

"…"

무겁고 축축한 밤공기가 방안으로 스며들었다. 마치 소나기라도 한바탕 퍼부으려는 듯한 날씨였다. 검은 비구름이 뭉게뭉게 피여올라 순식간에 연기처럼 변하며 달빛을 가리는 것이였다.

어떤 부질없는 상념을 쫓아버리려는 듯 갑자기 고개를 쳐든 진호는 하늘을 바라보며 이제까지와는 전혀 다른 억양으로 말하는 것이였다.

"아- 래일은 비가 올가분데?"

그 목소리가 어찌도 처량하고 구슬프게 들리는지 정아는 저도 모르게 가슴이 메여 올랐다.

29

그 당시에는 지나친 충격으로 하여 사태의 본질을 깨닫지 못했던 사람도 시간이 흐름에 따라 그 의의를 점차 느끼게 될 때가 있는 법이다. 마치 예견치 않은 사고로 하여 병원에 실려 간 사람이 다음 날 정신을 차리고 퉁퉁 부어오른 상처를 볼 때에야 자기가 어째서 이런 처지에 빠지게 되였는가를 알아차리게 되듯이.

어디를 다쳤는지 모를 때와는 달리 상처를 직접 자기 눈으로 본 다음에는 그 아픔이 더해지는 것처럼 현옥이도 제철소에 다녀온 직후에는 바로 그런 상태에 있었다.

온몸에 붕대를 감은 채 침대에 누워 있는 진호를 볼 때까지만 해도 미처 자신을 다잡을 수 없던 그였으나 집에 돌아와서는 그때 알지 못했던 새로운 고통을 느끼지 않을 수 없었다.

그것은 여태껏 자기의 가슴 속에 도사리고 앉아 항시 자기를 괴롭히던 것이 무엇인가 하는 것을 어렴풋이나마 감득하지 않을 수 없게 된 그것이였다.

확실히 겉으로 보기에는 그가 실패를 거듭하고 사람들의 말밥에 오르고 있었으며 무리한 시험을 한 결과 다른 사람에게는 물론 집단에까지 피해를 입히고 있었다. 한마디로 말해 오빠가 예견한 그대로였다.

그러나 그것이 어쩐지 한갖 무모한 행동의 결과로만 느껴지지 않고 어떤 지나친 현상에 지나지 않는 것이 아닐가 하는 생각을 지울 길이 없었다.

어떤 근거가 있는 것도 아니였으나 왜서인지 그렇게 믿고 싶었고 믿을수록 또 그것은 안개 속에서 자태를 드러내는 물체처럼 점점 뚜렷한 륜곽을 나타내는 것이였다.

"난 무모한 인간일 뿐 아니라 량심조차 없는 파렴치한 인간이요. 모든 사실이 그걸 증명하고 있지 않소."

그때에는 진호의 이 말도 그대로 받아들였던 자기였으나 돌아와서는 자꾸만 이 말이 새삼스레 상기됐고 혹시 거짓이 아닐가 하는 의혹까지 금할 수 없었다. 그러면서 처음 헤여질 때도 어째서 그가 자긴 그런 인간이라고, 사람들을 속이고 동무를 기만했다고 스스럼없이 시인했는지 못내 의문스럽기만 했다.

그러나 그는 그런 의문이 무서웠다. 의심이 들수록 그는 그것을 부정하기 위해 애썼다.

이제 와서 그 의심을 그대로 받아들인다면, 다시 말해 진호의 처지가 일시적인 현상에 지나지 않으며 그가 한 말이 고통스런 나무지(나머지) 꾸며낸 거짓이라는 것을 인정한다면 자기라는 존재야말로 너무나도 죄 많은 처녀가 아닐 수 없었기 때문이였다.

그 사실을 인정한다는 것은 그처럼 순진한 처녀로 자처하던 자기가 성실하기는 고사하고 가장 비렬하게 행동하였음을 증명하는 것이 아닐 수 없기 때문이였다.

'모든 건 그의 탓이야! 그가 나를 기만한 데 있고 그가 무모한 기술안을 고집한 데 있고 또 그가 내 권고를 듣지 않는 데 있어!'

속으로는 이렇게 외우는 것이였으나 그것이 실지로는 덧없이 무서우면서도 겉으로는 무섭지 않아! 무섭지 않아! 하고 소리치는 것과 같다는 것을 그 자신도 의식하지 않을 수 없었다.

그런데 이때 투사기 심사차로 제철소에 다녀온 오빠가 나타났다.

"그래 이젠 너도 그가 어떤 사람인가 하는 걸 똑똑히 알겠지? 그런 사람이 어떻게 되는가 하는 걸 말이다! 그는 이젠 어쩔 수 없는 막다른 처지에까지 자길 몰아넣고 말았어! 그런 사람한테는 차례지는 결과란 언제나 명백한 법이니까."

자기의 주장이 얼마나 정당했는가를 증명하기에만 급급해 있는 오빠를 보는 순간, 특히 사소한 동정의 기색은 고사하고 오히려 승리자로서의 우월감이 비껴 있는 오빠의 얼굴을 보게 되자 현옥은 오빠가 내리는 '진단'보다도 더 놀라운 사실을 깨닫지 않을 수 없었다.

그것은 오빠에 대한 새로운 인식이였다.

'설사 진호 동무가 그런 처지에 있다 해도 어떻게 이렇게까지 말할 수 있을가? 어쩜 오빠 이런 사람이 돼버렸을가? 어쩌면 이리도 싸늘하고 랭담한 인간이 되였을가?'

확실히 어떤 사태도, 그것이 비록 절망적인 사고나 뜻하지 않는 불행이라 해도 오빠에겐 한갓 자기의 주장을 증명하는 증거에 지나지 않는다는 것을 느끼게 되자 현옥이는 소름이 끼쳤다.

모르긴 해도 오빠에겐 뭔가 중요한 것이, 사람에게 없어선 안 될 귀중한 무엇이 결여돼 있다는 것을 무서운 마음으로 돌이키지 않을 수 없었다.

이런 생각은 곧 그의 머리속에 한 가지 추억을 불러일으켰다.

그것은 언젠가 학급동무들과 함께 3대 혁명 전시관에서 새로 제작된 로보트를 관람하던 때의 일이었다.

그때 해설원이 로보트가 사람보다 더 정확히 동작을 수행할 뿐 아니라 인식과 판단, 지어는 감각하고 사고까지 한다는 바람에 옆에 있던 한 동무가 이렇게 물었다.

"그렇다면 도대체 사람하고 다른 점이 뭐예요?"

"거야 명백하지요. 아무리 훌륭하게 제작된 로보트라 해도 사람이 짜 준 지령에 의해서만 움직인다는 데 있지요. 사람에게 있어서 가장 고귀한 본성인 감정과 창조성이 없는 것으로 해서 기계가 아니겠습니까."

'그래! 그 감정과 창조성이 없는 것으로 해서 기계지! 오빠도 바로 그런 기계에 불과해. 기계적인 사색이 빚어내는 테두리 안에 인간적인 감정은 마비되고 고갈되여 오직 타산된 한계 내에서만 움직이는 기계!'

이런 확신은 오빠에 대한 불만도 불만이였지만 여태껏 자기가 그처럼 부인하려고 애쓰던 진호에 대한 의심이 한갓 억지에 지나지나 않을가 하는 의혹을 품게 했다.

실로 따져보면 볼수록 진호와 오빠는 너무나도 상극을 이루고 있었다.

정확한 타산에 의해서만 움직이는 오빠라면, 일단 마음먹기만 하면 무작정 돌진하는 진호였다. 남들이 뭐라던 자기 목적을 위해서는 무슨 일이든지 서슴지 않는 진호라면, 단 한 번의 실수도 없는 것을 행동의 유일한 목표로 삼고 있는 오빠였다.

'사실 오빠와 같은 사람이 어떻게 그를 리해할 수 있단 말인가! 오빠가 그런 것처럼 나 역시 그를 제대로 리해할 수 없은 건 당연한 일이지. 난 언제나 오빠의 관점으로만 사물을 대해온 청맹과니였으니까.'

그제야 그는 소스라쳤다.

여태까지 거울에 비쳐진 어떤 물체가 찌그러졌다고만 여겨 오던 사람이, 실은 그 물체가 찌그러진 것이 아니라 거울이 제대로 투영되지 않아서 그렇다는 것을 알았을 때와 같은 심정이라고 할가.

'난 바보야! 바보! 바보!'

그러나 아무리 가슴을 쳐야 이젠 소용이 없었다. 너무나도 먼 거리에 있는 진호기 때문이였다.

그래도 이전에는 맘 한구석으로나마 시간이 흐름에 따라 자기에 대한 그의 원한이 식어질 수도 있고 따라서 그때 가서는 진정으로 되는 용서를 빌 수도 있으려니 하는 미련을 품을 수 있었으나 이젠 그 희망마저 사라져버렸다. 이제 와서 그의 사랑은 물론 리해를 바라는 것은 산산쪼각이 난 꽃병을 주어다가 다시 붙이려는 거나 마찬가지로 어렵고 어이없는 일로만 생각되였다. 분명 이젠 머나먼 그의 세계를 바라보기만 할 뿐 더는 찾을래야 찾을 수 없는 아득한 그림자에 불과했다.

'난 이젠 맘속으로나마 그를 생각할 자격조차 없어! 없고말고!'

그래도 밤이 되면 그는 눈물을 삼키며 그의 이름을 조용히 불러보군 했다.

'저한테 이름조차 불리우기 역겨워할 동무라는 걸 모르지 않아요. 한 푼의 가치도 없는 처녀, 허영에 들뜬 경망한 처녀, 더우기 동무의 사랑을 받을 자격이라고는 조금도 없는 이 몹쓸 처녀에 대한 생각이 떠오를 때마다 말 못할 울분을 느끼며 지나간 추억의 파편들을 무자비하게 뽑아 던질 테지요. 그렇지만 이제야 동무를 배반한 것이 죄라는 것을 안 저는 이렇게 자신을 저주하며 울고 있답니다. 사랑하는 사람을 잃어버린 다음에야 사랑이 어떻다는 걸 안 미련한 처녀의 응당한 설음이지요.'

볼을 타고 흐르는 눈물을 씻을 념도 않고 그는 다시금 속삭였다.

'이젠 아무리 바래도 다시는 결합될 수 없어! 영영 헤여지고 말았어. 잊자! 잊어버리자!'

전에는 괴로움에서 벗어나기 위해 그를 잊으려고 했다면 이번에는 아득히 머나먼 세계에 따로 떨어진 자기의 처지로부터 그를 잊으려고 했다. 아니 잊어야 했던 것이다.

사람이란 누구나 자기의 처지가 비참한 경우에 이르게 되면 그것이 비록 자기 탓으로 생긴 것이라 해도 은연중 거기서 벗어나려고 하게 되며 그것이 온당치 못한 소행이라는 것을 알면서도 자신을 타당화(정당화)하려는 법이다. 그래야 새로운 희망을 가지고 살아갈 수 있기 때문인 것이다.

'물론 나의 처지가 비참하긴 하지만 나 같은 사람이 얼마나 많아. 옥주도 그렇고 성숙이도 다 첫사랑은 실패하지 않았는가! 그들도 이런 고통을 거쳤을 테지만 지금은 새 생활에만 몰두하고 있지. 다시 돌아오지 못할 지난날을 두고 생각하는 것은 우둔한 노릇이야!'

그것은 마치 자기에게 더없이 소중한 무엇을 잃어버렸을 때 처음에는 아쉬움으로 하여 좀처럼 잊을 수 없다가도, 그것을 다시 찾을 가망이 없다는 것을 알았을 때는 그것이 없으면 무척 불편함에도 불구하고 '뭐 그게 없은 듯 뭐라나' 하고 위로하게 되는 것과 같은 심정이었다.

하지만 어려웠다.

사무친 원한을 품고 자기를 저주하며 경멸할 진호의 격분에 찬 모습이 떠오를 때마다 무작정 그에 대한 생각을 지워버리려고 했으나 그것은 한갓 욕망에 지나지 않았다.

그가 자기 생활에서 너무도 큰 비중을 차지하고 있었기 때문이기도 했지만 보다는 자기의 처지에서 그를 잊으려고 하는 것이 또 하나의 무서운 죄를 짓는 일로 되지 않을 수 없기 때문이었다.

이런 마음은 그로 하여금 뒤늦게나마 마음의 부담을 조금이라도 덜 수 있는 일을 해야 하리라는 충동을 느끼게 했는데, 그것은 새로운 일, 즉 새 연료안 도입에서 부득불 제기되지 않을 수 없는 축열실 격자축조에 대한 개조안을 완성시키는 것이었다.

결코 그는 이 론문이 진호를 위한 것이라고는 생각하지 않았다. 오직 자신의 정신적 괴로움을 덜기 위한 위안물이라고만 여겼었다.

어떤 사람이 그리울 때면 사진첩을 펼치고 그의 사진을 보는 것처럼 진호에 대한 죄스러움에 사무칠 때마다 그는 그 도면을 펼치고 거기에 온갖 심혈을 쏟으며 자기의 마음을 위로하군 했다.

'그래! 나 같은 처지에서는 생활이 요구하는 대로 하는 것 외에는 다

른 방도가 없어! 그 방도란 곧 그날그날의 요구에 충실하는 거지.'

이때부터 그는 의식적으로 본래의 자기로 돌아가려고 애썼다. 이런 의식적인 노력은 날이 감에 따라 차츰 그를 본래의 모습으로 재생시켜 나가는 상싶었다.

확실히 상처란 첨엔 피가 나고 아프다가도 점차 아물기 마련인지. 결국 이렇게 되어 낭떠러지에서 굴러 떨어진 한줄기의 물, 현옥이의 생활은 회오리치는 소용돌이와 거친 암반에 부딪쳤다가 마침내 서서히 흐르는 대하로 굽이쳐 가는 것 같았다.

계단을 내려선 현옥이는 현관 바로 옆에 있는 자료실로 향했다.

편집 계획에 의하면 아직 얼마간 여유가 있는 원고였으나 오늘 중으로 마무리해놓을 심산이었다. 그래야 래일부터 대학에 가서 축열실 개조안에 대한 방조를 받을 수 있기 때문이었다. 대학 때부터 자기를 극진히 돌봐주던 강좌장으로부터 도와주겠노라는 다짐까지 이미 받았던 것이다.

"자요, 이 책을 부탁해요."

익숙한 동작으로 도서카드를 골라낸 그는 그것을 접수대에 앉아 있는 뚱뚱한 사서에게 내밀었다.

살집이 좋은 데 비해서는 신기하리만치 동작이 민첩한 사서는 근 삼십 년을 출판사에서 일해오는 데 아무리 까다로운 이름을 가진 외국 원서도 제때에 골라냈고 어느 부문에 참고할 책이 어떤 것이라는 것까지 횅하니 알고 있어 직장사람들의 각별한 인기를 끌었다.

이름이 보배래서 그렇게 부르는지 아니면 그를 보배처럼 여겨서 그렇게 부르는지 현옥이도 아직 알지 못했다.

"이 책을 당장 봐야겠니?"

주문받기만 하면 서슴없이 서가 안으로 사라지군 하던 그가 무테안경 너머로 올려다보는 바람에 현옥은 저으기 락심하고 말았다.

"대출됐어요?"

"대출된 게 아니라 지금 열람 중이여서 그래. 저-기."

그가 가리킨 쪽을 돌아본 현옥이는 그제야 빈 줄로만 알았던 자료실의 한쪽 구석에 웬 처녀가 앉아 있는 것을 보았다.

무드기(수북할 정도로 많이) 쌓아놓은 장서들을 펼쳐가며 그는 무엇을 옮겨 쓰기에 여념이 없었다. 직장 사람은 아니였다.

"누구예요?"

"제철소에서 왔다는데 무척 바쁜 일인 모양이야. 어제부터 온통 정신이 없어!"

'제철소?'

현옥은 흠칫했다. 저절로 심장이 쿵 하고 방아를 찧었다.

'그래도 거기서 오진 않았을 거야.'

애써 그렇게 생각하며 그를 바라보는데 잠자코 앉아 있던 그가 무슨 기미를 느꼈는지 얼핏 이쪽을 돌아보는 것이였다.

처녀의 눈길은 사색에 몰두하던 사람이 일시 외계에 시선을 돌렸을 때와 같은 그런 범상한 눈빛에 불과했다.

그러나 곧 무엇에 놀라기라도 한 것처럼 그는 자리에서 움쭉 일어서기까지 하는 것이었다.

집요하면서도 뭔가 알아내려는 듯한, 특히 자기의 짐작이 옳은가 어떤가를 따져보는 듯한 처녀의 눈길에 현옥이는 당황해지고 말았다.

"책을 빌리러 왔댔는데 동무가 먼저 보는군요. 그렇지만 일 없어요. 후에 보지요."

무슨 잘못을 저지른 사람처럼 현옥은 얼굴까지 붉히며 말했다.

"어느 책이예요? 이 책이예요?"

책상 우에 펼쳐놓은 책들을 이것저것 짚으며 처녀는 빠른 어조로 말했다.

"아니 됐어요. 미안해요."

"미안한 건 오히려 제 편인 걸요."

여러 권의 책을 들고 현옥이 앞으로 다가선 처녀는 방긋 미소를 지었는데, 그것은 틀림없이 자기의 짐작이 옳았다는 것을 확신한 사람이 짓는 미소였다.

"저 현옥 동무지요?"

"?"

현옥은 가슴이 철렁했다.

"어떻게 절?…"

"왜 모르겠어요. 정문 벽보판에 커다란 사진이 붙어 있는 걸요."

책들을 책상 우에 놓은 처녀는 한 걸음 더 가까이 다가섰다.

"전 흥제철소에 있답니다. 윤정아라고 해요."

흥제철소라는 말에 온몸의 피가 일시에 심장에 모여들면서 목구멍으로 뜨거운 것이 꽉 치밀어 오른 현옥은 대뜸 어떤 모멸감으로 하여 어쩔바를 몰랐다.

그래도 제 혼자 생각할 적에는 태연한 마음을 가질 수 있었지만 정작 진호와 함께 일하고 있는 이 낯모를 처녀 앞에 서 있다고 생각하니 불현듯 창피와 수치로 하여 눈물이 핑 돌았다.

"전 강철직장에서 일하는 공정기사예요."

그의 태도를 통해 현옥이는 그가 벌써 자기가 누구며 어떤 처지에 있다는 것까지도 다 알고 있다는 것을 짐작하지 않을 수 없었다.

"아이구, 저것 보지. 네가 종내 방해를 끼치고 말았구나."

책을 한 아름 안은 보배 아주머니가 현옥이를 나무랐다.

"괜찮아요. 이젠 시간도 됐는걸요."

책상 우에 있는 책들을 주섬주섬 챙긴 정아는 다정한 목소리로 속삭였다.

"우리 공원으로 가요. 좋지요?"

"…"

현옥이는 불시에 나타난 이 처녀에게 어떤 태도를 취해야 할지 갈피를 잡을 수 없었다.

이제부터 이 처녀가 틀림없이 자기가 그처럼 고통스럽게 얻어낸 마음의 안정을 깨뜨리라는 것을 의식하지 않을 수 없었으나 거기에 어떻게 대처해야 할지 도무지 알 수가 없었다.

현관을 나서면서 정아는 한결 더 정다운 태도를 지어보였다.

"우리 제철소에 왔댔다지요?"

"…"

"동무가 왔다 갔다는 말을 저도 들었어요."

사실 현옥이를 만나기 전까지만 해도 정아는 그가 어떤 처녀가? 자기의 출현을 어떻게 생각할가? 오히려 더 큰 후과를 초래하게 되지나 않을가 하는 조바심에 휩싸여 있었다.

그 조바심이 어제 벽보판에 붙어 있는 그의 사진을 본 다음부터는 그만 불안으로 확대되였던 것이다.

'아이 이뻐라!'

부지중 튀여나온 탄성이였다.

처녀들 사이에도 저절로 탄복하리만치 매혹적인 용모가 있는 법인데 현옥이야말로 바로 그런 처녀였던 것이다.

꼭 다문 입, 가늘면서도 길게 휘여든 눈섭과 특히 그 밑에서 한곳을 응시하면서도 그윽한 미소를 띠우고 있는 듯한 정찬 눈매, 이 모든 인상은 자기로서는 도저히 마주설, 특히 심층에 고여 있는 감정을 가늠해야 할 대상으로 여기기엔 너무도 눈부신 모습이였다.

이처럼 아름다운 처녀는 자신의 아름다움에 대한 의식으로 하여 남달리 도고한 법이고 그래서 허심탄회한 이야기를 나누기란 여간 어려운 일이 아니라는 것을 정아도 모르지 않았다. 더할 나위 없이 곱게 다듬어진 그의 얼굴은 아무 모로 보나 사소한 융통도 있을 것 같지 않았다.

하나 그를 대하는 첫 순간에 정아는 벌써 자기가 괜한 걱정을 하고 있었다는 것을 알았다.

확실히 현옥이의 눈은 더없이 아름다운 눈이였으나 어딘가 깊은 곳에는 슬픈 빛이 간직돼 있었다.

모르긴 해도 정아는 그의 눈빛이 틀림없이 과거의 괴로운 추억이 나타내는 회오의 발로라는 생각이 들자 도리여 그가 측은해지는 것이였다. 그의 눈은 마치 모든 잘못이 자기에게 있다는 것을 공손히 시인하는 듯 '그래요. 전 몹쓸 처녀예요.' 하고 말하는 상싶었다.

그들은 체육관 앞 오색등불이 명멸하는 분수가로 나왔다.

각가지 색조의 명암을 받은 맑은 은구슬들이 찬란한 진주의 턴넬(터널)을 만들고 있어 그 무지개빛의 황홀한 굴 속을 한 번 지나가고 싶게 만들었다. 그런가 하면 연분홍빛으로 활짝 펴진 나팔꽃 모양의 분수에서는 달콤한 향기가 생생하니 풍기는 듯싶었다.

"…"

"…"

두 처녀는 걸음만 옮겼다.

정아는 이제 무슨 말부터 해야 할가 하고 생각했고 현옥이는 현옥이대로 불시에 나타난 이 처녀가 무슨 말을 하려나 하고 두려운 마음으로 기다리고 있었다.

그러면서도 그는 자기가 진호에 대한 얘기를 두려워하고 있음을 짐작하고, 그에 대한 말을 한마디도 입 밖에 내지 않는 처녀가 내심 고마웠으나 한편으로는 그에 대한 말을 듣고 싶어 견딜 수가 없었다. 그렇다고 감히 그 말을 먼저 물어볼 자신은 없었다.

'이젠 아무런 미련도, 과거에 대한 그 어떤 추억도 없다는 걸 보여줘야지. 오직 일에만 전념하고 있다는 걸 느끼게 해야 해. 그리고 무엇보다 그까짓 건 대수로운 일이 아니며 쉬이 잊게 된다는 걸 아니 이미 잊어버렸다는 걸 보여줘야 해.'

자기의 이런 의사가 얼마나 일면적이며 무리한 것인가 하는 걸 그로서는 미처 가릴 수 없었다.

"일이 잘 돼요?"

현옥이는 될수록 랭담한 기색을 지으며 물었다.

"일요? 정말이지 무척 힘이 들어요."

정아는 그가 먼저 말을 꺼낸 게 여간 반갑지 않았다.

"실험에서는 어느 정도 열량을 담보하는데 실지 취입에선 그렇지 못하거던요. 연재에 의한 작용도 아직은 알 수 없고요. 우선 취입을 해봐야겠는데 아직 사고심의 때문에… 그렇지만 이젠 됐어요. 아침에 전화를 걸어보니까 공장에서 결론이 있었대요. 겨우 3회의 시험취입이 승인됐나 봐요. 그것도 우리한텐 큰 혜택이지요. 아마 그 시험결과를 놓고 결심하려나 봐요."

아침에 그 소식을 듣는 순간 정아는 얼마나 기뻤는지 몰랐다. 어떻게 하든지 빨리 일을 끝내고 시험취입 전으로는 돌아가겠다고 생각했던 것이다.

'다행이구나!'

단 3회긴 하지만 기술안에 대한 시험이 승인됐다는 말을 들으니 현옥은 진호가 무사하다는 안도감으로 하여 저절로 숨이 나갔다.

"참, 이젠 일 없어요? 그때…"

현옥이는 입원한 진호의 상처에 대해 물으려 했댔으나 정아를 보고는 곧 묻는 말을 바꾸어버렸다.

"투사긴지 하는 것 말이예요."

그러나 정아는 현옥이가 묻고저 하는 참뜻을 알아차렸다.

"투사기는 새로 제작하기로 했답니다. 이젠 투사기를 창안한 태수 동무도 우리와 함께 새 연료안을 같이 하고 있어요. 알지요? 태수 동무라고. 실은 그가 동물 꼭 한번 만나보라는 게 아니겠어요. 어쨌든 그때 정말 위험할 번했어요. 하지만 이젠 일 없어요. 얼마간 입원하고 있기는 했지만 요즘은 또 매일같이 현장에서 밝히고 있답니다."

구태여 누구라는 것을 밝히지도 않았고 묻지도 않았다.

현옥이는 정아가 눈치채지 못하게 한숨을 쉬였는데, 그것은 진호의 무사함을 확신한 안도의 숨이였고 오래간만에 사랑하는 사람을 눈앞에 뚜렷이 그려볼 수 있게 된 누를 길 없는 애수의 탄식이였다.

"어찌도 복잡한 문제들이 많은지 전 조수 노릇조차 변변히 못한답니다."

"조수라니요?"

"아이참! 잊었댔군요. 전 조수랍니다. 그의 조수요."

"그럼 여기 온 것도 그 기술안 때문인가요?"

"그래요."

정아는 그동안의 시험과정에 대해서 대충 얘기한 다음 한결 친숙한 어조로 말했다.

"그런 얘긴 후에 하고 동무 얘기나 좀 해요. 어떻게 지내고 있는지."

"저요? 저야 뭐 어떻고 말고가 있어요?"

현옥이는 웃어 보이기까지 했다.

"그저 매일 원고에 파묻혀 정신이 없는 걸요. 뭘 생각하고 조용히 앉아 사색할 여유조차 없답니다. 그래도 퍽 재미는 있어요. 특히 자기가 맡은 원고가 독자들에게 반향을 일으킬 땐 보람이 있지요. 바로 그 재미에 일하죠."

마음속으로는 자기 자신에 대해 조금도 용서할 수 없는 비렬한 처녀로 여기면서도 겉으로는 아주 뻔뻔스럽고도 대담하게 말했다.

"물론 태수 동무의 부탁도 있긴 했지만 전 스스로도 동물 꼭 만나보고 싶었어요. 이렇게 마주하고 얘길 나누고 싶었어요. 그런데 글쎄 첨엔 막 겁이 나지 않겠어요. 어떻게 만날가 하고, 혹시 동무가 나를 경원하지 않을가 하고 말이예요. 우습지요?"

현옥이는 벌써 정아가 무엇이나 숨기는 일 없는 아주 소탈한 처녀라는 것을 알았다.

그가 지니고 있는 발랄한 생기는 그의 눈가에 떠도는 미소와 어울려 아무리 누르려고 해도 저절로 넘쳐나는 것 같았다. 그러면서 이 솔직한 처녀가 영영 사라져버린 것으로 치부했던 추억을, 이미 죽은 것으로만 여겨온 그 감정을 다시금 소생시켜 심장을 사로잡게 한다는 것을 느끼지 않을 수 없었다.

'하지만 이제 와서 내가 무슨 말을 할 수 있단 말인가! 자기 잘못을 알면서도 털어놓는 것이 두려웠노라고? 나에 대한 미련이 저주로 변하지 않았나 걱정이었다고? 저주로운 배반으로 하여 더럽혀진 나의 가슴에 그의 깨끗한 손이 닿을가봐 두려웠노라고? 천만에! 난 그런 용서를 바라기는 고사하고 변명할 자격조차 없어!'

현옥은 다시 랭담한 기색으로 돌아섰다.

자기가 진호에 대해 어떤 평가를 내리는가 하는 호기심이 정아의 얼굴에 나타나 있다는 것을 알아차린 그는 조용히 그러나 아주 자연스레 말했다.

"저도 이젠 안착이 됐어요. 모든 걸 잊고 일에 열중할 수 있게 됐지요. 물론 첨엔 가슴이 아팠지만 이젠 아무 일 없어요. 아마 그런 건 시간이 저절로 해결해주는가 봐요. 그래서 사람들은 새 생활에 익숙되는 거겠지요."

"…"

"사실 저와 같은 일이야 처녀라면 누구에게나 흔히 있는 일이 아니겠어요? 그런데 무엇 때문에 그런 일로 고민하겠어요. 그건 결국 자기를 괴롭히는 것 외에 아무것도 아니잖아요. 생활이란 다양하고 그 다양한 생활을 마음대로 선택할 권리란 누구에게나 있는 거니까요."

현옥이는 말하는 품이 아주 자연스러웠지만 너무나도 말수가 많았다. 그는 자신이 이것을 감촉하였을 뿐 아니라 자기를 지켜보는 정아의 눈초리에서도 그가 이것을 느끼고 있다는 것을 짐작할 수 있었다.

정아는 의혹을 느끼지 않을 수 없었다.

표정으로 봐서도 분명 말 못할 비탄에 젖어 있는 것 같았으나 막상 현옥이가 표현하는 말은 정반대기 때문이였다.

'대체 이 처녀의 가슴 속에 어떤 마음이 간직돼 있는 걸가? 정말 체념과 망각 속에 모든 걸 묻어버린 것일가? 아니면 자기의 감정을 숨기고 있는 것일가? 자기가 생각하고 느낀 바를 죄다 말할 수 없기 때문일가? 아니면 진정으로 그럴 마음이 없기 때문일가?'

"전 동무의 심정이 어떤지 알 수 없어요. 설사 짐작한다 해도 동무 자신이 느끼는 것에 비하면 아무것도 아닐 테지요. 더우기 전 진호 동무한테서는 아직 동무 얘기를 한 번도 들어보지 못했으니가요. 그 동문 언제나…"

"거야 그럴 수밖에요."

정아의 말허리를 꺾은 현옥은 서둘러 말을 이었다.

"일단 결심한 일이면 그는 어떤 일이 있어도 실행하고야 마는 사람이니가요. 그것이 비록 잘못된 것이라 해도… 그런데 하물며 저와의 관계를 놓고는 그 자신이 천만번 지당하게 행동했는데 무엇 때문에 그러겠어요. 저에 대한 회상 자체가 벌써 자기에 대한 모욕으로밖에 느껴지지 않을 텐데요."

"아니, 아니 제 말은 그런 말이 아니예요."

정아는 그의 손을 잡으려고 했으나 현옥은 얼른 자기 손을 가무러뜨렸다(숨겼다).

"저도 이젠 다 알아요. 알구말구요. 그러니 저에겐 그런 말은…그런 말은 그만둬요."

그제야 정아는 현옥이의 목소리에 감출 길 없는 애소가 깃들어 있음을 깨달았다.

자기와의 상봉으로 하여 일어난 흥분을 되도록 가라앉히고 일부러 랭정한 태도를 취하려고 했으나 어쩔 수 없이 솔직한 감정이 솟구쳐 오르고 있다는 것을, 또 그것은 그가 숨길래야 숨길 수 없으리만큼 자기가 죄스러운 립장에 있다는 것을 스스로 시인하고 있음을 뚜렷이 느끼게 했다. 그 점이 정아를 기쁘게 했다.

"제가 하자는 말은 그게 아니예요. 전 다만 그가 얼마나 새 연료안을 위해 헌신하는가를, 그걸 위해 그 어떤 시련도 희생도 무릅쓰고 있다는 걸 얘기하려고 했을 뿐이예요."

"그런 얘긴 이젠 저한테 아무 소용이 없어요. 무슨 상관이 있다고요."

"그러지 말아요. 그건 솔직하지 못한 말이예요. 진호 동무가 동무 얘길 하지 않은 것도 그렇지요. 그가 동무에 대한 얘길 입 밖에 내지 않는 것이 동무를 잊어서 그럴가요? 회상하기 싫기 때문일가요? 전 그렇게 생

각하지 않아요. 어떻게 잊을 수 있겠어요. 잊을 수 없지만 나타내지 않을
뿐이겠지요. 오히려 그 강압적인 침묵 속에 그만큼 더 표현 못할 감정이
물결칠 수도 있잖겠어요. 흔히 그처럼 과격한 사람은 자신을 가혹하게
내몰기도 하지만 반대로 그만치 처절하게 뉘우치기도 하니까요."

현옥은 단호히 고개를 저었다.

"아니예요. 그건 동무가 아직 몰라서 하는 말이예요. 제가 그를 어떻
게 배반했는가를 안다면… 그걸 안다면…"

현옥이는 이제껏 가슴 속에 숨겨온 모든 감정, 모든 설움이 일시에 가
슴을 헤치고 분출하는 것을 어쩔 수 없었다.

어떤 일이 있어도 자기의 괴로움을 비치지 말자고 했던 결심이 물먹
은 담벽처럼 허물어지고 가슴 속에 고이고 고였던 고뇌와 절망, 그 누구
에게도 털어놓을 수 없었던 슬픔이 무섭게 쏟아져 나오는 것이었다.

"그래요. 전 그에 대한 사소한 미련이나마 자기에 대한 모욕으로밖에
생각되지 않을 만큼 그를 혹독하게 배반했지요. 그렇고말고요."

자기의 슬픔을 그에게 이야기 하고 싶은 생각은 꼬물만치도 없었지만
그렇다고 쓰라린 감정을 가슴에 품은 채 도저히 딴 이야기를 할 수는 없
는 노릇이었다.

그는 마음속의 비애를 시원히 털어놓을 수 있는 것이 기쁘게 생각되
면서도 또 한편으로는 바로 진호와 함께 일하는 처녀 앞에서 자기의 수
치를 드러내놓아야 한다는 것이 참을 수 없이 괴롭기도 했다. 하지만 털
어놓지 않고는 견딜 수 없었다.

진호와 교제하기 시작해서부터 그의 지향에 공감했던 일, 그러다가 오빠의 말을 듣고는 그를 배반한 일, 그리고 입원하고 있는 그를 만나고 돌아온 이후 자신이 겪은 고통에 대해서도 그는 다 얘기했다.

"모든 것이 다 제 잘못이지요. 이제 와서 누구를 탓하겠어요. 오빠를 원망하지도 않아요. 오빠가 나쁘긴 하지만 전 그보다 더 나쁘니까요. 사실 전 진호 동무가 바라는 그런 위험과 위훈에 찬 생활을 동경은 했지만 그 동경이 한갓 호기심에 지나지 않았어요. 오직 한때 남 못지않게 일했다는 겉치레가 필요했던 거예요. 아니 그런 생활에 몸 바칠 용기가 없었던 거예요. 글쎄 저 같은 처녀가 어떻게 그의 지향을 리해할 수 있고 힘이 돼줄 수 있었겠어요. 어림도 없지요. 설사 같이 갔다 해도 전 오히려 그의 짐이 됐을 거예요. 짐이 되기 전에 견디지 못하고 뛰쳐나왔을 거예요. 이 모든 걸 전 요즘에야 깨달았답니다."

정아는 현옥이의 표정이 자기에 대한 랭소와 환멸 그리고 그 어떤 처절한 비감에 젖어 있는 것을 보고 말할 수 없는 련민의 정을 느끼였다. 그러면서 이처럼 고통에 시달리는 그의 마음속에 자신에 대한 증오와 원한이 차 있는 동시에 무엇인가 더없이 아름답고도 고상한 것이 깃들어 있음을 깨닫지 않을 수 없었다.

그러자 그전에는 현옥이를 비난하던 자기가 이제 와서는 이 처녀의 처지와 심정이 십분 리해되면서 진호가 이 처녀를 충분히 리해 못하지나 않았을가 하는 의심이 드는 것이였다.

"제 말을 들어봐요. 동무 자신이 말했지만 이런 일이야 처녀들에겐 누구에게나 있을 수 있는 일이 아니겠어요. 문제는 그걸 동무처럼 일면적으로만 생각하지 말아야 한다고 봐요. 흔히 남자들이란 사랑하는 사람에겐 정도 이상의 것을 바라는 법이지요. 그래서 서로의 행동을 지나치게 보고 오해하기도 쉽고요."

"오해라고요?"

현옥이의 얼굴에는 미묘한 표정이 떠올랐다. 그 표정은 마치 '나도 이젠 사랑이 어떤 것이라는 것쯤은 알고 있어요.' 하고 말하는 것 같기도 했고, '제발 그런 값눅은(값 싼, 보잘 것 없는) 위로는 하지도 말아요.' 하고 호소하는 것 같기도 했다.

그러나 이런 표정은 순간일 뿐 다시금 쌀쌀한 랭소가 입가에 어렸다.

"천만에요. 만약 아직도 그걸 오해라고 여길 여지가 있다면… 그러나 그건 그럴 수 없는 일이예요. 어쨌든 저에겐 이제부터라는 건 없어요. 그와의 관계에선 이제부터라는 건 도저히 있을래야 있을 수가 없어요."

"어째서 그런 약한 소리를 해요."

천성이 올곧은 정아는 자기에 대한 그의 서글픈 멸시가 격분을 자아내게 했다.

"이봐요, 현옥 동무! 우린 젊은 사람들이 아니예요. 청춘이 아닌가 말예요. 이 세상 모든 것이 우리의 것이고 우리를 위해 있다고도 할 수 있죠. 바로 그렇기 때문에 누구보다 기쁨도 많고 번민도 많고 자랑도 많고 슬픔 또한 많은 게 아니겠어요. 문제는 이런 감정, 특히 이기기 어려운 번민과 절망을 어떻게 극복하는가 하는 데 있잖겠어요. 그럴 힘이 없는

가요? 그게 없다면 청춘이 아니지요. 글쎄 제 얘길 들어봐요."

무슨 말을 하려는 현옥이를 제지하며 정아는 다시 말을 이었다.

"저도 첨엔 진호 동무의 기술안을 의심했댔어요. 의심 정도가 아니라 반대했지요. 그것도 제일 선두에서 말이예요. 그러나 그의 의도가 어떤 것이며 그의 지향이 얼마나 정당한가 하는 것을 알고는 곧 그의 기술안을 도와 나섰어요. 그런 저를 두고 얼마나 많은 사람들이 비난했게요. 그럴 수밖에요. 저의 행동이 어떤 사람에게는 모진 아픔으로 되지 않을 수 없었으니까요."

기철이에 대한 생각으로 하여 잦아든 자기의 목소리에 불만을 느낀 정아는 얼른 고개를 들었다.

"하지만 그런 고통이 문제겠어요? 남들의 시비가 두렵겠어요? 우리야 옳은 것을 행동으로 증명하라고 교육받은 새 세대들이 아녜요. 그래 그 진리를 다른 것과 바꿀 수 있어요? 거기서 주저하고 물러설 권리가 있나 말이예요."

"그것하고야 다르지요."

"무엇이 다르다는 거예요. 옳지 않은 걸 인정하는 데 그치지 말고 대담하게 행동으로 증명해야 한다는 데야 매일반이지요. 꼭 같지요. 이런 말 하는 게 어떤지는 몰라도 전 동무가 좀 대담했으면 해요."

"…"

현옥이는 생면부지의 이 처녀가 자기에게 이렇듯 서슴없는 공격을 들이대는 게 놀랍기도 했지만 보다 더 놀라운 것은 그런 공격을 순순히 받아들이고 있는 자신이였다.

"사랑도 그렇지요. 아무리 굉장한 사랑일지라도 어떤 새로움을 가지고 사랑하는 사람의 생활을 채워주지 못한다면 충분치 못한 게 아니겠어요. 만약 동무가 그를 진정으로 사랑한다면 그의 가슴 속에 뛰여들어야지요. 귀찮아하건 성을 내건 아랑곳하지 말고 말이예요. 체면이나 자존심이 문제겠어요? 그가 괴로와하면 그 괴로움을 같이 나누어 가지는 것으로써 사랑을 해야지요. 물론 이건 어렵겠지요. 누구나 할 수 있는 일이 아니니까요."

정아의 눈앞에는 또다시 우울한 기색을 짓고 있는 기철의 모습이 떠올랐다.

'난 과연 그를 그렇게 대했던가?'

내심으로는 그에 대해 어느 정도의 미안함을 느끼면서도 자기 처사가 어디까지나 정당하다는 확신으로 하여 이미부터 모든 걸 털어놓으려고 했지만 정작 그렇게 되지 않았다.

어째서 그처럼 리해력이 풍부한 그가 자기의 실책을 인정하는 것이 만회할 수 없는 일을 저질러놓는 것보다 훨씬 훌륭하다는 것을 모를가?

자기를 잠시 볼 때조차 그 어떤 저주와 원망이 비낀 빛을 감추지 못하는 그의 얼굴을 그려보느라니 가슴이 터지는 것 같았다.

"첨엔 서로가 리해하지 못해도 그걸 깨닫게 됐을 때를 생각해봐요. 그땐 본래보다 몇 배 더 뜨거운 정을 느끼게 될 게 아니겠어요. 그렇지 않아요? 전 이렇게 생각해요. 남자들에게는 결코 처녀의 외모나 생김새가 중요한 게 아니라고, 그건 하등의 의의도 갖지 못하는 거라구요."

그때에야 자기가 누구의 립장에서 말을 하고 있는가를 안 정아는 깜짝 놀라 현옥이를 살펴보았다. 혹시 그가 다른 눈치를 채지 않았나 해서, 자기 말이 얼굴이 예쁜 현옥이의 마음을 건드리지 않았나 해서.

하지만 현옥이의 표정에서 여전히 변함없는 수심기만을 읽은 정아는 안도의 숨을 내쉬였다.

"하긴 그것도 어느 정도는 작용하겠지요. 그걸 중시하는 사람들도 많으니까요. 그렇지만 사랑이란 궁극에는 외모가 아니라 마음에 뿌리를 두는 게 아니겠어요. 끝없이 진실하고 순결한 마음에서 그 뿌리가 더욱 왕성해지는 게 아니겠어요."

"…"

정아의 말을 들으면 들을수록 현옥이는 한 가지 새로운 점에 놀라지 않을 수 없었다.

그것은 그가 진호에게 취한 모든 행동이 자기와는 너무도 상반된다는 것이였다.

누구보다 믿어야 할 진호를 의심하고 배척했던 자기였다면 남들이 하나같이 의심하고 비난할 때 진호를 진정으로 도와나선 정아였고, 자기로 하여 지울 길 없는 상처를 가슴에 새긴 진호라면 그의 힘찬 격려에 새로운 희망을 안고 투신하는 진호가 아닌가. 한마디로 말해 자기가 결심했던 것을 이 처녀는 행동으로 옮기고 있는 것이였다.

이 뚜렷한 대조는 필경 진호로 하여금 정아에게 고마움 이상의 감정을 품게 했으리라는 것은 당연한 일이 아닐 수 없었다.

'조수라고 했지? 그래! 틀림없어!'

벌써 현옥의 생각은 외곬으로만 뻗기 시작했다.

그러고 보니 더욱 정아한테서 부드러우면서도 열정에 넘친 눈빛과 다른 사람들은 도저히 흉내 낼 수 없는 약동하는 생기를 뚜렷이 엿볼 수 있었고, 그것이 분명 사랑을 받는 처녀에게서만 볼 수 있는, 이미 자기한테서는 영영 사라져버린 그런 모습이라는 것을 절감하지 않을 수 없었다.

불우한 처지에 있는 사람은 모든 정황을 자기에게 더 불우하게 해석하기 십상인 것이다.

행복한 사람 앞에서 불행을 느낄 때보다 더 서글픈 때는 없지만 현옥은 자기의 처지를 지금처럼 비참하게 느껴보기는 처음이었다.

그는 저도 모르게 솟구쳐 나오는 눈물을 어쩔 수 없었다. 그것은 자신이 모든 비애의 원인이라고 느낄 때만 나타내는 그런 깊은 절망의 눈물이었다.

그러나 맘속으로는 정아가 밉거나 어떤 악의에 찬 감정을 느끼게 되지 않았다. 도리여 그가 더없이 고상하고 아름답게만 여겨지는 것이었다.

그 점은 정아도 마찬가지였다. 그 역시 현옥이에 대한 부족점은 부족점대로 느끼면서도 이 처녀가 더없이 훌륭하게 느껴지는 것이었다.

두 처녀는 서로에 대한 감정이 달랐음에도 불구하고 서로에 대한 존경은 금할 수 없었다. 현옥이로서는 정아가 훨씬 더 자기보다 훌륭하고 령리(영리)한 것 같았고 정아로서는 또 현옥이가 곱절 자기보다 순결하고 고상한 것 같이 생각되는 것이었다.

이들은 오래동안 얘기를 나누었다. 그러고 나서 다음 날 다시 만날 것을 약속하고야 헤여졌다.

30

용해장에서는 긴장된 분위기 속에서 두 번째 취입시험이 진행되고 있었다.

어제 한 1차 시험의 온도는 1796도였다.

해당 온도 준위에 이르자면 아직도 많은 열이 필요했으나 이미보다 16도나 더 올랐다는 것에 사람들은 놀랐고 또 기뻐했다.

진호는 자신을 얻었다. 아니 이젠 신심에 넘쳐 있었다.

시험결과를 종합해보는 과정에 그는 하나의 명백한 사실을 발견했는데 그것은 자기가 의도하는 것이 틀림없으리라는 확신이였다.

비결은 연료와 가스 그리고 산소의 호상 배합비에 있었다.

그의 머리속에는 선과 점으로, 음향과 률동(율동)으로 충만된 하나의 화면이 생생하게 살아나기 시작했다. 이전에는 그토록 거대하고 신비스럽던 것이 지금은 바로 눈앞에서 생동하게 감촉할 수 있는 화면으로 펼쳐지는 것이였다.

아직 적지 않은 의문점들이 있었으나 그것도 이전처럼 막연하거나 두

렵진 않았다.

'틀림없어! 용해 말기에 최대의 열부하를 걸면서 슬라크 조성만 잘해 준다면 20도의 온도쯤은 넉근히(너끈히) 올릴 수 있어!'

이런 느낌, 앞에 놓인 일이 결코 쉬운 일이 아니지만 이미처럼 불안이 아니라 오히려 신심을 느끼게 되는 것이 무엇 때문인가를 그도 이젠 비슷이 짐작할 수 있었다.

그것은 자기를 둘러싸고 있는 사람들, 비서며 로장이며 용해공들이 진정으로 자기를 지지해주고 고무해준다는 믿음이였고, 그 믿음으로 하여 이젠 자기가 바글바글 끓는 것이 아니라 훌륭한 로 벽에 둘러싸여 있는 용금처럼 내부로부터 서서히 끓어오르고 있으며 또 이전보다 한결 맑게 정련되였기 때문이라는 의식이였다.

요즘에 와서야 그는 자기에게도 남다른 힘이 있다는 것을, 그 힘이 얼마나 위력한가 하는 것을 절실히 감득할 수 있었다.

"언제나 집단의 지지를 받는 습관을 키워야 하오. 그들의 지지 속에 있을 때라야 자기의 힘이 얼마나 정당하며 강한가를 알게 된단 말이요."

이렇게 말하던 비서와,

"자기는 집단이라는 수레바퀴의 자그마한 치차이발(톱니바퀴의 날)에 지나지 않는다고 여기는 사람만이 사회를 위해 보다 유익한 일을 할 수 있는 사람이야."

하고 훈시하던 아버지의 얼굴이 자주 떠오르군 했다.

'모두가 나를 위해주고 나도 그들의 믿음에 성실하고 이래서 사람들은 더 굳세여지는 것이 아닌가! 또 이래서 모두가 친형제처럼 화목해지는 것이 아닌가! 과연 이런 사람들 속에 있는 나야말로 얼마나 행복한가!'

그는 요즘 자기에 대한 이런 새삼스런 희열이 기뻤고 그 기쁨을 음미할 수 있게 된 자신의 존재가 행복했다.

그러나 그는 벌써 두 번씩이나 의식을 잃었었다.

시험이 시작되기 전부터 옹근 사흘을 한순간도 눈을 붙이지 못한 채 긴장해 있는 것으로 해서였다.

지금도 온몸이 솜처럼 나른했다. 입술은 험상궂게 부르터 있었고 우묵히 패워들어간 안확 속에서는 무엇에 놀란 듯한 눈동자가 안정을 잃고 허둥거렸다. 걸음을 옮기기도, 누구와 말을 하기조차 싫었다. 다만 당장이라도 써늘한 깔판 우에 네 활개를 뻗고 드러눕고만 싶었다.

더우기 정아라도 옆에 있으면 복잡한 자료며 분석들을 안받침해주련만 그마저 없고 보니 이러저러한 근심들이 한시도 머리에서 사라지질 않는 것이였다.

'참자! 이번까지만 참자!'

눈앞이 흐려질 때마다 그는 이발을 사려 물고 이렇게 되뇌였다.

로 상태는 어느새 용해가 끝나간다는 것을 알리고 있었다.

이제부터는 정련기-최대의 열부하를 걸어야 했다.

새 기술안의 운명이 전적으로 자기들에게 달려 있다는 것을 자각한 용해공들은 사소한 실수도 없도록 하기 위하여 최대의 신중성을 기하고 있었다. 모두의 구리빛(구릿빛) 얼굴들에는 하나같이 엄숙한 흥분이 어려 있었다.

로장의 신호에 따라 가스와 산소의 발브를 열고 거기에 해당한 량의 연료를 취입시킨 진호는 로 앞으로 다가가서 화염 온도를 측정했다.

'이번이야…'

순간 그는 굳어지지 않을 수 없었다.

1790도! 광온계의 눈금이 1차 시험 때보다는 6도나 더 낮은 온도를 가리키고 있었기 때문이였다.

'아-니?'

혹시 계기가 잘못되지 않았나 하며 눈금판을 보았으나 동침같이 긴 바늘은 틀림없이 움직이고 있었다. 다시 온도를 재보았지만 역시 그대로였다.

로장도 벌써 심상찮은 조짐을 간파했지만 머리부에 있는 가스발브를 조절하기도 하고 분출구를 들여다보기도 했다.

아무리 따져봐야 미흡한 구석이라고는 조금도 없었다.

공기량도 정상이고 가스도 량호했다. 산소도 4기압이나 걸리고 있었다. 이런 조건에서 온도가 오르지 않는다는 건 두말 할 여지없이 연료가 1800도 이상의 열을 담보하지 못한다는 것일 수밖에 없는 것이다.

'설마?'

활랑 거리는 심장이 당장 멎을 것만 같았다.

엄연한 사실은 자신이 수년 동안 고심해서 이룩해놓은 모든 성과들을 일시에 무시하는 것이였으나 그는 누구에게도 어찌 된 일인가고 물을 수가 없었다. 어떤 절망적인 대답이라도 할가 싶어 무서워서였다.

그는 한 가닥의 희망을 열전대에 걸고 그것을 용금 속에 찔러보았다.

그라프에 표기되는 쇠물 온도의 눈금을 여겨보던 그는 그만 더한 공포에 휩싸이고 말았다.

1786도! 쇠물 온도가 더 떨어지고 있는 것이 아닌가!

불시에 쇠몽둥이에 얻어맞은 사람처럼 눈앞이 뿌옇게 흐려지면서 머리가 휙 내둘리였다. 용해장 깔판이 빙그르르 돌아가기 시작했다. 저도 모르게 옆에 있는 장입기 동체에 기대기는 했으나 몸을 제대로 가눌 수가 없었다.

"어떻게 된 일이요?"

가까스로 고개를 든 진호는 한참만에야 자기 앞에 서 있는 사람이 누구라는 것을 알아보았다. 비서였다.

"글쎄 도무지 알 수가…"

목이 잠겨 말이 나오지 않았다.

얼마나 자기에게 큰 힘을 주던 그였던가!

취입시험을 시작할 때 그는 사람들에게 이렇게 말했었다.

"새 연료안에 아직 부족점이 있는 건 사실입니다. 그 시험으로 하여 생산에 일정한 지장을 준다는 것도 사실이고. 특히 많은 동무들이 말하듯이 오늘 도달할 수 있는 성과를 시험 때문에 래일로 미루게 된다면 그만치 생산량이 적어지는 것도 사실입니다. 그렇지만 우리가 알아야 할건 새 연료 취입을 미루는 것, 이것은 그보다 더 큰 죄가 아닐 수 없다는 것입니다. 이것이야말로 우리가 당장 수행해야 할, 또 무엇보다도 먼저 도달해야 할 목표가 아니겠습니까. 우리 어떤 일이 있어도 이번 취임시험을 기어이 성과적으로 보장합시다."

그런데 이런 현상이 나타날 줄이야.

"어째서 1차 시험 때보다도 온도가 낮아졌는가 말이요?"

"저도 알 수 없습니다. 이상한 일이 아닐 수 없단 말입니다. 가스도 좋고 산소도 제 량대로 취입되는데 어째서… 자, 이걸 보십시오. 이건…"

작업복 웃주머니에서 수첩을 꺼내며 비서에게 다가서던 진호는 갑자기 머리를 싸쥐고 비틀거렸다.

손을 뻗쳐 장입기 동체에 기대는가 싶었는데 웬걸 허공을 그러안고 그냥 모재비를 꽝 하고 쓰러지는 것이었다.

"아-니?"

비서가 얼른 그를 부축했다. 사람들이 모여들었다.

"지나친 무리에서 오는 허탈입니다. 시험 첫날부터 꼬박 사흘 동안 잠시도 눈을 붙이지 못했으니까요."

옆에 있던 형묵이가 근심스런 어조로 말했다.

"빨리 진료소에 알리오. 우선 기계실에 눕혀놓기라도 해야겠소."

여러 사람들이 진호를 일으키려는데 갑자기 뒤에서 석쉼한(약간 쉰 듯한) 목소리가 들려왔다.

"놔두우!"

우택 로장이였다.

무슨 일을 하다가 오는지 온통 흙투성이가 된 손을 털면서 로 앞으로 다가선 그는 진호를 내려다보며 맞갖잖게 중얼거렸다.

"그렇게도 맥을 못추다니!"

모두들 의아한 표정이였으나 그는 여전히 덤덤한 눈길이였다.

"이상하다 해서 내려가 보니 글쎄 변경변 칸막이가 무너지지 않았겠소. 워낙 로가 낡다보니 젠장!"

우택은 언제나와 같이 조용하게, 그러나 확고부동한 확신이 느껴지는 간명한 투로 말했다.

그의 말은 너무도 요약되여 있어서 만일 우택이라는 사람을 잘 모른다면 그의 의사가 무엇인지 리해하기 힘들 것이였으나, 평소에도 말없이 실천을 앞세우며 가장 어려운 대목에는 언제나 요진통(가장 요긴한 데나 가장 중요한 대목)을 막아 나선다는 것을 잘 알고 있는 비서는 인차 그가 무엇을 념두에 두고 하는 말이라는 것을 알아챘다.

"그럼 열이 오르지 않은 게 그 때문이란 말이요?"

"칸막이가 무너졌으니 가스가 분산될 수밖에, 허파에 구멍이 난 격이란 말이웨다. 우리 로는 수리에 넘긴다 해도 시험은 계속하게 해주우. 이젠 자신이 있수다."

"아무래도 이건… 이건 내가…"

모두들 탄성을 질렀다.

어떤 일이 벌어졌는지도 모르고 손에 쥔 수첩을 더듬거리며 이렇게 중얼거리는 진호의 모습에 모두들 못 볼 것을 본 것처럼 고개를 돌렸다.

"일어나게!"

누군가 얼음물이 든 주전자를 들고 와 진호에게 따라주려고 하자 그것을 앗아든 로장은 그 물을 그의 머리 우에 쏟아 부었다.

그제야 다소 정신이 든 듯 머리를 휘젓고 난 진호는 초점이 없는 뿌연 눈길로 사람들을 쳐다보았다.

그런 진호의 얼굴에 로장이 이번엔 통째로 찬물을 쏟아 부었다.

"이래두 아직 일어나지 못하겠나?"

로장의 이런 익살에도 누구 하나 웃지 못했다.

이때 상범이 앞으로 다가선 영기가 무슨 비밀이라도 말하듯이 나직한 목소리로 속삭였다.

"방금 정아 동무가 돌아왔습니다."

"정아가?"

"그런데 웬 처녀하구 같이 왔어요."

"처녀라니?"

"뭐 누이동생이라나요?"

"누이동생?"

상범은 의외라는 듯 우택을 돌아보았으나 얼굴에는 곧 미소가 어리였다.

오래간만에 웃는 비서의 얼굴을 본 우택이의 입가에는 실룩하고 웃음이 어리는 듯싶었다.

7장

우리는 젊은 세대

31

물결은 금빛으로 반짝이고 있었다.

머리 우에 펼쳐진 하늘은 그 이상 파란색이 없을 상싶었다.

멀리 꽃처럼 부풀어 오른 구름장들은 저쪽 어디론가 쏜살같이 헤염쳐 가고 있었다.

세 번째 시험을 성과적으로 치른 진호네와 로를 수리에 넘긴 2호로의 용해공들은 쏟아지는 8월의 폭양 아래에서 하루의 휴식을 맘껏 즐기고 있었다.

그동안 새 연료의 취입에 골몰하느라고 변변히 쉬지 못한 이들의 응축된 젊음이 오늘에야 한껏 폭발한 듯싶었다.

세 번째 시험에서는 1810도까지 올랐고 그리하여 중탄소강까지 무리 없이 뽑아냈다.

어느 정도의 전망을 내다보게 되자 공장에서는 3호로에서 시험을 계속 확대하면서 새 연료의 취입공정에 대한 설계를 선행할 과제를 주었던 것이다. 말하자면 중유가 취입되던 공정을 새 연료의 취입공정으로 바꾸어야 하는 '내장대이식수술'을 위한 설계도가 요구되였던 것이다.

그러고 보면 아직은 첫 시험에 성공했달 뿐 본격적인 일은 이제부터나 다름없었다. 더우기 연도나 축열실에 미치는 연재의 작용에 대해서는 이미의 시험으로는 측정할 수 없는 것이여서 여전히 미지수로 남아있었다.

이런 아름찬 과업을 앞에 놓고 조직된 오늘의 야유회였다.

남자들은 벌써 옷을 벗어던지고 뽀트에 올라 강 한복판에 솟아 있는 조약대를 향해 힘껏 노를 젓고 있었다. 억센 근육들이 해빛을 받아 보기 좋게 번들거렸다.

여름 한철 제철소 로동자들의 유쾌한 휴식터로 리용되군 하는 이 로천 휴양지는 강을 낀 솔밭의 아름다운 풍치도 풍치지만, 하루를 즐기는 사람들을 위해 준비된 그쯘한(빠짐없이 충분하게 갖추어 놓은) 설비들로 하여 더 인기를 끌었다.

뽀트며 탁구대를 비롯한 갖가지 체육기구들이 갖추어져 있는가 하면 그물과 낚시, 지어는 어죽을 끓이는 데 필요한 일체 화식 기재까지 준비돼 있어 아무 때 와도 누구나 불편 없이 하루를 즐길 수 있게 되여 있었다.

일요일도 아닌 터여서 오늘은 온 휴식터가 이들의 독점으로 되였다.

조약대 우에 올라 물 우로 화살처럼 내리꽂히는 남자들에 비해 녀자들, 정아와 은심이 그리고 진희는 로장의 지휘 밑에 어죽을 끓일 준비들을 하느라고 정신이 없었다. 그릇들을 부신다, 남새(채소)를 씻는다, 솥자리를 마련한다 하기에 땀까지 뻘뻘 흘렸다.

유감스럽게도 이런 날마저 녀자의 처지를 벗어나지 못하는 이들은 휴식이라기보다 색다른 고역을 치르러 나온 것 같기도 했다.

그래도 제일 열성은 진희였다. 열성이라기보다 일감을 찾지 못해 아무 일에나 비친다고 해야 할 것이다. 정아를 내놓고는 모두 첨 대하는 사람들이였지만 쑥스러워하거나 면구스러워하기는커녕 도리여 아무일이나 제가 먼저 팔을 걷어붙이고 나섰다.

"이 돌은 어데다 놓을 가요? 아부님!"

"그냥 놔둬라."

"왜요?"

"그걸 네가 어떻게 든다구 그러니."

"아-니 요걸 못 들어요?"

대뜸 돌을 들 것처럼 제법 입술까지 깨문 그였으나 곧 까르르 하고 웃음을 터뜨렸다.

"사실 요까짓 건 자신 있지만 관두겠어요. 괜히 로장 아부님이 절 용해공으로 잡아두면 어떻게 해요. 호호."

그는 말끝마다 웃어댔는데 그것은 말이 우스워서보다는 자기 기분이 명랑한 나머지 모든 것이 웃음으로 변해가지고 튀여나오는 것을 억제할 수 없었기 때문이였다.

진희의 출연으로 하여 오늘 야유회는 새로운 이채를 띠였다. 얼마나 발랄한 생기를 더해주는지 정아와 은심이는 이 처녀가 없었다면 어쩔 번 했을가 하고 생각하지 않을 수 없을 정도였다.

"솔직히 말해 전 여기에 이런 생활이 있는 줄은 몰랐어요. 그저 로 앞에서 밤낮 땀만 철철 흘리는 줄 알았거던요."

생글생글 웃으며 이마에 흐르는 땀을 씻던 그는 조약대 쪽을 바라보고는 금세 입술을 삐죽했다.

"에이 참! 나도 남자랬으면 얼마나 좋을가! 녀자들이란 정말 불쌍해! 이것도 가정의 무거운 부담이 아닐 수 없지요? 언니?"

"왜, 싫어?"

그릇들을 씻던 은심이가 웃음 어린 눈길로 쳐다보았다.

"싫지 않구요. 언닌 뭐 좋아요?"

"난 이런 부담이라면 조금도 덜고픈 생각이 없어!"

"왜요?"

"이런 일은 즐거우니까."

"피- 낡은 사상! 뭐가 즐겁다는 거예요. 아무래도 녀잔 가정을 꾸리기만 하면 저절로 락후(낙후)해지는 모양이지요. 네?"

이번에는 남새를 다듬는 정아를 돌아보았다.

"우리도 이제 수영을 하면 되지 않니."

"언니 헤염칠 줄 알아요?"

"잘은 못 해도 조금은 해."

"아이 어쩔가. 난 돌멩인 걸. 아무리 팔다리를 놀려도 영 솟구질 못해
요."

물에 빠져 허우적거리는 시늉을 하며 다시금 깔깔거리는 그의 모습에
정아도 웃지 않을 수 없었다.

평양에서 만나는 첫 순간부터 자기를 놀래우던 진희였다.

깔끔한 눈길로 바라보던 그가 발죽 웃으며 하는 첫 마디에 정아는 어
리둥절해지지 않을 수 없었던 것이다.

"알 만해요. 언니가 누군지."

그 다음부터 그가 던지는 한마디 한마디는 마치 자기는 이미부터 오
빠와 어떤 사이라는 것을 다 알고 있으며 그렇기 때문에 자기 앞에선 구
태여 숨길 필요가 없다는 것을 로골적으로 암시하는 것이였다.

"우리 오빠 지내 뚝하지 않아요?"

이러는가 하면,

"우리 오빠 약점이 뭔지 모르지요? 이제 대줄게요. 근데 이건 절대비
밀이예요."

'어째서 날 곡해하는 걸가? 어째서 그의 기술안에 대한 방조를 그에
대한 다른 감정으로 혼돈할가?'

그러나 그는 진희가 오해한 원인이 바로 자기가 쓰고 있는 수첩과 만
년필에 기인된다는 것은 전혀 모르고 있었다.

진호한테서 받은 수첩과 만년필이 진희가 각별한 의미를 담아 오빠에
게 선물한 것이라는 걸 알 길이 없는 정아였다.

"오빠한테 주긴 하지만 이건 오빠의 것이 아니예요. 그래서 색갈도 이런 것으로 골랐구요. 왜 주는지 알 만하지요? 그러니. 절대 아무한테나 주면 안 돼요. 알겠어요?"

동생의 이런 당부였으나 진호는 첫날부터 그걸 작업복 웃주머니에 넣고 다니면서 기록했고 정아가 분석에 몰두하면서부터는 그에게 넘겨주었던 것이다.

이처럼 단순한 사연이였지만 이런 내막을 모르는 정아로서는 고민거리가 아닐 수 없었다. 그저 롱으로 치부할 수밖에 도리가 없었다.

"자- 이젠 됐어! 너희들도 가서 수영이나 하렴."

무쇠 가마를 들어 솥 자리에 앉힌 우택은 손을 털며 일어섰다.

"아이 좋아! 가요, 언니!"

그 말이 떨어지기를 기다리기라도 한 듯 진희는 정아의 손목을 끌었다.

"이걸 마저 씻어 놓고."

정아와 진희가 남새가 남긴 바께쓰(양동이)를 들고 샘물이 있는 곳으로 사라지자 우택은 무엇 때문인지 쌀을 일고 있는 은심이를 흘금흘금 곁눈질해 보기 시작했다.

"거 몹시 더운 걸?"

그러면서 그는 소나무가 서 있는 쪽을 스르시 건너다보았는데 그 눈길은 마치 시험 때 부정행위를 하는 학생 같았다.

소나무 아래에는 오늘 야유회를 위해 준비해 온 영양제 식당의 각가지 음식들과 함께 그가 각별히 좋아하는 술이 가방 안에 들어 있었던 것이다.

아까부터 일손을 놀리면서도 어떻게 해야 몰래 꺼내 한 모금 꺾어 붙일 것인가 하는 생각에만 음해 있던 우택이였다.

워낙 술을 좋아하기도 했거니와 오늘 같은 날 흐뭇한 마음으로 혼자 기울이는 기분이란 자못 각별할 것 같았다. 더우기 자기에 대한 비서의 '경고'가 그런 유혹을 키질했던(일이나 감정을 부추겨 더욱 커지게 했던) 것이다.

이미부터 자기의 버릇을 잘 아는 비서가 영기와 함께 그물을 메고 떠나면서 은심이를 불러 이렇게 말했었다.

"다른 건 몰라도 술만은 잘 건사하오. 가만 보니 벌써부터 령감 눈치가 심상찮단 말이요."

"심상찮다니요?"

"목젖이 잔뜩 올라가 붙은 게 무슨 일을 칠 잡도리(어떤 일을 하거나 치를 작정이나 기세)요."

"걱정 마셔요. 제가 단단히 보초를 서지요."

'흠, 보초를 서? 어림도 없다. 내가 전쟁 때 정찰소대에 있었다는 걸 모르는 모양이군!'

사방을 휘 둘러 본 그는 드디여(드디어) 활동을 개시했다.

일부러 은심이 앞을 오락가락하며 나무들을 줍는 척하던 그는, 은심이가 쌀을 이는 사이 얼른 소나무 아래로 다가가 미리 갖다놓은 낚시 망태 안에 술병과 순대 한 토막을 날쌔게 집어넣었다. 어디에 그런 민첩성이 숨어 있었는지 놀라울 지경이였다.

'로획물(노획물)'이 든 그물 망태를 어깨에 멘 그는 천연스레 은심이 앞으로 다가섰다.

"그럼 나도 이젠 낚시를 드리워볼가?"

"어서 그러세요. 그렇지만 꼭 큰 걸 잡으셔야 해요."

"암- 아무럼. 비서네처럼 송사리 떼나 건지겠나?"

낚시대(낚싯대)를 어깨 우에 얹은 그는 커다란 바위들이 절벽을 이루고 있는 강 우쪽으로 올라갔다. 저절로 입에서는 그 '갈매기 쌍쌍' 하는 노래가, 아니 노래라기보다 넘불 같은 소리가 웅얼웅얼 새나왔다.

조약대에서 떠들어대는 패들은 물론 아래쪽에서 투망질하는 비서나 영기의 눈에도 뜨이지 않는 음침한 곳에 자리 잡은 그는, 낚시대를 드리워놓기 바쁘게 돌아앉아 병마개부터 뽑았다.

주머니에서 사기잔을 꺼내 입에 대고 훅- 하고 분 다음 조심스레 병을 기울였다.

잔이 넘치게 술이 차오르자 그의 입가에는 저도 모르게 미소가 떠오르면서 혀바닥이 입술을 핥았다.

"어찌겠소, 개별적인 사정이라는 것도 있는 게 아니요."

앞에 비서가 있기라도 한 것처럼 이렇게 소리내 말한 그는 잔을 천천히 입에 갖다 댔다.

남실거리는 술이 입술에 닿자 스르르 눈을 감은 그는 쪼-옥 소리가 나게 들이켰다.

"크-"

목구멍으로 흘러드는 짜릿한 향기에 그는 몸을 부르르 떨었다.

그제야 낚시에 미끼를 꿰지 않았다는 것이 생각난 그는 낚시코에 그중 큼직한 미끼를 물리였다.

'오늘은 대짜를 낚아 솜씨를 한번 보여줘야지!'

다른 건 몰라도 낚시에 대해서만은 누구 앞에서라도 드러내놓고 자기 솜씨를 자랑하는 그였다.

대낙이며 뜀벵이, 삼발이 등 각양각색의 낚시가 다 갖추어있는가 하면 어떤 물에서는 무슨 낚시를 어떻게 해야 한다는 묘술까지 횅하니 도통하고 있었다.

이런 리론(이론)과 빈틈없는 준비에 비해서는 늘 수확이 적은 게 탈이였지만 그에 대해서도 제 나름의 리유가 있었던 것이다.

"낚시란 건 고기를 먹는 재미가 아니라 낚는 재미로 하는 걸세."

낚시질하는 사람이면 누구나 하는 말이였으나 그는 마치 자기가 비로소 이 진리를 발견해낸 듯이 말했다.

"그래도 잡은 고기가 없는데 무슨 재미가 있어요?"

누가 빈 구럭(끈으로 그물처럼 떠서 물건을 넣게 만든 용기)을 들여다보며 이렇게 말할 때면 그는 껄껄 웃었다.

"꼭 건져야만 맛이겠나? 그저 낚아보면 되는 거야. 보게. 그래서 내 낚시엔 이렇게 코가 없단 말일세. 고기가 얼마간 요동을 치면 빠지게 돼 있거던."

사실이 그래선지 아니면 고기를 못 잡는 구실을 만들어놓기 위해선지는 몰라도 정말 그에게는 코가 없는 밋밋한 낚싯대가 여러 개 있었다.

어떤 땐 옆 사람이 잡아낸 고기를 들여다보며,

"흠, 이놈은 주둥이를 보니 내가 아까 놔준 게로군." 하고 말하여 고기 잡은 사람을 아연케 만들기도 했다.

"허- 이것 참!"

어느새 자기 손에 쥐여져 있는 술잔을 내려다보며 그는 허거프게 웃었다. 마치 자기는 전혀 그럴 생각이 없었는데 방정맞게도 손이 그만 말을 듣지 않았다는 듯이.

"든 잔이야 부어야지 어찌겠소. 내 한 잔만 더 하리다."

두 잔을 마시고 나니까 밸(작은창자)이 뜨뜻해지는 게 알렸다.

소금에 찍은 순대를 와작와작 씹으면서 이제부턴 오직 낚시에만 열중하리라 마음 다지며 물 우에 떠 있는 종대(낚시찌)에 시선을 모았다. 그러나 종대는 까닥도 하지 않았다.

'이상한 걸?'

그는 고개를 기웃거렸다.

벌써부터 고기가 물릴 리 만무였으나 그는 별스레 안정을 못하면서 초조해했다.

'아무래도 이놈이 말썽이야!'

고기가 물리지 않는 원인이 남아 있는 술 때문이라기도 한 것처럼 그는 애꿎은 술병을 노려보다가 그것마저 말강스레 비워치웠다.

"에- 이제야 종대가 바로 뵈는군!"

종대를 지켜보는 그의 두 눈이 그제야 정말 반짝반짝하고 생기가 돌았다.

우택 로장이 종대와, 아니 술과 씨름하고 있을 때 물에서 어지간히 맥을 뽑고 난 젊은 패들은 두 척의 뽀트에 앉아 태수를 몰아대고 있었다.

어떻게 은심이와 짝을 뭇게(짓게) 됐는가를 솔직하게 털어놓지 않으면 강물에 처박겠다는 것이었다.

성격이 드센 친구들이여서 정말 당장이라도 태수를 거꾸로 처박을 기세였다. 이런 데 나오면 의례히 있을 법한 화제였고 또 흔히 새로 섞인 사람에게 집중되기 마련인 요구이기도 했다.

"이거라구야, 제길!"

태수는 구원을 바라는 듯한 눈길로 뒤전(뒷전)에 앉아 있는 진호를 넘겨다보았으나 진호는 오히려 잘코사니야 하는 표정을 짓고 있었다.

'뭐 날 바라본들 소용없어. 그걸 여태 나한테도 말하지 않지 않았나. 그러니 응당 벌을 받는 수밖에.'

"뻔해! 얌전한 생김새에 반한 거겠지."

누군가 이렇게 말하자 태수는 고개를 저었다.

"그럼 성격인가?"

"아-니."

"생긴 것두 아니래, 성격도 아니래, 그럼 도대체 뭐란 말인가?"

모두들 의아한 눈길로 태수를 쳐다보는데 뒤켠에 앉아 있던 형묵이가 갑자기 "암- 그런 게 다 있지." 하고 한마디를 삐쳤다.

"뭔데요?"

"그런 걸 총각들이 알면 되나. 흐흐-"

흉측한 그의 웃음소리에 대번에 폭소가 터져 올랐다.

"사실 따져보면 난 그가 어떻게 생겼는지, 성격이 어떤지는 알지도 못하면서 사랑하게 된 것일세. 동정이랄가 아니면 의무감이랄가."

"의무감?"

세상에 사랑을 의무감으로 했다는 건 듣다 처음이라는 듯 모두의 눈이 둥그래졌다.

누구보다 놀란 것은 진호였다.

아무 일이나 의무감에 못 이겨 행동하지 않을 뿐더러 그런 것을 제일 싫어하는 태수가 하물며 사랑을 의무감으로 하다니?

'또 그럴 듯하게 둘러댈 잡도리군.'

그러나 두 발을 물에 잠근 채 배전(뱃전)에 앉아 있는 태수의 기색은 자못 심각했다.

"그럼 말하지. 어처구니없다고 웃을 수도 있지만 이건 사실이네."

그는 나직한 목소리로 말을 이었다.

"사실 은심이한테는 원래 교제하던 남자가 있었네. 철제 일용품 공장의 지도원이랬다던가? 몹시 은심이를 따랐던 모양이야. 그가 은심이를 가까이 하게 되면서 제일 마음 쓴 건 바로 은심이가 부모의 얼굴도 모르고 자라났다는 것이었네. 왜 안 그러겠나? 사랑하는 처녀가 부모의 얼굴을 모를 뿐 아니라 아직 생사여부조차 모르고 있으니 말일세. 은심이는 어릴 때부터 초등학원에서 자랐어. 말하자면 전쟁 때 부모와 헤여져 고아로 됐단 말이네. 그는 어떻게 하든지 은심이 부모를 찾아내기로 결심했던 모양이야. 하긴 요즘 전쟁 때 헤여졌던 부모를 다시 찾은 사람이 얼마나 많아. 5호에 있는 수남이도 왕별(군대의 장성)을 단 아버지가 나타나지 않았나 말야. 물론 살아 있다고 믿긴 어렵지만 그래도 친척이나 고향만이라도 알면 그게 어딘가! 그런데 그 친구가 사방에 줄을 놓기도 하고 편지질을 해서 종내 은심이 부모에 대한 래력을 알아냈단 말일세. 아버지는 전쟁 이듬해에 돌아갔고 어머닌 은심이를 낳던 해에 돌아갔다는 거야. 고향이 문천 어디라는 것까지 알아내서 거기 있는 친척들과도 편지 거래가 됐지. 얼마나 고마운 일인가! 그 친구 덕분으로 은심이는 이십오 년 만에 아버지 산소를 찾아볼 수 있었으니까 말일세. 은심이로서야 실상 그가 부모보다 더 고맙고 가까운 사람이 아닐 수 없었지. 한데 문제는 그때부터 그가 은심이를 멀리하기 시작한 데 있네."

"멀리하다니?"

"리윤즉 은심이 아버지가 해방 전에 잘 살았다는 거야. 어느 정돈지는 몰라도 밥술은 굶지 않았다는 거야. 가게 방을 차려 놓았다기도 하고… 바로 이것이 그를 은심으로부터 멀어지게 한 요인이지. 그러고 보면 그 친군 은심이 아버지도 왕별을 달고 있거나 아니면 그쯤한 사람일 거라고 기대했던 게 틀림없어. 이런 그의 속심을 알 길이 없던 은심이는 그가 대학으로 추천 받은 것이 기뻐서 가방을 선물했다는 거야. 그런데 그가 대학으로 떠나면서 그 가방을 다시 돌려주었는데 그 안에 편지가 들어 있더라는 게 아닌가. 사연인즉 이러저러한 구차한 변명을 늘어놓은 끝에 이젠 자기를 잊어달라는 것이였지."

"저런!"

"결국 그 친구는 은심이한테 부모를 찾아준 기쁨보다도 몇 배 더한 슬픔을 가슴에 새겨놓고 떠나고 말았지…"

태수는 한동안 아무 말도 없었다.

배전을 치는 단조로운 물소리만 들리였다.

물에 젖은 두 쌍의 노는 날개처럼 공중에 쳐들린 채 물방울을 뚝뚝 떨어뜨리고 있었다.

"내가 이 말을 들은 건 은심이와 한 호실에 있는 처녀한테서였는데 그는 나하고 기술과에 같이 있었지. 그 말을 듣고 나니 잠이 와야지. 그 자에 대한 격분이 치밀어 올라서 말이야. 그에 대한 불만이 크면 클수록 또 처녀에 대한 동정을 금할 수 없더란 말일세. 매일 밤 그 자를 원망해서 울고 아버지까지 원망하며 울 처녀의 얼굴이 자꾸만 떠오르는 게 아니겠나. 에라! 찾아가 만난다! 도대체 무엇 때문에 그따위 친구를 두고 고민할 필요가 있단 말인가! 무엇 때문에 얼굴도 모르는 아버지의 '과오'를 그가 걸머져야 한단 말인가! 그보다 더 엄중한 과오를 범하고도 당의 관대한 처사로 하여 갱신된 사람이 얼마나 많은가! 아니 무엇보다 그야 우리처럼 새로운 교육을 받고 자라난 새 세대가 아닌가 하는 격분이 치밀어 견딜 수 있어야 말이지. 난 다음 날 그가 있는 유치원으로 찾아갔네. 마침 마당에서 아이들에게 노래를 가르쳐주고 있더군. 난 한참 동안 담장 밖에서 처녀를 지켜보았지. 저 처녀가 어떤 심정으로 노래를 부르고 있을가 하고 말일세. 그런데 얼굴엔 한 점의 수심도 찾아보기 어렵지 않겠나. 적어도 웬만한 고민쯤은 누를 줄 아는 처녀라고 생각했지. 저녁에 다시 합숙으로 찾아갔네. 어리둥절해하는 그에게 난 단도직입적으로 들이댔지. '난 동무가 고민하고 있다는 걸 알고 있소. 그래서 찾아왔소. 물론 리해는 할 수 있소. 하지만 동문 새 세대가 아니요. 새 세대로서 그런 걸 가지고 고민한다는 건 부끄러운 일이 아니요. 수치란 말이요. 그 따위 낡은 유물은 우리 세대가 털어버려야 하지 않겠는가 말이요. 자- 맘을 크게 먹으시오. 눈을 똑바로 뜨고 앞에 펼쳐진 현실을 보란 말이요.' 그는 말없이 나를 지켜보기만 하더군. 의문과 불만이 섞인 눈길로 말일세. 이튿날 다시 그와 함께 여기에 나왔지. 바로 저 바위 앞까지 말이네. '난 어제 동무가 아이들에게 가르쳐주던 노래를 들으면서 많은 걸 생각했소. 그때 무슨 노래를 가르쳐준 줄 아오? '우리의 집은 당의 품…' 이 노래였소. 나도 그 노래를 부르며 자랐고 동무 역시 그렇소. 아니 우리 세대 모두가 이 노래를 부르며 자라났소. 사실 우리야말로 태여난 첫날부터 당의 해빛 같은 사랑을 받으며 당의 품 안에서 행복하게 자라난 친형제들이 아니요. 그렇게 자란 우리가 어째서 동무와 같은 그런 고민을 해야 하오? 어째서 그런 것에 포로가 될 수 있느냐 말이요. 우린 오직 어떤 경우에도 우리를 키워준 당의 은덕에, 당의 사랑에 보답해야 할 그 의무밖에 없소. 그 어떤 번민도 새 것을 위한 투쟁으로 환원시킬 권리밖에 없단 말이요.' 그의 눈에서는 눈물이 흘러내렸지만 그걸 감추려고 하지 않더군. 우린 서로 이렇게 알게 됐고 가까와졌고 또 결혼까지 하게 됐네. 그런데 결혼식 날 그 노래를 같이 불렀는데 도중에서 은심이가 뚝 그치는 게 아니겠나. 돌아보니 제길! 울고 있는 게 안야."

"…"

모두 다 숙연한 침묵에 휩싸였다.

또다시 노대에서 떨어지는 물방울소리만 가락 맞게 들리였다.

태수에 대한 그 어떤 새삼스런 선망으로 하여 진호는 걷잡을 수 없는 심정에 사로잡혔다.

당장 그를 부둥켜안아 주고 싶기도 했고 그가 행복하기를, 누구보다 영원토록 행복하길 바라는 간절한 기원이 불길처럼 솟구쳐 오르기도 했다.

그러면서 언젠가 그가 사랑에 대해 하던 말이 생생하니 되살아 올랐다.

"사랑이란 무엇보다 상대에 대한 참다운 리해로부터 출발해야 한다고 보네. 그래 이런 리해가 동무한테 있나?"

그의 이 말이 새삼스런 의미로 안겨오면서 어쩐지 현옥이의 모습이, 두 눈에 눈물을 담고 구슬픈 눈길로 자기를 지켜보던 현옥이의 모습이 떠오르는 것이였다.

"그러니 오늘은 그 이중창을 꼭 불러야겠군."

분위기를 눙쳐보려는 듯 형묵이가 이렇게 말하자 한 친구가 걱정스레 되받았다.

"또 울면 어떡하지?"

"아따, 우리가 있지 않나. 모두 다 합창으로 부르면 될 게 아닌가 말야."

물결에 실린 뽀트들은 어느새 하얀 모래가 깔린 백사장으로 밀려왔다.

모두들 기슭에 오르기 바쁘게 비서네가 그물로 잡아온 고기를 들여다보며 떠들어대기 시작했다.

"허- 이눔은 대짠데?"

"아니 잉어도 있군그래!"

"뭐니 뭐니 해도 로장 아비가 잡은 숭어가 제일 커."

버치(속이 우묵하고 입이 벌어진 큰 그릇) 안에서 제일 큰 놈을 골라든 영기가 친구들을 돌아보며 눈을 끔뻑해 보였다.

"그까짓 건 아무것도 아니여. 더 큰놈도 있었지만 알을 가져서 놔줬지."

우택의 말에 모두들 배를 그러쥐고 웃어댔다. 비서까지도 모래밭에 주저앉아 눈물이 글썽해지도록 웃었다.

이들이 웃는 데는 그럴만한 리유가 있었다.

로장이 낚시대를 걸쳐놓은 채 드러누워 코를 골고 있는 사이 영기가 그물로 잡은 고기 중에서 제일 큰 놈을 골라 낚시코에 걸어놓았던 것이다. 그리고는 로장을 깨웠다.

"아바이, 물렸어요. 빨리요!"

자리에서 후닥닥 일어난 우택은 영기한테서 낚시대를 받아쥐긴 했으나 곧 오랜 낚시군의 '관록'을 시위하려는 듯 시답잖은 기색을 지었다.

"어디 걷어 볼가?"

낚시줄을 당기자 시누런(싯누런) 황금빛 비늘을 번쩍이며 커다란, 그야말로 보기 드물게 큰 숭어가 꼬리를 휘저으며 가녘으로 끌려왔다. 그러나 그걸 보고 하는 그의 말이 더 걸작이었다.

"별루 크지도 못한 주제에… 또 놔주구말가부다."

"아- 아니!"

급해 맞은 영기가 부랴부랴 물 안에 뛰여들어 그놈을 건져냈던 것이다. 모두가 알고 있는 이 사실을 우택이만은 아직 모르고 있었다.

32

정아는 강 아래쪽에서 진희에게 수영을 가르쳐주느라고 야단이었다.

"팔을 이렇게, 숨은 들이쉬고."

"이렇게?"

"아니, 이렇게 크게."

"이렇게?"

그들이 깔깔대는 웃음소리가 바로 옆에서처럼 들려왔다.

'얼마나 갸륵한 처년가?'

진호는 저도 모르게 이렇게 중얼거렸다.

사실 자기에게 있어서 정아는 깨끗한 시내물(시냇물)과도 같은 존재였다.

시련에 찬 길을 허덕이며 걷는 사람이 목을 축이고 얼굴을 담글 수 있는 시내물, 이제까지의 피곤을 가셔주고 새로운 힘을 북돋아주는 그런 맑은 시내물이였다. 아니 어찌 시내물에만 비기랴! 암초에 걸려 모지름(고통을 이겨내려고 모질게 쓰는 힘)을 쓸 땐 뒤에서 떠밀어주는 강물이였고 맥을 놓고 향방을 찾지 못할 땐 목적지를 향해 더 빨리 닿을 수 있게 해준 힘찬 격류이기도 했다.

그저 고맙다고 하기에는 표현이 너무도 범속한 그런 감사의 정이 자기 가슴 속에 고여 있다는 것을 그는 느끼지 않을 수 없었다.

'과연 그가 없었다면 내가 무슨 일을 제대로 할 수 있었단 말인가!'

정아를 대할 때마다 그는 저도 모르는 사이에 이 처녀야말로 자기가 표현하는 것보다 얼마나 더 소박하고 진실하며 그래서 또 아름다운가 하는 생각을 품게 되면서 은연중 현옥이는 어째서 이렇지 못할가? 이 처녀가 현옥이라면 얼마나 좋으랴 하는 부질없는 상념에 젖어드는 것이였다.

아무 소용도 없는 일이라는 것을 뻔히 알면서도 그는 자주 정아의 자리에 현옥이를 세워놓고 여러 가지 일들을 상상해 보는 것이였다.

한 눈금의 분석수치를 놓고 같이 골머리를 앓아보는가 하면 심사결론을 두고는 자기보다 더 가슴 아파하는 현옥이의 모습도…

그러나 좀처럼 자기와 일치시킬 수 없는 현옥이였다.

"전 정말 얼굴도 맘씨도 그렇게 고운 처녀는 첨 봤어요. 어쩐지 옆에 있기가 막 부끄럽지 않겠어요."

평양에서 돌아와 하는 그의 이 첫 마디에 놀라지 않을 수 없었던 진호였다.

"됐소. 내가 뭐 그런 부탁을 한 거야 아니지 않소."

맘속으로는 현옥이에 대한 말을 듣고 싶었지만 그는 태연하게 대꾸했다.

"그 동무도 자기의 고충을 동무에게 말하지 말라고 했어요. 자기도 이젠 동무를 잊었노라고, 이젠 생각하지도 않는다고요. 그렇지만 전 그렇게 말하는 그의 가슴 속에 어떤 새롭고도 귀중한 그 무엇이 잠재해 있다는 것을, 그것이 이제야 결정적으로 눈을 떴다는 것을 알게 됐어요. 만약 동무가 그것조차 리해하지 못한다면…"

"솔직히 말해 난 어느 때건 그가 자기의 잘못을 알고 그런 고통을 느낄 때가 있으리라고 생각했소. 언제든지 그런 날이 오리라는 걸 믿었단 말이요."

자기를 괴롭힌 현옥이가 고통스러워한다는 말은 진호에게 어떤 야릇한 만족을 주면서도 한편으로는 가슴을 아프게 하기도 했다.

"그러니까 응당하다는 건가요? 자기를 괴롭힌 데 대한 마땅한 대가라는 건가요?"

"이제 와서 그런 걸 계산하자는(따지자는) 건 아니요. 하지만 난 지금도 그에 대한 태도에서 내 자신이 시정해야 할 일이 있다고는 생각지 않소."

"너무해요. 그건 진심으로 뉘우치고 있는 그에 대한 지나친 처사가 아닐 수 없어요. 어쩌면 동문 그렇게도…"

자기를 마주보는 정아의 시선에 어딘가 혐오스런 빛이 어려 있었다.

"제발 더는 그의 상처를 다치지 마세요. 본인도 그것으로 해서 괴로와하고 있는 상처를 애써 더듬으려 하지 말아요. 동무의 믿음에 그가 본의 아니게 불성실했을 수도 있다는 걸 왜 생각하지 못해요. 전 현옥 동무가 하던 말을 잊을 수가 없어요. 그 목소리와 눈길의 하나하나가 어떤 의미를 가지였던가를 이제 와선 더 통절히 느끼게 돼요. 거기에는 용서를 비는 간절한 념원이 깃들어 있었고 동무에 대한 신뢰의 정이 담겨 있었어요. 그리고 그의 소심한 태도에는 희망과 맹세가, 동무에 대한 누를 길 없는 애정이 깃들어 있었어요. 전 그 희망을 믿지 않을 수 없어요. 그 애정을 믿지 않을 수 없단 말이예요."

자기를 붙들고 눈물을 머금던 현옥이의 모습이 떠올랐으나 진호는 얼른 화제를 돌려 그동안 그가 평양에서 얻어온 자료에 대해 묻기 시작했다.

실로 정아가 고심을 들여 얻어낸 자료는 더없이 귀중한 것이었다.

무엇보다 자기가 그토록 애써 찾으려고 했던 보충연료들의 배합원칙, 즉 가스와 산소와 공기의 배합비에 따르는 열량의 변화가 명백하게 산출돼 있었던 것이다.

"진호 동무! 이젠 여기 와 앉아요."

은심이의 목소리에 돌아보니 어느새 음식을 가운데 놓은 친구들이 주런이 마주앉아 자기가 앉기를 기다리고 있었다.

"아니 여기요! 이 자리에 앉아야 해요. 오늘의 주인공이니까요."

주부의 임무를 수행하는 은심이가 주석단처럼 따로 만들어놓은 자리를 가리키는 것이었다.

"어서 앉게."

맞은 켠 자리에 앉아 있던 로장도 자못 흡족한 표정이였다.

"좋습니다. 앉지요. 자리가 좋으니 돌아오는 몫도 많을 테니까요."

그는 서슴없이 가운데 자리에 가 앉았다.

"자- 한마디 하시구료."

비서가 이렇게 권하자 로장은 대뜸 "어험" 하고 기침을 깊으며 근엄한 눈길로 사람들을 둘러보았다.

"에- 그간 새 연료안 때문에 수고들이 많았네. 우리가 시험을 성과적으로 했다는 건 대단히 자랑스런 일이 아닐 수 없네. 그건 무엇보다 우리 2호로의 영예를 계속 빛내는 것으로 되니꺼니. 안 그런가?"

표현해야 할 말 마디를 고르기가 힘이 드는지 그는 미간을 찌프리고 한참 침묵을 지켰다.

"그렇지만 이제까지 한 수고보다 앞으로의 고생이 더하다는 걸 알아야 하네. 문제는 뭔가? 어떤 일이 있어도 우리가 새 연료취입을 완성해야 한다는 것이고 그래서 기어이 승리의 보골 올려야 한다는 걸세. 알겠나? 자- 그날을 하루라도 앞당기기 위해 드세."

일시에 박수갈채가 일었다.

"제때에 도와주지 못했다고 욕하지 마오. 대신 이제부터 봉창하지."

잔을 든 비서가 나직한 소리로 말했다. 별치 않은 그 한마디에 진호는 가슴이 찌르르했다.

취입공정안 설계를 어떤 일이 있어도 제 기일에 완성하겠다는 태수의 결의에 이어 '래빈(내빈)'으로 참가한 진희의 '격려사'가 각별한 이채를 띠었다.

"전 얼마나 기쁜지 모르겠습니다. 물론 오빠가 고심하던 기술안이 성공하게 되었다는 데도 있지만 보다는 우리 당이 한시름 놓게 된다는 그 사실이 더 기뻐요. 중유를 쓰지 않는다는 보고를 받으면 우리 당에서 얼마나 기뻐할가요. 고맙습니다. 로장 아부님이랑 용해공 오빠들 정말 고마와요."

그러면서 그는 정말 공손히 머리를 숙여 절을 했다.

이들이 부글부글 끓는 어죽가마를 가운데 놓고 술잔을 주고받을 때 미역을 실컷 감은 탓으로 온몸이 나른해진 정아는 커다란 소나무가 던져주는 그늘 아래 수영복 차림 채로 조용히 누워 있었다.

온몸을 따뜻이 어루만져주는 훈향의 부드러운 촉감에 저절로 눈이 감겼다. 눈을 감긴 했으나 모든 것이 눈앞에 선명하게 드러났다.

해빛에 반짝이는 강물이며 알뜰히 가꾸어진 나무들, 저쪽에서 들려오는 사람들의 웃음소리, 주변을 핥는 물결의 철썩거림 그리고 풀벌레들의 울음소리…

이 모든 것이 더없이 새삼스럽고 이상야릇했다. 하지만 이 모든 것들이 오늘따라 어째선지 거대한 아름다움과 끝없는 행복을 의미하는 것 같았다.

희망으로 가득 찬 그 행복의 노래는 물결소리와 함께 신비로운 조화를 이루고 있었다.

강변의 무성한 수풀들도 마음의 꿈을 대신하는 듯했고 멀리에서 파도에 흔들거리며 서로 부딪치는 뽀뜨들도 마음속에 떠도는 무수한 생각들을 나타내고 있는 것 같았다.

"맴 맴-"

눈을 뜨고 있을 때보다 한결 더 소란스레 들리는 매미의 울음소리였다.

'어떻게 저런 소리가 날개에서 날가?'

아무리 새겨들어도 그것이 날개를 비벼대는 소리가 아니라 더위에 바싹 갈린 목에서 터져 나오는 울음 같았다.

"호-"

그는 저도 모르게 한숨을 내쉬였다.

언젠가부터 그는 자기 가슴에 우울한 빛이 서리는 것을, 그리고 마치 무엇에 질겁한 사람처럼 가끔 심장이 때 없이 활랑 거리는 것을 느꼈던 것이다. 어째선지 저로서도 알 수 없었다.

'그도 오늘 여기 와 있다면 얼마나 좋을가!'

불시에 우울한 기색을 짓고 있는 기철이의 모습이 눈앞에 나타났다.

'어째서 그처럼 새 것에 대한 열망이 남다른 그가 진호 동무의 기술안만은 인정하지 못하는 것일가? 진호 동무에 대한 원한 때문일가, 아니면 자기 기술안을 버린 나에 대한 원망 때문일가? 자기의 과실을 인정할 만한 용기가 부족해설가, 아니면 내심으로 인정하면서도 그것을 표현하지 않을 따름일가? 어째서 출장을 떠날 때조차 한마디 말도 없이 가버렸을가?'

그의 처사가 안타깝기도 하고 한편으로는 어쩐지 불안스럽기도 했다.

문득 대학 때 일이 떠올랐다. 그를 생각할 때마다 언제나 되살아나군 하는 추억이였다.

그날은 졸업반 모두가 새로 짓게 되는 대학 강당의 기초굴착 작업에 동원되였는데 정아는 아침부터 기철이와 함께 목고(목도=무거운 물건을 묶은 밧줄에 몽둥이를 꿰어 양쪽에서 사람이 어깨에 메고 나르는 일, 또는 그 일을 할 때 쓰는 길고 굵은 몽둥이)를 멨었다.

"힘들지 않소?"

"일 없습니다."

그러나 기철은 매번 목고줄을 자기 쪽으로 당겨놓았고 정아가 고집을 부리면 목고채를 정아 쪽으로 내밀군 했다.

휴식 시간에 오락회가 벌어졌는데 사회자가 대뜸 정아를 지목했다.

기철 선생과 함께 이중창을 부르라는 요구였다.

"선생님이야 사정을 봐줘야잖아요."

기철이를 편들어주는 것으로서 정아는 자기도 난감한 처지에서 모면해보려고 했지만 허사였다.

"선생님도 오늘은 어쩔 수 없습니다. 여긴 교실이 아니라 작업장이니까요. 글쎄 정아 동무로서야 강의 때마다 늘 각별한 '사랑'을 받으니까 사정을 봐줬으면 하겠지만 우린 교실에서 받은 '박해'를 여기서라도 봉창해야겠단 말입니다. 안 그렇소, 동무들!"

"옳소."

사소한 융화(타협)도 있을 것 같지 않았다.

기철이가 선선히 일어서는 바람에 정아도 따라 일어설 수밖에 없었다.

"'폭풍이 앞을 막아도' 하는 것 아오?"

"모릅니다."

"'공장 대학생'은?"

"그것도 잘 몰라요."

"그럼 동무는 아는 노래가 뭐요?"

"'오직 한 마음'밖에 없어요."

"'오직 한 마음'?"

"곡목 또한 멋있습니다. 둘이서 부를 노래는 '오직 한 마음'."

사회자의 소개가 끝나기 바쁘게 누군가 이렇게 시까슬러댔다.

"아니 그건 흔히 결혼식 때 부르는 노래가 안야."

옆 사람을 보고 하는 말이었지만 분명 자기들이 들으라는 소리였다.

"혹시 미리 련습(연습)해두자는 건지 알 게 뭔가!"

정아는 대번에 모닥불을 뒤집어쓴 것 같았다. 그 노래를 택한 자신을 후회하며 기철이를 훔쳐보는데 그도 어지간히 당황해하는 기색이였다.

노래를 부르기는 했으나 정아는 정말 결혼식 날 새색시처럼 한 번도 얼굴을 들 수가 없었던 것이다.

"저걸 보게. 고개를 숙이고 있는 게 신통하다니까."

여느 땐 우습기도 하고 또 야릇한 즐거움에 휩싸이기도 하던 그 추억이 오늘따라 쓸쓸하게만 느껴지는 것이였다.

'그가 돌아오면 이번엔 모든 걸 털어놓을 테야! 더는 참을 수 없어. 견딜 수도 없어!'

자리에서 일어나 앉은 그는 수영복 우에 웃옷을 걸쳤다.

그때 그는 자기 쪽으로 다가오는 발자욱 소리를 들었다.

발자욱 소리가 가까와짐에 따라 왜서인지 긴장해지는 것을 어쩔 수 없었다.

"왜 혼자 있소? 모두들 '조수'는 어데다 버리고 혼자만 먹어대느냐고 나한테 야단인데."

상대가 누구라는 것을 알자 불안이 배로 확대되였으나 그는 해빛에 눈이 부시기라도 한 것처럼 손을 들어 얼굴을 가리웠다.

그는 요즘 어째선지 진호를 대하기가 두려웠다. 무엇 때문인지 알 수 없었지만 그를 마주하기만 하면 은연중 어떤 공포에 휩싸이게 되는 것이였다.

그는 그것이 다른 사람들도 혹시 진희처럼 자기와 진호와의 관계를 곡해하면 어쩌나 하는 위구 때문이라는 것을 모르지 않았다.

그렇지만 그렇게 오해받지 않기 위해선 어떻게 처신해야 할지 알 수 없었다. 그것이 더욱 그를 불안과 공포 속에 몰아넣는 것이었다.

"일광욕 하느라구요."

그러나 그는 곧 자기의 혀를 깨물지 않을 수 없었다.

'그늘에 있으면서도 일광욕을 해? 바보 같으니!'

옹색한 처지에서 벗어나기 위해 그는 얼른 생각나는 대로 한마디 던졌다.

"이제 일단락 지은 셈이지요? 시험에서 성공했으니 말이예요."

"아니 우리 일은 이제부터나 다름없소. 시험에선 성공했지만 도입하지 못하는 것들이 얼마나 많소. 새 연료가 공정으로 취입될 때 말하자면 공업화될 때래야 우리 일이 끝나는 게 아니겠소. 취입장치란 어차피 전기요소가 많을 것이 분명한데 그리고 보면 이제부터야말로 동무가 더 수고해줘야…"

"수고라고요?"

정아는 곧 스스럼없는 태도를 지어보이며 말을 이었다.

"제가 무슨 수고를 한 게 있다고요."

"하긴 수고라는 말로는 부족하지. 뭐라고 할가, 사실 동문 생활 이상의 것을 나한테 주었으니까…"

"제발 그런 롱담은 그만두세요."

어떻게든 그의 말을 롱으로 받아넘기려고 했으나 자기를 바라보는 진호의 진지한 눈이 그런 태도를 허용하지 않았다.

하지만 그는 자신을 다잡았다. 그런 감정에 말려드는 자기를 용서할 수 없었던 것이다.

"전 결코 무슨 보답이 있기를 기대한 건 아니예요. 그랬으면 애초부터 공감하지도 못했을 거구요. 전 다만 동무의 기술안이 옳다는 걸 깨달았을 뿐이고 따라서 새 것을 지향하는 사람이라면 누구나 동무를 도와야할 의무가 있다고 생각했을 뿐인 걸요. 단지 그것뿐이예요."

"물론 그렇다는 건 나도 아오. 그렇지만 동무가 그처럼 단순하게 리해하는 그 진리를 어째서 다른 사람은 리해하지 못하는가 하는 걸 난 요즘에야 깨닫게 됐단 말이요."

진호는 오늘에야말로 진정으로 그에 대한 고마움을 표시해야겠다고 생각하며 그 옆에 앉았다.

옳은 것을 위해서라면 자신의 모든 것, 사고와 행동은 물론 지어는 의지까지도 복종시킬 줄 아는 담대한 기질과 그것을 절로 넘쳐나는 듯한 발랄한 생기, 더우기 이 모든 자기의 우점을 의식조차 하지 않는 데서 나타나는 그의 정신적인 매력.

그러나 자기를 두려워하는 듯 수영복 차림을 겉옷으로 꼼꼼히 싸며 땅바닥만 내려다보고 있는 정아를 보느라니, 그런 충동보다 자기가 이렇게 혼자 있는 처녀를 찾아온 것이 좋은 일인가 어떤가 하는 의문이 먼저 머리속에 떠오르는 것이었다.

'도대체 우물쭈물할 게 뭐란 말인가!'

자기가 심중한 기색을 지을 때마다 그런 것처럼 혹시 이번에도 정아가 대수롭지 않은 롱이라는 듯이 처신하지 않으려나 해서 진호는 그를 흘끔 바라보았다.

아니나 다를가 이번에도 정아는 자기에게서 어떤 심각한 표정을 눈치채고는 얼굴표정뿐 아니라 정신 상태까지 일변시켰다.

그의 얼굴에는 별안간 본의 아닌 웃음이, 그것도 여느 때와 같은 티 없는 웃음이 아니라 일부러 짓는 듯한 그런 웃음이 퍼졌고 눈길 역시 어딘가 안정성이 없어 보였다.

"참! 아까 태수 동무가 무슨 얘기를 했어요? 모두들 정신없이 그의 얘길 듣더군요."

"자신에 대한 얘기였소. 은심 동무를 어떻게 사랑하게 됐는가 하는 얘기."

"그래요? 그럼 같이 들을 걸. 저도 언젠가 그들에 대한 얘길 듣긴 했어요."

화제가 다른 데로 번져진 것을 다행으로 여긴 정아는 얼른 발 앞에 있는 납작한 자갈 하나를 집어 들었다.

"전 그들의 사랑이야말로 세상 사람들, 특히 우리 세대 모두의 열렬한 행복의 기원 속에 만발해야 할 그런 사랑이라고 봐요. 그렇지 않아요?"

"옳소. 나 역시 그렇게 생각하오. 난 그의 얘기를 들으면서 우선 태수와 같은 친구를 동무로 가지고 있는 자신에 대한 긍지를 새삼스레 느끼지 않을 수 없었소. 그리고 다른 하나는 사랑이란 확실히 참다운 리해를 통해서만 꽃피고 열매 맺는다는 걸 더욱 절실히 깨닫게 됐소. 서로에 대한 진정한 리해가 없다는 것은 그야말로 과실나무에 야생목을 접하는 것과 같이 어렵고 어이없는 일이란 걸 말이요. 오직 상대에 대한 진정한 리해만이 사랑을 신성시하며 또 그런 리해에 의해 정화된 사랑만이 진실한 사랑이 아니겠소. 난 이렇게 말하고 싶소. 진정한 사랑이란 두 사람이 주고받는 애정의 량이 서로 같을 때라야 제대로 꽃필 수 있다고 말이요."

"같을 때라구요?"

"그렇소. 같을 때!"

정아는 진호가 무엇을 념두에 두고 하는 말이라는 것을 모르지 않았다.

"그러니까 아직도 용서할 수 없다는 건가요?"

"물론 이젠 용서야 할 수 있겠지요. 그러나 용서와 사랑은 서로 다른 게 아니겠소."

"그렇다면 그건 용서가 아니지요."

정아의 목소리는 단호했다.

"용서를 하려면 깨끗이 해야지요. 진정한 용서란 외면하는 것이 아니라 오히려 손을 내밀어주고 진정으로 리해해주는 게 아니겠어요. 태수 동무가 은심 동무를 대한 것처럼 말이예요. 말하자면 사랑이지요."

손에 들었던 돌을 던지는 그의 행동에는 진심으로 뭔가 못마땅해하는 것이 있었다.

아닌 게 아니라 정아는 지금 자기가 평시에 진호에게 품고 있던 불만을 더는 감춰서는 안 된다는 생각과 함께 특히는 그것을 드러내보임으로써 어떤 온당치 못한 감정에 휘말려드는 듯한 자신을 더는 방임해서는 안 된다는 결심이 솟구쳤던 것이다.

고개를 든 그는 꼿꼿한 눈으로 진호를 마주보았다.

"동무의 태도를 보면 어쨌든 자기를 믿고 있는 한 처녀 앞에 지닌 남자의 의무에 대한 저의 생각과는 달라요."

"?!"

"동문 자기 요구에 맞는 대상을 고르는 것을 응당한 일로, 그런 사람을 찾는 것을 행복으로 여기지요. 그러나 그게 사랑일가요? 진실한 사랑이고 행복일가요? 전 그건 사랑이 아니라고 봐요. 사랑이라고 해도 아무 가치도 없는 사랑이라고요."

진호는 어리둥절해지지 않을 수 없었다.

아직 저로서는 한 번도 생각해본 적이 없는 것을 사랑에 대한 아무런 체험도 없는 처녀가 확신에 넘쳐 말하기 때문이였다. 그러나 세상에 일생의 동반자로 삼을 대상에게서 자기의 요구와 지향을 바라지 않는 사람이 누구며 또 그걸 바란다고 해서 나쁠 게 뭐란 말인가! 하는 생각만은 머리에서 지워지질 않았다.

"가끔 전 이런 생각을 해요. 진호 동무가 자기 사업, 연구사업에서처럼 사랑에도 그렇게 주의를 집중한다면 틀림없이 남다른 행복을 누릴 수 있을 거라고요. 하지만 진호 동문 과학은 창조할 줄 알아도 사랑은 창조할 줄 모르거던요. 아니, 하려고 하지 않지요. 사랑도 과학과 마찬가지로 창조하는 것이라고 여기지부터 않으니까요."

'사랑도 창조해야 한다?'

진호는 또 한 번 놀라지 않을 수 없었다.

그러나 정아의 두 눈은 점점 열기를 띠고 반짝였다.

"그래요. 사랑도 창조해야 하구말구요. 만약 사랑을 동무처럼 생각한다면 꽃들이 만발한 화원이나 열매들이 주렁진 과원에서 제 마음에 드는 꽃을 꺾거나 입에 맞는 열매를 따는 거나 다를 게 뭐예요? 그래 그걸 사랑이라고 할 수 있어요? 전 진실한 사랑이라면 그런 꽃과 열매를 따기 전에 자신의 힘으로 그렇게 아름답고 탐스럽게 가꿔야 한다고 봐요. 태수 동무처럼 말이예요. 전 그래서 태수 동무를 존경해요. 사람은 누구나 사소한 부족점들은 다 가지고 있는 법이 아니겠어요. 서로의 부족점을 서로가 도와주어 고쳐가는 과정이 곧 진정한 사랑이 아닐가요? 그래서 행복이 창조과정에 있다는 진리가 생겨난 게 아닐가요?"

"?!"

어떤 호된 타격을 받기라도 한 것처럼 얼떨떨하기만 했다.

'서로의 부족점을 고쳐가는 과정이 참된 사랑이라구? 그래서 행복이 창조과정에 있다고?'

너무도 아름찬 의미가 내포돼 있어서 단번에 소화하기는 도저히 어려웠다.

"이런 말 한다고 욕하지 마세요."

갑자기 고개를 아래로 떨군 정아는 가는 목소리로, 마치 잘못을 비는 사람의 가냘픈 어조로 말했다.

"사실 제가 이런 말 하는 건…"

그의 목소리는 더욱 잦아들었다.

"진호 동무에 대해서라기보다 제 자신에게 하는 말이기도 해요. 저 역시… 저 역시 사랑하는 사람이 있긴 하지만 그렇게 대하지 못하고 있으니까요."

'설마?'

그러나 모든 걸 눈여겨 살피는 일이 덜한 사람이라면, 이미의 정아를 알지 못하는 사람이라면, 그에게서 각별한 것을 알아차리지 못했을 테지만 진호는 그 어떤 새로운 것을, 오직 사랑을 두고 고민하는 처녀에게서만 나타나는 그런 표정을 정아의 얼굴에서 발견하지 않을 수 없었다.

탐스런 볼과 꼭 다문 입술의 아름다운 륜곽 그리고 두 눈에 비친 고민은 확실히 우수에 젖어 있었고 그것은 어쩐지 마음을 아프게 하는 것이 있었다.

"…"

진호는 뭐라고 해야 할지 할 말을 찾을 수가 없었다.

이때 "오빠-" 하는 웨침과 함께 이쪽으로 달려오는 발자욱 소리가 들리였다.

"아이, 난 또 오빠 혼자 있는 줄 알았네."

못내 송구한 표정을 지은 진희였으나 그것은 순간에 불과했다.

"빨리 오래요. 주패 놀이(트럼프 놀이)를 하자구요. 짝이 맞지 않는가 봐요."

고개를 숙인 채 잠자코 있던 진호는 한참만에야 자리에서 일어나 동무들이 있는 곳을 향해 터벅터벅 걸음을 옮겼다.

저쯤 멀어진 오빠의 뒤모습을 지켜보고 나서야 진희는 정아 옆에 쪼그리고 앉으며 나직한 소리로 속삭였다.

"미안해요, 언니."

"안야, 일 없어! 일 없어!"

진희의 팔목을 잡아 옆에 앉힌 정아는 저도 모르게 그를 꼭 그러안았다.

33

제철소에서 새 연료를 취입하고 있다는 소식은 명식이에게 있어서 마치 마른하늘에서 벼락이 떨어졌다는 것과 같이 놀랍고도 괴이한 일이 아닐 수 없었다.

설마 하는 의혹도 가질 사이 없이 수시로 올라오는 보고는 아직 한 번도 자기의 판단을 의심해본 적이 없을 뿐 아니라 그 판단에 대한 확고한 신심으로 충만돼 있는 그를 아연케 하지 않을 수 없었다.

사실을 확인하기 위해 전화로 기철이를 찾았으나 그는 출장을 떠나고 없었다. 부기사장도 강습에 갔다는 것이었다.

'아니 절대로 그럴 수 없어! 아무리 시험이라고 하지만 진호가, 그 진

호가 어떻게 그런 성과를 이룩한단 말인가!'

워낙 만사에 대한 확고한 자신심으로 하여 자신에게 움직일 수 없는 숭고한 의의를 부여하고 있는 그는, 자기의 판단과 견해에 부합되지 않는 이런 '기적'을 믿지도 않았거니와 믿을 수도 없었다.

언제나 그는 자기 내부에서 이런 '기적'을 믿지 않는 힘과 능력을 발견해내는 데 습관돼 있었다.

만약 기적이 자기 앞에 부정할 수 없는 사실로 나타난다 해도 그는 그 사실을 허용하기보다는 오히려 자신의 생각을 믿지 않으려 했다. 가령 한 걸음 양보해서 그 사실을 인정한다 할지라도 다만 지금까지 자기 눈에 비친 적이 없는 이상한 현상, 비정상적인 현상으로 받아들일 따름이였다.

'그래! 틀림없어! 이건 분명 어떤 지나친 기대가 일시적으로 나타난 현상을 과장한 게 틀림없어!'

사람들의 관심사에 있는 기술안일수록 왕왕 터무니없는 소문이 퍼진다는 것을 경험을 통해 알고 있는 그는 제철소에서 올라오는 자료들을 다시 구체적으로 검토해보기 시작했다.

아니나 다를가 그 과정에 그는 간과할 수 없는 한 가지 사실, 열의 불균형적 파동, 즉 새 연료의 취입량에 따르는 온도에 일관성이 없다는 것을 발견했던 것이다.

해당 온도 가까이에 이르는가 하면 어떤 땐 턱없이 열이 떨어져서 불합격 강종을 내기도 했다. 말하자면 취입량에 따르는 온도의 일반적인 합법칙성이 무시돼 있었다.

이것은 나타난 사실이 과학적인 담보가 없는 일시적인 현상에 지나지 않는다는 것을 의미하는 것이 아닐 수 없었다.

더우기 새 연료 취입에서 가장 난문제의 하나인 연재가 로 구조에 미치는 작용에 대해서는 전혀 언급돼 있지 않았다.

'그러면 그렇겠지! 틀림없이 이건 어떤 비정상적인 사태가 빚어낸 돌발적인 현상에 불과해! 흔히 진호와 같이 무모한 사람은 그런 우연에도 닿게 되는 법이니까. 우연! 우연이고말고! 아니 발악적인 모험이 가져온 우연일 수밖에 없지!'

그의 머리속에는 언젠가 과학계를 뒤흔들던 한 가지 일이 떠올랐다.

그것은 한 평범한 농장원이 몇 십 년이 걸려도 해결하기 어려운 그런 다수확의 콩 종자를 얻어낸 것이었다.

그런데 문제는 그가 그 종자가 어떻게 생겨났는지, 어느 품종의 변화로 일어났는지를 모르는 데 있었다. 무작정 이것저것들을 교잡해보는 과정에 우연히 얻어진 것에 불과했던 것이다.

결국 과학적인 담보가 결여된 것으로 하여 그 종자는 한 해, 그것도 몇 포기로서 종말을 고하고 말았었다.

명식은 진호의 새 연료안도 그것과 조금도 다를 바 없다고 확신해 마지않았다.

사실 따져보면 그가 이렇게 인정하는 데는, 아니 기어이 이렇게 인정하려는 데는 맘 한구석으로나마 진호의 기술안이 혹시 성공이라도 하면 어쩔가 하는 두려움이 없지 않기 때문이기도 했으나, 그는 이 사실을 상상조차 할 수 없는 것으로 치부해버렸다.

일단 환자의 병이 암이라는 것을 진단 내렸던 의사는 환자의 상태에서 간혹 그 병과는 다른 점이 나타났다 해도 어떻게던 그 현상을 암으로부터 오는 일종의 후과로 보려고 애쓰듯이, 그도 진호의 일시적인 '성과'를 결코 그대로 받아들일 수가 없었던 것이다.

그런데 한 가지 난처한 일은 부의 일부 사람들은 물론 부장까지도 새 연료안의 시험에 각별한 관심을 보이는 그것이었다.

명식은 부장에게 진호에 대해서와 그가 진행한 시험자료들을 구체적으로 분석해보이면서 말했다.

"보다싶이 이건 아직 아무런 과학적 기초도 없다는 걸 증명하고 있습니다. 마치 자연식물이 돌연변이를 일으킨 것과 같은 우연한 현상에 지나지 않지요. 이런 현상을 어떻게 과학적으로 일반화할 수 있겠습니까. 어떻게 공업화할 수 있겠나 말입니다."

아무 말 없이 명식의 말만 듣고 있던 부장은 한참만에야 고개를 들었다.

"물론 아직 결함들이 있는 건 사실이요. 그러나 그렇게만 속단할 순 없지 않겠소. 우선 가능한 방조를 다해야겠소. 심사실에서도 그렇게 사업을 조직하시오."

"?"

언제나 자기가 능력이 있을 뿐 아니라 특히 대바르고 원칙이 있는 일군이라는 것을 자연스럽게 여겨온 사람이 자기를 그렇게 대하지 않는 상대를 발견했을 때 그런 것처럼 명식이도 부장의 처사가 못내 불만스러웠다.

'어째서 부장은 나를 제대로 보지 못하는 걸가? 내가 아직 어떤 사람인지 모르는 모양이지? 하긴 그럴 수밖에. 부에 온 지 얼마 되지 않았으니까. 그러나 이제 곧 보여줄 기회가 있겠지.'

그러나 당장은 부장의 지시대로 하는 수밖에 없었다. 그것이 아무리 불가능한 것이라 해도 부장이 직접 지시하는 일이니까 외면할 수는 없었다.

당분간 그는 실의 력량을 새 연료안에 집중할 계획을 세웠다.

취입실태 자료를 놓고 기술협의회도 조직하고 거기에서 토론된 대로 사업도 분담할 작정이었다.

하지만 자기들이 그 어떤 방조를 한다고 해도 새 연료안이 가당치 않다는 것을, 그것은 마치 소가 바늘구멍으로 들어가는 것만치 무리한 일이라는 것을 그는 조금도 의심치 않았다. 그래서 더 스스럼없이 새 연료안을 도와나서는 것이었다.

그는 출장지에 있는 기철이에게 전화를 걸어 돌아가는 길에 자기한테 꼭 들릴 것을 당부했다.

그러고 나서도 취입안을 도울 여지가 없겠는가를 따져보던 그는 불현듯 현옥이에 대한 생각에 미쳤다. 언젠가 현옥의 책상 우에 펼쳐져 있는 축열실 개조 도안을 본 적이 있었던 것이다.

'현옥이한테도 권고해 봐?'

부장의 지시에 성실했다는 것을 보이기 위해서도 도면 한 장쯤은 있어야겠다는 생각이 들었던 것이다.

그날 저녁,

현옥이를 마주하는 순간에야 고개를 돌리고 앉아 "할 말이 있으면 해요. 전 그저 듣기만 할 테니까." 하고 무슨 말을 해도 진정으로 대해주지 않을 듯한 현옥이의 랭담한 태도를 보는 순간에야 명식은 자기가 뭔가 모순된 생각을 하고 있다는 것을 깨닫지 않을 수 없었다.

그것은 진호를 타기해 마지않던 자기가 오늘은 부득불 그때와 다른 립장을 취하게 되였다는 것이며, 그것으로 하여 사물을 단순한 리치로만 따지는 현옥이가 혹시 자기를 어떤 리해관계로부터 무엇을 바란다고 여기지나 않을가 하는 우려였다.

"그래 요즘 어떻게 지내니?"

"…"

현옥이는 오빠가 자기 일에 별반 관심이 없다는 것도, 따라서 지금 자기에게 그걸 물은 것은 그저 잠자코 있기가 무엇해서 체면상 한마디 물어본 데 불과하다는 것을 알아차렸다.

오빠가 제철소에 다녀온 다음부터는 서로의 간격이 더욱 뚜렷해졌다는 것을 현옥이도 절감했다.

이젠 오빠가 무슨 말을 해도 대꾸하기 싫었고 지어는 마주하기조차 싫었던 것이다.

다만 가슴 속에 고여 있는 울분, 누구에게도 털어놓을 수 없는 것으로 하여 더더욱 충만돼 있는 울분을 어느 때건 오빠한테만은 토해놓으리라는 그 하나의 충동밖에 없었다.

"축열실 도안은 끝냈니?"

"?"

현옥은 대뜸 의혹이 어린 눈길로 오빠를 쳐다보았다.

'축열실 도안이라니? 내가 그걸 추진한다는 걸 어떻게 알가?'

"너도 알겠지만 지금 제철소에서는 새 연료 취입시험을 하고 있다. 그런데 자료들을 보면 도저히 일관한 데타(데이터)를 잡을 수가 없거던. 그래서…"

"그래서 뭐예요?"

현옥은 금세 낯빛이 파랗게 질렸다.

"그 기술안 전망이 어떻든 누구나 조직적 의사에 따를 의무밖에 없지 않니. 지금 부에서도 관심을 돌리는데…"

"그래서 저더러 어떻게 하라는 거예요?"

벌써 어떤 공포에 젖어 있는 현옥이의 목소리였다.

지금 명식은 현옥이에 대한 자기의 태도가 얼마나 분별없는 일이며 그것이 동생에게 어떤 고통을 주고 있는가 하는 것은 전혀 깨닫지 못하였고 또 깨달을 수도 없었다. 그저 자기의 태도가 진호에 대한 련민을 느끼게 했고 바로 그것이 노여움을 사게 한 것이라고만 여길 뿐이였다.

"난 부의 지시대로 얼마간 실의 력량을 거기에 동원할 생각이다. 어쨌든 집단의 방조란 문제를 가장 신속할 뿐 아니라 또 가장 훌륭하게 해결해주니까. 그래서 난 너도 여기에 망라됐으면 하는 거야."

"?"

현옥은 질겁한 눈길로 오빠를 쳐다보았다. 그러나 그의 눈길은 순식 간에 혐오와 분노로 타 번졌다.

"도와준다고요? 망라되라구요? 도대체 그런 말 하기가 부끄럽지도 않아요? 창피하지도 않느냐 말이예요."

현옥이는 당장 울음이라도 터뜨릴 것 같았다.

"비렬해요. 너무 비렬해요. 언제는 그의 진심을 짓밟으며 제 앞길을 막아서더니 오늘은 또 그를 도와주어야 한다고… 아- 어쩌면…"

쌓이고 쌓였던 오빠에 대한 원한이 일시에 폭발하는 것이었다.

"차라리 진호 동물 그냥 미워한대도 낫겠어요. 그래도 제 마음이 이 렇게 아프진 않을 거예요. 그래 제가 아직도 오빠가 어떤 사람이라는 걸 모르는 줄 알아요? 아직도 청맹과닌 줄 아는가 말이예요."

"?…"

온몸을 부들부들 떨면서 악에 차서 부르짖는 현옥을 명식은 아연한 눈길로 쳐다보았다.

"알아요. 이제 와서 왜 그런 권고를 하는지 알고말고요. 진호 동무의 기술안이 성공하게 될 테니까 이젠 날 미끼로 해서 자기한테 쏟아지는 비난을 막아보자는 거지요? 오빤 이미 새 연료가 안 된다는 것을 당에 보고한 사람이니까 그 후과를 이제라도 모면해 보자는 거지요? 우리의 사랑을 파탄시켜 놓고도 이제 와선 그 파편이라도 자기 목적에 리용하려는 거죠? 그래 이게 아니예요?"

그의 두 눈에는 여느 때 고이던 눈물 대신 퍼런 섬광이 번쩍거리고 있었다.

"바보 같은 게!"

명식은 경멸에 찬 싸늘한 눈길로 현옥이를 노려보았다.

"그래 내가 이런 권고를 하는 게 그 기술안에 대한 견해가 달라졌기 때문인 줄 아니? 내 체면이나 리해관계 때문인 줄 알아? 흠, 오해하지 말아라! 그건 절대로 도입될 수 없어! 그런 모험으로 얻어진 성과는 기적이 아닐 뿐 아니라 기적으로 될 수도 없고 또 되여서도 안 되는 거야."

명식이를 쏘아보는 현옥이의 표정은 표독스럽기보다 어떤 랭소가 어려 있었다.

"혹시 여기가 강당이라면, 오빠의 말을 첨 듣는 사람이라면 속을 수 있겠지요. 그러나 전 속지 않아요. 더는 속지 않아요. 오빠야말로 언제나 자기만이 정당하다는 사람이지요. '집단'이니 '의무'니 하는 말로 자기의 약점을 교묘하게 감추고는 안전한 한계 내에서만 활동하는 교활한 사람이지요. 그래 오빠 같은 사람이 어떻게 진호 동물 리해할 수 있어요? 천만에요! 어림도 없어요. 오빠 뭔지 알아요? 기계예요. 기계! 그것도 정당한 사람을 파멸시키는 독살스런 기계."

"뭐라구?"

명식은 자리를 차고 벌떡 일어났다. 여태껏 한 번도 느껴보지 못한 그런 저돌적인 분노가 솟구쳐 오르는 것이였다.

그는 자기를 마주보는 현옥이의 눈길에서 현옥이가 자기의 약점을, 이제까지 인정하지 않았고 앞으로도 절대 인정할 수 없는 그런 약점을 발견하려고 한다는 것을 느끼지 않을 수 없었는데 이것이 더 부아를 돋구는 것이었다.

그러나 현옥이는 여전히 집요한 눈길로 오빠를 쏘아보았다.

오빠의 기색은 당장 뺨이라도 칠 험악한 기세였으나 그는 이상하게도 마음의 안정을 느꼈다. 오빠의 란폭한 모습을 보면 볼수록 더 안정이 되는 그런 랭담하면서도 별난 안정이 스며드는 것이었다.

34

"도대체 무엇 때문에 이제 와서 설계를 의뢰하자는 건가? 어째서 포기하자는 건가 말이야!"

책상을 두드리는 태수의 두 눈은 노기를 띠다 못해 벌겋게 상혈돼 있었으나 그를 마주 바라보는 진호의 표정은 사뭇 침착했다.

"포기라니? 누가 뭐 포기하자는 건가?"

"설계를 집어던지는데도 포기가 아니야? 해야 할 일을 도중에서 그만두는데도 포기가 아닌가 말야!"

태수의 목소리는 점점 높아지기만 했다.

이때까지 하나의 기술안을 위해 일심동체가 되여 일해오기는 고사하고, 도리여 원한을 품어온 두 사람이 마침내 어떤 계기로 서로 열을 올리면서 상대를 몰아대는 것 같았다.

이들의 론쟁은 취입공정설계 때문이였다.

그 설계를 맡은 태수는 어떤 일이 있어도 자기들이 마지막까지 설계를 완성해야 한다는 것이고 진호는 반대로 당장 설계실이나 연구소에 의뢰하자는 것이였다.

두 사람의 상반되는 견해에 비해 정아는 어느 쪽에도 편승하지 않고 책상 우에 펴놓은 태수의 미완성 도면만 내려다보고 있었다.

"문제는 새 연료를 하루라도 빨리 취입해야 한다는 데 있는 게 아니겠나. 만약 우리가 이 설계에 파묻혀 있어 보게. 얼마나 많은 시간이 걸릴 텐가! 동무도 말했지만 아직 해결해야 할 점들이 얼마나 많나! 그렇다고 오해하지 말게! 난 동무가 설계를 맡은 것이 미타해서 하는 말이 아니네. 다만 다른 데 의뢰하면 더 좋은 안이 제기될 수도 있고 빨리 완성될 수도 있기 때문이네."

"그렇다고 해서 다 익혀온 열매를 이제 와서 남에게 줘야겠나? 땀 흘려 가꾼 열매를 이제 와서 남들이 따먹게 해야 하나 말일세. 난 그럴 수 없어! 절대로 찬성할 수 없단 말이네!"

태수가 내려치는 주먹에 책상 우에 놓여 있던 양철 재털이가 빙글빙글 춤을 추며 돌아갔다.

"그래도 새 연료야 우리가 만들어놓지 않았나."

"새 연료? 원 이렇게도 답답하다구야. 그까짓 게 뭐 큰 건 줄 아나? 문제는 그걸 만든 데 있는 것이 아니라 공정으로 도입하는 데 있단 말일세. 기술안의 의의란 어디까지나 공업화에 있지 않나. 공업화에!"

태수는 옆에 있는 정아가 긍정해주기를 바라는 눈길로 바라보았으나 정아는 여전히 잠자코 앉아 있기만 했다. 그는 아직도 진호의 의도가 무엇인지 잘 가늠이 가지 않는 모양이였다.

"설사 그렇다 해도 난 의뢰해야겠네."

"뭐? 나 참! 보다보다 이런 바보는 처음이군! 이젠 아예 머리가 돌아버린 게 아니야?"

벌떡 자리를 차고 일어선 태수는 더는 대상하지 않겠다는 듯이 문 쪽으로 걸어갔으나 이내 다시 돌아서는 것이였다.

그의 험악한 기상을 지켜보던 정아는 얼른 책상 우에 있는 재털이를 집어 원탁 우에 옮겨놓았다. 이번 타격에는 틀림없이 그것이 바닥에 떨어져 요란한 소리를 낼 것이기 때문이였다.

그러나 의자를 당겨놓으며 앉는 태수의 목소리는 의외로 조용했다.

"어디 말해보게! 그래 동문 분하지도 않아? 억울하지도 않는가 말이야! 설계를 다른 데 맡겨 이제까지의 노력이 수포로 되는 건 둘째로 치세. 그까짓 건 뒤로 미루잔 말이야. 내가 참을 수 없는 건 이 기술안 때문에 동무가 받은 수모야. 얼마나 억울한 의심과 조소를 받았나. 진심을 유린당했지. 처녀의 사랑을 잃었지. 거기다가 집단을 희롱한다는 소리까지 듣지 않았나 말야. 그래 이게 분하지도 않아? 억울하지도 않느냐 말이야! 그래도 언젠 뭐 량심을 증명해보이겠다구? 누구한테 진리가 있는가 하는 걸 똑똑히 보여주겠노라구? 이제야말로 그 량심과 진리를 보여줄 때야. 이제야말로 봐라 하고 소리치며 본때를 보여줄 때란 말일세. 그런데 이제와선 뭐? 이거야 어디 속에 천불이 나서. 제길!"

태수의 목소리는 분노와 안타까움에 떨고 있었다.

"…"

잠자코 있던 진호가 천천히 고개를 들었다.

"그랬네. 사실 그게 내 심정이였고 결심이였지."

그는 회오에 젖은 어조로 말했다.

"내가 그렇게 생각했던 건 사실이네. 어떻게 하든지 새 연료안을 완성하는 것으로써 자기를 증명하려고 했고 또 나를 의심한 모든 사람들에게 분풀이를 하려고 했지. 그렇지만 이제 와선 그런 생각이 어쩐지 하찮은 것이라는 것을 느끼지 않을 수 없네. 물론 지금도 가끔 그런 생각이 들 때가 없진 않네. 그러나 그때마다 그런 옹졸한 생각을 이겨내야 한다고 맘먹군 하네. 이전에는 오직 자기라는 하나의 충동에 사로잡혀 있었지만 지금에 와선 그렇게 생각한 자신이 가소롭고 혐오스럽단 말일세. 난 어떤 계기로 이것을 느끼게 됐는지 모르지만 많은 사람들, 특히 동무나 정아 동무의 덕분이라고 여기고 있고 뒤늦게나마 이걸 깨달은 걸 정말 다행으로 생각하네."

"…"

정아도 그제야 고개를 들고 진호를 바라보았다.

사실 자기를 증명해보일 수 있는 순간을 위해 모든 것을 다 바쳐왔다고 해도 과언이 아닐 진호였다.

바로 그 순간이 자기의 희망과 량심은 물론 여태까지 가슴 속에 고여 있던 온갖 설움과 원한을 보상하리라고 여겨오던 그였다.

그러나 정작 그것이 이루어지게 된 이 마당에 와서는 애초의 결심이 흔들리는 것이였고 나아가서는 그 결심 자체에 의혹을 품지 않을 수 없었다.

그것은 마치 등산길에 오른 사람이 도중에 있는 정각에 이르면 다리를 뻗치고 푹 쉬리라 마음먹었다가 정작 거기에 다다르자 바로 눈앞에 쳐다보이는 산봉우리의 황홀한 경치에 매혹되여 쉬기는커녕 더 씩씩한 기분으로 치닫게 되는 것과 같다고 할가. 아니, 그보다 산봉우리에 올라서서 일만정경을 굽어보게 된 사람이 방금 지나온 정각을 내려다보며 어쩌면 자기가 저렇게도 낮고 답답한 데서 맥을 놓고 쉬려고 했던가를 허거프게 돌이켜보는 때와 같다고 해야 할 것이다.

'내가 과연 그것을 위해 일해 왔단 말인가? 그 하찮은 자존심과 명예를 위해 일해 왔단 말인가! 그렇다면 나의 포부와 열정이란 너무나도 보잘 것 없는 것이 아닌가! 여태까진 그런 맘으로 일해 왔다고 해도 이제부턴 그런 생각은 버려야 해! 그런 자신을 초월해야 해. 그래야 보다 진실하고 아름다운 인간으로 갱생할 수 있는 것이 아니겠는가!'

이런 생각이 점점 그의 머리를 지배하기 시작했던 것이다.

특히 신념을 자신을 위해서가 아니라 숭고한 목적을 위해 간직해야 하며 그것을 투쟁으로 고수해야 한다는 비서의 말은 온갖 유혹에 마음이 흔들릴 때마다 억센 암석처럼 가슴을 굳건히 해주었다.

그는 자기가 태수의 권고를 받아들인다면 거기에 아무리 자기를 만족시켜주는 달콤한 것이 있다 해도 그것은 한갖 유치하고 저속하며 나아가서는 배은망덕한 일이라는 것을 느끼지 않을 수 없었다.

"그렇다고 내가 뭐 어떤 객기나 푼수 없는 도량을 시위한다고는 생각지 말게. 다만 이제라도 이전보다는 조금이나마 낫게 살아야겠다는 희망에서일 따름이네. 자기 자신이 아니라 생활을 위해, 숭고한 목적을 위해 살아야 한다는 희망 말일세."

"그래도 우린 누구나 자기가 일한 것만큼 평가를 받을 권리가 있는 게 아니겠어요."

침묵을 지키고 있던 정아가 조심스럽게 한마디 했다.

"남의 성과를 자기의 것으로 해서도 안 되지만 자기의 성과를 남의 것으로 할 필요도 없지 않아요."

진호가 바라는 것이 무엇인가를 알고 어떤 고상한 감정에 휩싸인 정아였으나 그의 견해가 지나치게 자기희생적이라는 데는 이견이 없지 않았다.

"물론 개인들끼리라면 그럴 수도 있겠지요. 그러나 이건 개인적인 문제가 아니지 않소. 생각해보오. 우리가 설계를 붙들고 씨름하는 사이 얼마나 많은 중유가 소비되겠소. 우리의 사소한 리익 때문에 직장에서는 얼마나 많은 손해를 보게 되겠는가 말이요. 중유는 둘째 치고 우리가 바라는 그 영예의 대가로 지체되는 것이 뭐요?"

"…"

"우리 당에 다른 도표는 없어도 강철생산도표만은 있다고 하지 않았소. 그 도표를 바라보며 나날이 부강해지는 조국을 그려본다고 하지 않았는가 말이요. 난 요즘 그 도표를 바라보며 이젠 우리의 연료로 쇠물을 끊이고 있는 것으로 하여 한시름 놓을 그 순간이 떠올라 견딜 수 없소. 그 간절한 소망이 우리의 욕심으로 하여 한순간이라도 늦어진다면 우리야말로 어떻게 량심을 가진 인간이라고 할 수 있겠소."

"…"

그제야 정아는 고개를 숙이였다.

다시 태수에게로 시선을 옮긴 진호는 진정에 넘친 목소리로 말했다.

"태수, 난 요즘에야 사람의 힘이 무궁하다지만 매 사람이 나타낼 수 있는 능력이란 그를 이끄는 사상의 높이를 얼마나 자기의 심장으로 받아들이는가 하는 데 있다는 걸 알았네. 오늘에야 비로소 난 어떤 경우에도 최대한 우리 당이 의도하는 대로 사색할 줄 알 뿐 아니라 행동까지 할 줄 아는 사람이 가장 참된 량심을 가진 인간이라는 걸 깨달았단 말이네."

"…"

어느덧 방안에는 숭엄한 침묵이 깃들었다.

이들이 취입공정에 대한 설계를 놓고 심각한 론쟁을 하고 있을 때 저녁차로 출장지에서 돌아온 기철이도 자기 집에서 골똘한 생각에 잠겨 있었다.

동생 인철이는 오늘도 어딜 돌아다니는지 아직 돌아오지 않았다. 언제 한 번 제 시간에 돌아온 적이 없는 동생이였다.

담배를 피워 물고 창가로 다가선 그는 깜깜한 어둠 속을 응시했다.

그의 얼굴에는 그 사이 일에 몰린 피곤이라고는 조금도 없었다. 오히려 방금 목욕을 한 사람과 같이 상기된 표정이였고 한 가지 일에만 사색을 집중하고 있는 흥분한 기색이였다.

실상 그도 지금 바로 진호네가 론의하고 있는 그 취입안에 대해 생각하고 있었다.

돌아오는 길에 평양에서 명식이로부터 새 연료가 취입되고 있다는 말을 들었을 때 그는 충격을 금할 수 없었다.

충격이라기보다 전률이였고 저절로 터져 나오는 경탄이였으며 또 진호에 대한 새삼스런 놀라움이기도 했다.

그처럼 막연하다고 여겼던 새 연료안이였음에도 불구하고 의외의 일로나 불가사의한 것으로 느껴지지 않고 도리여 '그 친구가 종내…' 하는 어떤 기대해온 일, 특히 그럴 수밖에 없는 결과를 접했을 때와 같은 일종의 감탄까지 품게 되는 데는 저로서도 이상한 일이였다.

사실 그는 언젠가부터 자기의 '중유절약안'과 진호의 새 연료안을 대비해 보았고 대비해볼수록 진호가 자기보다 앞섰다는 것을 느끼지 않을 수 없었던 것이다.

보통 때 같으면 당장 그보다 더 훌륭한 안을 착상하기 위해 이발을 사려 물고 달라붙을 그였지만 그럴 수가 없었다.

그것은 아무리 자기가 힘을 들인다 해도 벌써 결승선을 가까이 하고 있는 진호를 따라잡을 수가 없다는 생각이 들어서였다. 그럴수록 그런 처지에 떨어진 자신이 저주롭기만 했었다.

"놀라긴 이르네. 이 자료들을 보면 알겠지만 열량도 문제거니와 공정으로 도입하기는 도저히 불가능하거던. 공업화할 수 없는 기술안, 그게 무슨 필요가 있겠나?"

명식은 취입시험에서 나타나고 있는 부족점들, 즉 열의 파동이며 연도에 미치는 후과에 대해서 하나하나 지적해 나갔으나 기철은 그의 말을 납득할 수가 없었다.

명식의 말이라면 늘 철칙으로 받아들이던 그였지만 진호의 새 연료안에 대한 평가에는 의견을 달리하지 않을 수 없었다.

'그건 실장이 아직 진호를 잘 모르기 때문이야. 그가 어떤 사람인가를 모르는 데 있지. 확실히 그는 여느 사람들과 달라! 남들이 흉내 내지 못하는 그런 점이 있거던. 그게 어떤 건지는 알 수 없지만 있어! 바로 그것이 시험을 성공케 했고 앞으로도 기어이 완성케 할 비결이야!'

기철은 무슨 일에서나 상대방, 특히 경쟁자로 치부하는 사람에게서 그가 가지고 있는 우점에 대해 무시하거나 결함을 찾는 사람이 아니라 그와는 반대로 될수록 우점을 찾고 그것을 몇 배로 확대하여 받아들이는 사람이었다. 때문에 어떤 경우에도 그는 상대방을 실제보다 더 위력한 존재로 보기가 일쑤였다.

이것은 그의 겸손한 성품에서 출발되는 것이기도 했으나 보다는 그만큼 경쟁자를 눌러놓고 앞서야 한다는 자기에 대한 요구성이 강하기 때문이였다.

"어째서 공정도입이 어렵다는 겁니까?"

기철은 의아한 눈길로 명식이를 쳐다보았다.

"이걸 보게. 만약 새 연료를 취입한다고 가정하세. 그러나 연료의 가공으로부터 예열, 첨가제의 배합, 이런 설비가 빈틈없이 갖추어진 조건에서도 한순간의 변화도 없이 균등한 량의 연료가 매개 로에 쉼 없이 공급되어야만 하네. 이런 설비를 꾸리자면 한 개 직장의 부대설비가 있어야 할 거네. 그런데 문제는 이런 설비를 따로가 아니라 현장에 꾸려놓되 정밀한 기계나 전자장치로 해서는 안 된다는 데 있거던. 진동이 심한 용해장에 정밀기계가 통할 리 없고 온통 쇠붙이로 된 곳에 전기가설을 할 수야 없지 않나! 그래 이런 불합리한 점을 타개한 취입공정을 설계한다는 것이 가능할 것 같나? 어림도 없는 일이지! 만약 그걸 만들어내는 사람이 있다면 그야말로 야금계의 콜롬부스(콜럼버스)지."

'확실히 그 취입공정이 문제야. 이젠 그것이 더 중요한 문제로 나서지 않을 수 없지. 만약 그것만 완성해놓는다면 새 연료안 성과의 절반은 저절로 차지하는 셈이 아닌가! 야금계의 콜롬부스? 하긴 일리가 있는 말이야.'

그때부터 기철이의 머리속에는 오직 취입공정에 대한 생각만이 맴돌아 칠 뿐이였다.

그런데는 틀림없이 취입시험이 성공하리라는 예감으로부터 앞으로는 부득불 취입공정 문제가 제기되지 않을 수 없으리라는 확신 때문이 였고, 더우기는 이번 출장에서 이렇다 할 성과가 없기 때문에 더 강한 의욕을 느끼게 되는 것이었다.

그는 새로운 '산소강욕취입안'을 추진하는 과정에 한 가지 난문제에 부딪쳤는데, 그것으로 하여 해당 부문과 몇 가지 기술합의를 해야 했고 그것도 결과가 좋기 전에는 다시 시작할 수가 없게 되였던 것이다.

그리고 보면 자기의 처지란 진호에 비해선 너무나도 뒤떨어진 것이 아닐 수 없었다. 바로 그 모멸감이 그를 참을 수 없게 했다.

'취입공정이라…'

어느새 담배불(담뱃불)은 꺼져 있었다.

새 가치에 불을 갈아댄 그는 캄캄한 창밖으로 연기를 내뿜으면서 파란 연기가 자취를 감추는 모양을 물끄러미 지켜보았다.

'어떤 장치래야 가장 적합하고 간편한 장치겠는가? 류전(유전)현상을 방지할 수 있으면서도 구조가 복잡하지 않은 설비! 과연 그런 걸 착안할 수 없단 말인가!'

물이 열리는 소리에 돌아보니 언제나처럼 말쑥한 차림을 하고 있는 동생이 방안으로 들어서고 있었다.

"아니 형 언제 왔수?"

말로는 언제 왔느냐고 묻고 있었으나 그의 표정에는 퍽 흡족해하는, 그것도 세상에 자기보다 더 행복한 사람이 없을 거라고 자부하는 사람만이 짓는 그런 미소가 어려 있었다.

"넌 늘 밤늦게까지 어딜 싸다니니?"

기철은 동생이 늦게 돌아와서라기보다 사색을 분산시킨 것이 언짢아 한마디 했다.

"나야 뻔하지요. 뭐 몰라서 물어요?"

아닌 게 아니라 기철은 동생의 몸에서 오늘도 어떤 향긋한 냄새가 풍기는 것을 감촉하지 않을 수 없었다.

제대돼 와서 얼마까지는 그래도 늦게 들어올 땐 자기의 눈치를 살피며 어색해하기도 하고 딴전을 피우던 동생이였으나, 이젠 처녀와 다닌다는 것을 드러내놓고 말하는 것은 물론 어떨 땐 일부러 지싯지싯(남이 싫어하는지는 아랑곳 않고 제 좋은 대로) 비위까지 건드리는 것이였다.

"형이 장가 안 가는 건 좋지만 제발 날 홀애비로 늙게 하진 말아주우."

이런 불평쯤은 여반장이였다.

"가고프면 갈 게지 내가 무슨 상관이냐!"

"어디 아버지가 말을 들어요? 아버지야 장가가는 것도 곶감꼭지 따듯 순서대로 가야 한다는 건데…"

형제 간이라고는 하지만 성격은 물론 모색(본디의 특색이나 얼굴의 생김새)까지도 판다른(아주 다른) 이들이였다.

심중하고 집념이 강한 기철이가 어머니를 많이 닮았다면, 아무 일이나 대범하게 대하고 또 척척 수월하게 해제끼는 인철이는 아버지 편이였다.

노래 한 곡 변변히 부르지 못하는 기철이였으나 인철이는 기타를 두

드리며 휘파람을 멋지게 불어 넘겼고 운동장에 나서면 인기를 독차지하는 직장축구팀 문지기이기도 했다.

"일은 성실하게 생활은 보람차게! 생활을 위해 일을 희생시켜선 안 되지만 일 때문에 생활을 즐기지 못하는 것도 우둔한 노릇이다!"

이런 생활구호를 부르짖는 그는 줄곧 도면과 기술서적에만 파묻혀 사는 형을 일면은 존경하면서도 일면은 못내 서글픈 눈길로 바라보는 것이었다.

기어이 제일 힘든 데서 일을 하겠다고 해서 해탄로 로체공이 되였는데, 어떻게 극성을 부렸던지 일 년 남짓한 기간에 벌써 작업반장이 되였는가 하면 신문에는 물론 화보에도 곧잘 소개되군 했다.

그의 책상 앞에는 화보에서 오려낸 자기의 사진이 벌써 몇 장 잘 붙어 있었다.

쇠장대를 거머쥐고 탄화실 앞에서 일할 땐 갈범(몸에 어중어중한 칡덩굴 같은 줄무늬가 있는 범=칡범)처럼 날치는 그였지만, 목욕을 하고 옷을 척 갈아입고 나서면 마치 외국출장을 업으로 하는 일등 외교관을 련상시키는 것이었다.

바로 이런 대조되는 생활의 률조와 랑만을 사랑하는 그였다.

모든 생활이 그에겐 하나같이 즐겁고 보람찼으나 한 가지만은 고민거리가 있었는데 그것은 바로 형이 장가갈 념을 않는 것으로 하여 자기에게 미치는 피해였다.

한 번은 아버지한테 이런 불평까지 부렸다.

"확실히 우리 집엔 뭔가 잘못된 게 있어요. 공평하진 못하단 말입니다."

"뭐가 공평치 못해?"

"우리 사회에서는 어딜 가나 혁명에 이바지한 사람들을 우선적으로 우대해주지 않습니까. 영예군인들처럼 말입니다. 그런데 우리 집에는 그런 원칙이 무시되고 있거든요. 형이야 고스란히 공부를 했지만 저야 그래도 다년간 총을 메고 혁명을 보위하지 않았습니까. 그러니 우리 집에도 제대군인 우선권 제도만이라도 있어야겠다는 겁니다."

"하긴 그 말도 비슷해!"

이런 아버지의 훈수가 청승맞은 수절과부처럼 장가갈 꿈도 안 꾸는 자기가 밉살스럽기 때문이라는 것을 기철이 자신도 모르지 않았다.

"형, 날 좀 보우!"

옷을 벗어던지고 이불단을 내려놓던 인철이가 갑자기 기철이 얼굴을 유심히 들여다보는 것이었다.

"여드름이 난 게 아니요? 이거 말이요. 아니 그것도 아래턱에 났구려. 됐수다. 이젠!"

무릎을 철썩 갈기며 좋아하는 동생을 기철은 얼떠름해서 바라보았다.

"그 여드름이 뭘 의미하는지 아우? 사랑을 의미한단 말이요. 알겠소? 어디 봅시다. 음- 탱탱하니 약이 오른 걸 보니 그 처녀가 형을 몹시 사랑하고 있는 게 틀림없구려. 하- 이거 정말!"

마치 자기가 당장 어떤 처녀와 선을 보고 혼약이라도 한 것처럼 기뻐하는 동생을 기철은 어이없는 눈길로 바라보지 않을 수 없었다.

"도대체 어떤 처녀요?"

"잘은 놀구 있다!"

"한 직장에 있수?"

기철은 더는 대상(상대)하기 싫다는 듯 돌아앉았다.

"한데 어떤 처녀를 택해야 하는지 아우? 아니 돌아앉지 말고 한마디만 들구려. 내 경험에 의하면 말이요…"

어느 쪽이 형이고 어느 쪽이 동생인지 분간할 수 없게 된 것으로 하여 기철은 또다시 웃고 말았다.

"처녀가 훌륭한 남자를 택하려면 처녀들이 일반적으로 좋아하는 남자가 아니라 남자들이 좋아하는 그런 남자를 골라야 하고, 또 남자가 좋은 처녀를 택하려면 남자들한테 인기가 있는 처녀가 아니라 처녀들 속에서 인기가 있는 그런 처녀를 택해야 한다는 거요. 알 만하우?"

"원 복잡하기란…"

"복잡할 게 없어요. 양극과 음극은 서로 끌어당기지만 거기에 자극되지 않는 것이 있는데 그게 바로 진짜라는 거지요."

'어떤 취입장치래야 가장 적합할 것인가!'

기철은 방금 하던 생각으로 사색을 몰아갔다. 그는 책상 우에 펴놓은 백지에 어느 경우에나 가장 적합한 공리인원을 끝없이 그려나가기 시작했다.

'아무래도 그 복잡한 현장조건에서 기계설비나 전기장치로는 안전성

을 담보할 수 없어. 정밀성 역시, 그렇다면…'

문득 시료송달기를 창안하던 때의 일이 생각났다.

출강을 앞둔 정련기부터는 쇠물의 성분을 알기 위해 15분에 한 번씩 시료를 분석실에 보내야 하고 또 이미의 분석수치를 받아와야 했는데 그건 무척 시끄러운 일이 아닐 수 없었다.

그는 이 시료를 송달하는 장치를 기계화하려고 맘먹었다.

그가 생각해낸 것은 매 로들과 분석실을 관으로 련결시키고 그 안에 시료를 넣고는 압축공기로 쏘게 하는 원리였다.

그것은 쉽사리 도입되였고 아직까지 한 번의 고장도 없이 쓰이고 있었다.

'만약 그런 원리대로 연료를 쓴다면?'

그는 흠칫했다.

무질서한 환영들이 불시에 떠오르는가 하면 어떤 것에 부딪쳐 부서지기도 하고 또다시 눈앞을 어지럽히는 것이였다.

점점 숨이 가빠지면서 두 눈이 황황 불타올랐다.

연필을 찾아 쥔 손은 번개 치듯 하였다.

어느새 종이 우에는 이러저러한 선들과 몇 개의 계산수자가 나왔다.

그는 자기의 모든 사색과 열정이 비상한 힘으로 한 곳에 집중되는 것을 느꼈다.

오매에도 바라지 않던 열망, 천추에도 잊을 수 없던 간절한 소원이 당장 자기 손에 쥐여질 수도 있을 것 같은 흥분으로 하여 그의 가슴은 걷잡을 수 없이 활랑 거렸다.

기류식 취입공정! 모르긴 해도 이것이야말로 자기가 여태껏 꿈꿔오던 그렇듯 거대한 위훈, 만 사람을 놀래울 그런 대단한 혁신안이 아닐 수 없는 것 같았다.

'야금계의 콜롬부스!'

명식이가 하던 말이 새로운 의미로 되살아났다.

그는 자기의 마음속에서 무엇인가 결정적인 일이 일어나고 있다는 것을 감득했는데, 그것은 이제껏 바라오던 목적을 달성할 수도 있으리라는 기대였고 다른 하나는 자기가 무엇인가 온당치 못한 생각을 하고 있지나 않나 하는 의혹이였다.

그러나 그는 그 의혹이 좋지 않은 생각이라는 데서 오는 량심의 목소리임을 미처 깨닫지 못했다. 아니 가슴 속에 끓어 번지는 세찬 흥분이 그런 의혹을 일축해 버렸던 것이다.

35.

전혀 예상치 못했던 일로 하여 진호는 당황하지 않을 수 없었다.

자기의 새 연료안을 료해하기 위해 부에서 부장을 비롯한 심사원들이 제철소에 내려온 것이였다.

흔히 심사라면 공장심의를 몇 차례 겪어야만, 그래서도 그만한 가치가 있다고 인정될 때라야 부에 제기되는 법인데 이번에는 거꾸로 부에서 직접, 그것도 아무런 통고도 없이 내려온 것이였다.

'도대체 지금 단계에서 내가 뭘 증명할 수 있단 말인가! 아직 과학적으로 론증할 만한 확신은 못 가지고 있는 형편인데!'

심사라면 진절머리부터 느끼는 그여서 혹시 이번 심사를 통해 자기 기술안에 대한 어떤 수습할 길 없는 결론이 내려지지 않을가 하는 걱정도 없지 않았다.

그러나 심사성원의 한 사람으로 내려온 기술국장 문규의 말을 듣고 나니 다소 안심이 되기도 했다.

"부에서도 취입과정에 나타나고 있는 부족점들은 알고 있소. 기술적으로뿐만 아니라 다른 측면으로도 복잡하다는 것을 알고, 그래서 실정을 구체적으로 료해하고 방도를 세우자고 내려온 거요."

그의 말에 의하면 이번 심사는 부장 자신이 발기했고 또 그가 직접 심사성원들까지 선발했다는 것이다.

하긴 이젠 취입공정안까지 확정되였으니 부에서 서두를 것도 당연한 일이였다.

그 사이 제철소에서는 진호의 요구에 따라 취입공정안에 대한 설계를 현상응모했다. 결과 여러 건이 제기되였는데 그중 태수가 제안한 '원판식 취입기'와 기철이의 '기류식 취입기' 두 안이 부에까지 올라갔다.

그러나 '원판식 취입기'는 '기계적 복잡성과 설비제작의 불합리성'으로 기각되고 구조가 간편하면서도 실용적인 기철이의 '기류식 취입기'

가 채택되었던 것이다.

이로 하여 이젠 새 연료만 담보되면 그것을 취입할 공정은 마련돼 있는 것이나 다를 바 없게 되었다.

어떤 사람들은 이 취입공정안이 제기됨으로 하여 새 연료안의 결정적인 국면이 열린 것으로 보기까지 했는데 실상 그렇게 떠들 만한 가치가 있는 혁신안이였다.

진호는 불과 한 주일 사이에 그런 취입공정을 착안해준 기철이를 진심으로 고마와했으나 태수는 반대로 불만을 품고 있었고 정아는 정아대로 웬일인지 그에 대한 아무런 견해 표명이 없었다.

'과연 내가 어떻게 이 사람들, 이 야금계의 거장들을 만족시킬 수 있단 말인가?'

진호는 대충 준비한 자기 기술안에 대한 개요를 뒤적거리면서 지배인실의 커다란 탁자 두리(둘레)에 둘러앉아 있는 심사성원들을 둘러보았다.

모두가 하나같이 머리가 희슥희슥한 로학자들이였다.

분명 이들이 이제 기술안의 착상동기로부터 시험과정의 탐색과 내면적인 심리에 이르기까지 꼬치꼬치 캐고들 게 뻔한 노릇인데 뭐라고 한단 말인가! 더우기 아직 과학적인 담보가 명백치 않다는 것을 알고는 내심 조소와 경멸을 품을 수도 있을 텐데 그땐 어떤 태도를 취해야 한단 말인가!

생각할수록 그는 해놓은 일에 비해 판이 지내 요란해서 걱정스러웠고 그것이 마치도 자기가 성과를 과장한 데로부터 이런 사달이 벌어진 것 같아 두렵기까지 했다.

심사석에는 명식이도 앉아 있었다.

그를 대하는 순간 먼저 떠오른 것은 언젠가 그의 사무실에 뛰여들어 기염을 토하던 일과 그때 자기를 랭소(냉소) 띤 눈길로 바라보던 그의 모습이였다.

자기가 입원하고 있은 사이 투사기를 심사하러 왔다가 새 연료안에 대해, 아니 자기에 대해 내린 그의 가혹한 결론도 상기됐다. 그러면서 때 없이 눈앞에 나타나 자기를 괴롭히군 하던 현옥이의 모습도 되새겨졌다.

그러나 이제 와서는 어쩐지 그에게 품었던 전날의 고까운 감정이 한갓 유치하고 하찮은 것으로만 여겨지는 것이였다.

지난날의 온갖 불쾌한 추억을 마음속 깊이 억누르고 그저 외견상으로만이 아니라 진정으로 극히 허심하고 천연스런 태도로 그를 대할 수 있는 힘이 자기에게 간직되여 있으리라고는 미처 예상치 못한 일이였다.

하지만 이제 와선 확실히 그런 힘을 느낄 수 있었다.

그러면서도 한 가지만은 궁금했는데 그것은 새 연료의 취입이 승산을 내다보고 있는 이제 와서 그가 어떤 태도를 취하겠는가 하는 것이였다.

'아직도 부인할가 아니면 긍정할가? 긍정한다면 어떤 근거로 긍정해 나설가?'

그렇게 봐서 그런지 명식의 표정이 여느 때 없이 긴장돼 있는 것 같았다.

"자- 준비됐소?"

방안에 들어선 부장은 딱딱한 분위기를 무시해 치우려는 듯 미소를 띠운 눈길로 사람들을 둘러보았다.

몸집이 체소했으나 단단하게 다듬어진 턱이며 안경 속에서 반짝이는 두 눈은 대뜸 류다른 결패(우물쭈물하지 않는 결단성과 패기)와 강단을 암시하고 있었다.

"미리 말해두지만 론문심사가 아니니까 목적이요 개요요 하는 건 약(생략)하기요. 이미 모두 현장에서 취입되는 걸 직접 보았으니만치 필요 없는 설명도 피하고… 어떻소?"

부장은 량옆에 앉아 있는 제철소 지배인과 문규를 번갈아 보았으나 대답을 바라는 물음은 아니였다.

오늘 심사는 극히 필요한 사람들만 망라된 소범위의 심사였다.

심사성원들 외에는 기술안을 같이 추진하고 있는 태수와 정아 그리고 취입기를 설계한 기철이 세 사람뿐이였다. 정식심사가 아니라는 데도 있었지만 보다는 실천적인 문제들을 허심탄회하게 토론하기 위해서였다.

자리에서 일어난 진호는 은연중 문규를 바라보았다.

그의 시선에서 변론을 담당한 교수가 제자를 마주볼 때와 같은 그런 고무를 느낀 진호는 저으기 마음이 안정됐다.

이미 그로부터 어떤 방향에서 준비해야 한다는 구체적인 조언을 받던 것이다.

"그럼 새 연료안에 대해 말씀드리겠습니다. 그런데 먼저 말씀드리지 않을 수 없는 것은 여러 동지들이 기대하는 만큼 충분한 답변을 드릴 만한 준비가 못 돼 있다는 것입니다. 그것은 취입이 아직 시험단계에 있기 때문이고 또 제 자신의 수준이 어리기 때문입니다."

'쳇! 저따위 소리는 무엇 때문에 해!'

정아와 함께 창가에 앉아 있던 태수는 벌써 주눅이 들어버린 것 같은 진호의 태도에 코를 쿵쿵거리며 눈알을 부라렸다.

"알고 있소. 시험단계에 있다, 부족한 점이 많다, 이런 건 우리도 다 알고 있단 말이요. 시험과정에 나타나고 있는 실태에 대해서나 말해보오."

무뚝뚝하게 들리는 부장의 말이었으나 진호에게는 용기를 돋구어 주었다.

새 연료취입의 가능성을 찾게 된 데로부터 연료와 중유의 차이, 연료의 난점에 대해 그리고 그 난점을 보충하기 위해 첨가제를 도입한 것을 언급한 그는 첫 시험의 실패 원인과 현재 취입시험과정에 나타나고 있는 현상들을 상세히 밝혔다.

"우선 중유에 비한 새 연료의 우점이 뭔지 그것부터 얘기하오."

진호가 제 곬을 못 찾는 것이 못마땅했던지 아니면 그만큼 강조했는데도 중요한 대목을 그냥 스쳐버리는 것이 불만스러웠던지 문규가 불쑥 한마디 했다.

"새 연료의 우점은 이렇습니다. 열량을 따질 때에는 아직도 중유와의 차이가 일정하게 있지만 첨가제와 보충연료의 합리적인 배합을 전제로 할 땐 거의 온도 차이가 없다는 것입니다. 이젠 1800도의 온도는 담보하고 있습니다. 특히 새 연료의 우점은 화염이 로 공간에 뜨지 않기 때문에 강욕 중심에 포복현상을 이루며 미치게 되므로 중유 취입 때처럼 화염이 천정을 마모시키지 않을 뿐더러 짧은 시간에 쇠물 온도를 높일 수 있습니다. 이것은 로 수명을 연장하는 데서나 제강시간을 단축시키는 데 있어서 결정적인 작용을 할 수 있다는 것을 말해주고 있습니다."

"음-"

두 손으로 커다란 주먹을 만든 부장은 천천히 고개를 끄덕이였다.

"첨가제의 역할이 생성물을 슬라크화하는 데도 있다는 게 옳소?… 옳다! 그건 어느 정도 처리하오?"

"거기에 대해서는 아직…"

진호는 말꼬리를 흐리였다.

"파악이 없단 말이요?"

"처음부터 시험기구를 준비하지 못한데다가 조업 도중에 새 연료를 취입했기 때문에 정확한 량을 추산하지 못하고 있습니다. 하지만 명백한 것은 많은 량의 생성물이 슬라크화되고 있다는 것입니다."

"그건 어떻게 아오?"

"연재의 분석을 통해 알아냈습니다. 그리고 슬라크 염기도가 그것을 실증하고 있지요."

"음-"

이번에도 똑같은 소리를 냈으나 아까와는 달리 어딘가 미심쩍어 하는 기색이였다.

"새 연료에 의한 제강시간에 대해 알고 싶은데요."

과학기술위원회에서 온 처장이 마치 지내 까다로운 질문이나 아니냐는 듯 조심스런 어조로 물었다.

그에 대해 대답하자 이번엔 그 옆에 앉아 있는 머리가 벗어진 연구소장이 강질의 변화에 대해 묻는 것이었다.

탈탄속도와 규소성분에 대해, 분출구 구조와 축열실에 대해 질문이 연방 제기되었다.

대답을 하면서도 진호가 놀라지 않을 수 없는 것은 심사성원들이 자기를 허술히 대하지 않을 뿐 아니라 마치 대단한 과학자라도 되는 것처럼 신중하게 대해주는 점이었다.

"알겠습니다-" 하고 경어를 쓰는가 하면 별치 않은 현상에 대한 설명에도 "아-! 그렇군요! 옳습니다. 훌륭합니다." 하는 찬사까지 보내는 것이었다.

직급과 나이의 한계를 초월한 이들의 처사에 진호는 면구스럽기도 했고 옹색하기도 했으나 한편으로는 자기 역시 그들처럼 고상해진 듯한 감을 느끼였다.

질문은 계속되였다.

묻는 내용이 심화됨에 따라 대답하기도 점점 어려웠다.

모두가 현장에서 취입 상태를 구체적으로 관찰한 뒤여서 사소한 의혹도 보통현상으로 받아들이게 되지 않는 모양이었다.

"한 가지 묻겠습니다."

자리에서 일어난 사람은 명식이였다.

누구를 어떻게 대할 것인가 하는 문제는 다른 사람들에게 있어서는 어려운 일일 수도 있지만, 자기에게는 그런 것쯤 익숙돼 있다는 것을 암시하려는 듯 그의 태도는 자못 자신만만했다.

"제가 알고 싶은 것은 우선 연료취입량에 대한 기준입니다. 최적량을 어떻게 정하고 있는가 하는 것이지요. 전 이것이 새 연료취입에서 제일 중요하다고 보는데요."

"…"

진호는 얼른 대답할 말을 찾을 수 없었다.

실상 취입량에 대한 기준은 새 연료안에서 핵으로 되는 문제였다.

매 공정별에 따르는 취입량, 특히 열조건에 따르는 취입량에 대한 기준은 새 연료안에 대한 과학성을 담보하는가 못하는가 하는 문제일 뿐아니라 나아가서는 취입을 공업화할 수 있는가 없는가 하는 것과도 련관되여 있었다. 그래서 각별히 애를 써왔지만 아직까지 그 일관성을 도출해낼 수가 없었던 것이다.

그렇지만 그로선 그 원인이 다른 데 있지 않고 단지 아직은 시험회수(횟수)가 적은 탓으로 항 산출자료가 부족한 데 있다고 믿고 있었다.

"거기에 대해서도 아직 기준을 찾지 못하고 있습니다. 어떨 땐 적은 량의 취입이 해당한 온도를 담보하는가 하면 또 어떨 땐 턱없이 많은 량을 취입해도 온도가 오르지 않습니다. 저로선 이런 현상을 로 조건과 보충연료의 변화에 따르는 차이로 보고 있고 또 아직 시험회수가 적기 때문에…"

알 만하다는 듯이 명식은 고개를 끄덕이였다.

"하나 더 묻겠는데 슬라크 염기도가 어떻기 때문에 생성물을 슬라크화한다는 것입니까."

"염기도에 산성이 강하기 때문이지요."

"산성은 부원료 배합에 따라 이렇게도 저렇게도 나타나지 않습니까. 우리가 료해한 자료에 의하면 최근에 장입되는 광석과 생석회는 산성이 강한 것들입니다. 바로 그 때문에 염기도가 오르고 있다는 것입니다. 자, 보십시오."

그는 거기에 해당되는 자료를 언급했다.

그는 자료를 정확히 써먹을 줄 아는 능력이 있을 뿐 아니라 거기에 자기의 사업을 안받침할 줄 아는 수완도 가지고 있었다. 수자들을 감추지 않으면서도 자기의 의도를 나타낼 줄 알았고 수자들을 왜곡하지 않으면서도 자기주장을 강조할 줄 알았다.

"제가 이것을 언급하는 것은 생성물 처리 역시 새 연료 도입에서 다른 하나의 기본문제로 되기 때문입니다. 우리 심사실에서도 취입량과 생성물, 이 두 가지에 대한 일관한 법칙성을 찾아보려고 했으나 어려웠습니다. 결국 이것은 어떻게 해야 온도를 요구대로 조절하며 어떻게 해야 생성물을 없애는가에 대한 비결을 찾지 못하고 있다는 것을 의미합니다. 그럼 앞으로도 여기에 대한 비결을 찾고 대책을 세울 수 있겠는가 하는 것이 문제로 나섭니다. 저로선 반복시험을 한다 해도 어렵다고 봅니다.

왜냐하면 로 상태가 부단히 변화될 뿐 아니라 현재보다 더 나빠지기 마련이며 보충연료의 편차도 더 증대되기 때문입니다. 말하자면 매 차시 새로운 조건이 조성되기 때문입니다."

명식은 어느새 진호가 아니라 부장을 보면서 말하고 있었다.

"그러니 실장 동무 의견은 뭐요?"

"나타난 현상은 새 연료안이 아직 어떤 과학적인 타당성도 없다는 것을 증명하고 있으며 앞으로도 증명하기 어렵다는 것을 말해주고 있습니다. 과학탐구에서 과학적인 담보가 없다는 것 즉 객관적인 합법칙성이 무시돼 있다는 것은 과학이 아니라 일시적인 현상에 지나지 않는다는 것을 의미하지 않습니까. 다시 말하자면 우연이기 때문에 과학적으로 론증되지 않는 것이지요."

"?"

의혹과 놀라움이 비낀 시선들이 서로 맞부딪쳤으나 명식은 애써 태연한 표정을 지었다.

하지만 그는 기실 지금 속으로는 더없이 조마조마한 심정이었다. 등골에 소름이 끼치기도 했다.

새 연료안의 자료들을 분석해보는 과정에 그는 최근에야 비로소 명백한 사실에 놀라지 않을 수 없었는데, 그것은 진호의 성과가 자기가 그처럼 확신해 마지않던 어떤 우연이 아니라 부족점이 있기는 하지만 앞으로는 틀림없이 성공하게 되리라는 그것이었다.

너무도 아연한 사실 앞에서 그는 미처 정신 상태를 수습할 수가 없었다.

자기에 대한 절대적인 믿음으로 하여 자기가 믿는 것이 혹시 무의미한 것이나 아닐가 하는 의심을 한 번도 체험해보지 못한 그였지만 이번만은 불안을 느끼지 않을 수 없었다. 어째서 매사에 그처럼 정확한 자기가 이런 처지에 굴러 떨어진 것인지 아무리 생각해도 리해할 수가 없었다.

그러나 그런 의혹보다 먼저 가슴을 압박하는 것은 자기에게 닥쳐오는 절망의 검은 그림자였다. 난생 처음 그는 자기 앞에 무서운 절벽이 나타났다는 것을 의식하지 않을 수 없었다.

자기가 안심하고 걸어가던 곳이 땅인 줄 알았는데, 금세 쩍 갈라지면서 물 우에 뜨게 된 얼음이라는 것을 안 사람의 심정이라고 할가? 한데 그 얼음장은 자기를 싣고 점점 아래로, 한 번 구겨 박히면 다시 솟아나지 못할 그런 아득한 낭떠러지로 다가가고 있는 것이 아닌가!

'어떻게 해야 한단 말인가? 어떻게 해야 이 위기를 모면할 수 있단 말인가!'

오직 이 한 가지 생각뿐이였다.

그렇다고 이제 와서 새 연료안을 긍정해 나설 수는 없는 노릇이였다. 그러기에는 자신이 취한 태도가 너무나도 지나쳤었다는 것을 인정하지 않을 수 없었다. 오히려 그런 태도야말로 자신의 파멸을 촉진시키는 행동 외 아무것도 아니였다.

그의 머리속에는 곧 한 가지 생각이 떠올랐다.

그것은 이런 경우일수록 자기의 주장을 계속 고집하는 것이 상책이라는 그것이였다.

'내가 애초의 주장을 고집한다고 해서 새 연료안의 부족점이 없지 않는 한 함부로 시비하진 못할 것이 아닌가. 불만을 품는다 해도 어디까지나 그건 기술안에 대한 견해 상 차이로밖에 해석되지 않을 테니까.'

특히 새 연료안을 심사할 가치가 없다는 것을 루차(누차) 설명했음에도 불구하고 그런 제기를 무시하고 심사를 조직한 부장에게도 자기의 주장을 고집해 보이는 것이 필요하다는 생각에 이르렀던 것이다.

그리하여 그는 제법 자기의 견해에는 사소한 잘못도 있을 수 없다는 듯이 확고한 어조로 말했다.

"모든 사실은 이와 같이 무모한 모험은 일시적인 우연을 낳게 할 수는 있어도 참다운 과학으로는 될 수 없다는 것을 증명하고 있습니다."

"?"

진호는 갑자기 목구멍에서 무엇인가 치받치는 것을 느꼈다. 마치 우박이 비발치는(빗발치는) 모진 소나기를 맞은 사람의 기분과도 같았다.

'그러니까 아직도?'

실로 상상도 못했던 타격이였다.

무슨 말을 하려고 일어서려는 문규를 제지시킨 부장은 명식이를 바라보며 여전한 목소리로 말했다.

"옳소. 언젠가도 동무 그렇게 주장했소. 새 연료안을 인정할 수 없다고 말이요. 지금도 그렇게 생각한다 그 말이요?"

"그렇습니다."

명식은 부장의 태도에 어떤 불만이 있다는 것을 간파하고는 가슴이 섬찍했으나 그런 것을 느끼지 못한 사람처럼 범상하게 마주보았다.

"그러니까 동문 여태까지 어느 일 하나도 제대로 할 수 없었다는 걸 말해주오."

"?"

명식은 아연한 표정을 지은 채 부장을 쳐다보았다.

"제가 일을 제대로 못하다니요?"

어째서 명석한 두뇌와 판단력을 지닌 부장이 자기를 그런 인간으로 여기는지 리해할 수 없다는 듯이 그는 분에 넘쳐 말했다.

"전 여태까지 어떤 일도 잘못 처리한 적이 없습니다. 그건 부에서 일한 십 년 과정이 증명해준다고 봅니다. 그래 제가 한 번이라도 사고를 낸 적이 있습니까? 단 한 번이라도 심사를 망친 일이 있나 말입니다. 전 다만 모든 일을 정확히…"

그는 스스로 꾸며낸 감정의 발작에 못 이겨 가슴을 두드렸다.

그러자 정말 목이 메는 것이었다. 그 격정이 자기에 대한 공정치 못한 대접에서 온 것인지 아니면 사면초가의 궁지에 빠진 지금의 극도의 긴장된 분위기에서 오는 것인지 저로서도 분간할 수 없게 되였다.

"정확히?"

별로 크지 않는 부장의 목소리였으나 방안을 쩌렁하니 울리였다.

"동무가 정확히 수행했다는 건 뭔지 아오? 어떤 일이 제기되면 이모저모 따져보고 그래도 실수가 없겠는가, 혹시 자기한테 어떤 피해가 없겠는가를 타산해본 다음에야 했다는 것 외에 아무것도 아니요. 한마디로 말해 의의가 있는 일은 빠짐없이 묵살해왔다는 그거란 말이요. 어떤 일도 그것이 새 것일 경우에는 사소한 모험은 동반하는 거요. 흔히 가치가 큰 것일수록 그 모험의 농도도 짙은 법이요. 그래 동무가 한 일 중에 그런 일이 하나라도 있소? 직접 하지 않았다 해도 심사라도 맡아보았는가 말이요. 그런 일은 다 외면하고 하기 쉬운 것들만 골라 해왔으니까 진호 동무의 이런 혁신안을 리해할 수 있을 게 뭐요!"

명식은 한풀 꺾인 듯 어깨만 처뜨리고 있었다.

"동무야 할 수 있는 일들만 골라 했지만 진호 동문 남들이 안 된다고 하는 일을 해왔단 말이요. 왜? 당에서 요구하기 때문에! 생활이 요구하기 때문에! 동무가 해놓은 일백 가지가 진호 동무의 한 가지 일에 비교되지 않는 것처럼, 동무 같은 사람 백을 주고도 진호 동무 같은 사람 하나 구하기 어렵단 말이요."

수치와 모멸감으로 하여 얼굴이 달아올랐으나 그럴수록 어떤 반감에 사로잡힌 명식은 그저 이 순간만이 무사히 넘어가길 바라고 있었다.

"어디 말해보오."

"…"

명식은 침묵으로 대했다.

이럴 때 대꾸하면 말이 길어질 뿐더러 문제가 복잡해질 우려가 있다는 것을 알기 때문이었다.

"제가 좀 말하겠습니다."

문규가 자리에서 일어나는 것을 본 명식은 가슴이 덜컹했다.

언젠가부터 자기를 대할 때마다 고까운 눈길을 감추지 않던 문규였다. 그때마다 은연중 늙은 국장에 대한 본능적인 불만과 함께 어떤 두려움도 함께 체험하게 되었던 것이다.

"전 하나 물어보고 싶습니다. 정말 실장 동무가 아직도 새 연료안을 우연이라고 보는지, 과학적인 타당성이 없다고 보는지 하는 겁니다."

"…"

"전 결코 실장 동무가 그걸 분간하지 못한다고는 보지 않습니다. 첨엔 그럴 수 있었다 해도 일반 심사원들도 다 리해하는 그걸 왜 느끼지 못하겠습니까. 압니다. 알고도 남지요. 그런데 어째서 이 자리에서까지도 계속 그런 주장을 하는가 하는 여기에 문제가 있다고 봅니다."

문규의 꼿꼿한 시선은 명식의 정수리를 면바로 노려보고 있었다.

"혹시 그렇게 해야 자기 결함이 감추어지리라고 여기는 게 아니요? 그렇게 우겨야 여태껏 당의 요구를 외면한 것이 아니라 기술안에 대한 의견 때문이라는 것이 증명된다고 여기는 게 아닌가 말이요. 실장 동문 지금 어떻게든 자길 위장해보려고 하지만 바로 그런 너절한 추태가 여지껏 당의 의도보다 자기 속심만 채워왔다는 걸 증명하고 있단 말이요. 바로 그 비겁성이 여느 땐 원칙이 있는 것처럼 떠들던 사람이 일단 처지가 위태로와지면 더없이 교활해진다는 것을 보여주는 증거란 말이요. 실장 동무! 제발 그런 가장된 미욱은 부리지 마시오. 인간다운 량심을 가지란 말이요."

명식은 그제야 자기에게 쏟아지는 비난의 화살을 현실적으로 느끼지 않을 수 없었다.

부끄럽다거나 수치스럽다는 감정은 이미 초월하여 에라 될대로 되라 하는 자포자기의 느낌뿐이였다.

방안은 물을 뿌린 듯 조용했다.

부장도 아무 말이 없었다.

그의 꾹 다문 입술과 우묵한 안확 속에 단단히 박힌 눈, 흥분을 누르느라고 꽉 틀어쥔 손, 이 모든 인상은 현상을 분별 있게, 또 준엄성과 엄격성으로 가득 차 있었다.

"얼마나 무서운 일이요. 오늘 우리 현실에서 제일 무서운 건 바로 저 실장 동무와 같이 뜨거운 심장이 아니라 타산된 수치만 가지고 일하는 그런 일군이 자리를 차지하고 있는 거요. 됐소. 앉으시오. 오늘은 새 연료안에 대해 알아보자고 왔지 동무 때문에 온 건 아니니까. 동무 문젠 따로 토론하겠소."

굳어진 듯이 한 자리에 서 있던 명식은 앉으라는 소리를 나가라는 말로 들었는지 아니면 나가야겠다고 생각했던지 출입문을 향해 걸어갔다.

진호는 그런 명식이를 보느라니 여태껏 품었던 반감은 사라지고 어쩐지 그가 측은하게 느껴졌다.

그는 감상적인 사람이 버림받는 사람을 바라볼 때와 같은 그런 동정 어린 눈길로 명식이를 지켜보았다.

"계속합시다."

아무 일도 없었다는 듯이, 있었다 해도 그건 별로 대수로운 일이 아니라는 듯이 혼연한 표정으로 돌아선 부장은 곧 출입문 옆에 앉아 있는 기철에게로 시선을 옮겼다.

"책임기사 동무던가?"

옆에 있던 지배인이 뭐라고 귀띔하자 부장은 곧 만족스런 미소를 지었다.

"취입공정안을 설계하느라고 수고가 많았소. 사실 새 연료의 취입과 관련된 과학적인 가치나 성과를 따짐에 있어서 연료 자체가 가지는 의의도 의의지만 기류식 취압기의 착안, 여기에도 적지 않은 의의를 부여하지 않을 수 없소. 결국 동무들 두 사람이 일심동체가 된 것으로 해서 새 연료의 취입이 가능하게 된 것이 아니겠소. 얼마나 큰일이요. 새로운 연료로 강철을 쫀다는 게 어딘가 말이요. 이 성과는 나타난 사실에 몇 곱을 해도 모자라오. 왜냐하면 일 년에 수만 톤의 중유를 절약하는 데만 있는 것이 아니라 보다는 이젠 우리의 무진장한 연료를 쓰게 된 데 더 큰 의의가 있단 말이요. 이 보고를 받으면 당에서 얼마나 기뻐하겠소. 난 중유를 대신하는 우리나라의 연료가 곧 취입된다는 데 대해 또 동무들의 노력에 대해 구체적으로 당에 보고하려고 하오."

"…"

기철은 뭐라고 해야 할지 알 수 없었다. 대답도 대답이지만 얼굴이 달아올라 견딜 수가 없었다.

놀라운 사실은 지나간 모든 일을 상기시키며 량심에 거리끼는 일을 하고도 뻔뻔스럽게 앉아 있는 자기의 비렬성을 자인할 것을 요구하고 있었으나 어떤 다른 힘이 이 충동을 억제해 버리는 것이였다.

'당에 올리는 보고! 만 사람의 격찬! 화려한 명예!'

그래도 대담하게 일어나 "전 사실 이제껏 새 연료안을 외면해온 사람입니다." 아니 "의의가 너무도 큰 것이기 때문에 그 성과에 한몫 끼여들자고 취입공정을 설계한 데 불과합니다."

응당 이렇게 까밝혀야 옳겠으나 도저히 그럴 용기가 나지 않았다.

사람이란 누구나 살아가는 과정에 자기의 량심을 각별히 엄정하게 지켜야 할 때가 있는 법이다.

하지만 그때 량심에서 벗어난 행동을 하게 되면 개인적인 행복이 크게 약속될 그런 기회가 생기는 경우도 있는 것이다. 그런데 그때의 경계선이라는 것이 반드시 뚜렷하고 명백한 것이 아니기 때문에 자기의 리익을 생각하는 사람에겐 쉽사리 그 경계의 밖에 서게 되는 것이다.

기철이도 바로 그런 처지에 놓여 있었다.

그러나 그의 이런 내심을 누구보다도 속속들이 들여다보고 있는 사람이 있었다. 그는 다름 아닌 정아였다.

정아가 느낀 첫 감정은 경악이였다. 하지만 곧 심장이 터질 듯 괴로왔다.

'어쩌면 진호 동무가 갖은 고생을 다해 이룩해놓은 성과에 서슴없이 발을 들여놓을 수 있을가! 어쩌면 단 한마디나마 자긴 가망이 없는 일로 여겨 소격하게 대해왔노라고 말하지 못하는 걸가! 그가 이젠 진정으로 새 연료안을 도와나선다고 믿었던 것이 잘못이였단 말인가! 취입안의 설계를 부에 올려 보내고도 그가 말하지 않은 것이 지나간 일에 대한 부끄러움과 회오 때문이라고 여겼던 내가 어리석었단 말인가! 아니야! 그는 결코 그렇게 량심이 없는 사람이 아니야. 이제 일어나 모든 걸 말할 거야. 대담하게 자기의 잘못을 털어 놓을 거야.'

그러나 웅크리고 앉아 있는 그의 기색으로 봐서는 도저히 일어설 상 싶지 않았다.

'아, 어쩜 저럴 수 있을가?'

"고생은 누구보다 저 처녀 동무가 많았지요. 계속 진호 동무의 '조수' 의 역할을 했으니 말입니다."

이런 지배인의 말에 정아는 고개를 들었다.

"그럼 처녀 동무가 어디 한번 말해보오. 동무들한테 걸린 문제가 뭐요? 당장 해결해주었으면 하는 게 뭔가 말이요."

"전 별로 한 일이 없습니다."

자리에서 일어난 정아는 두 손을 맞쥐면서 고개를 숙였다.

"다만 이 자리에서 명백히 밝히고 싶은 것이 있습니다. 그것은 새 연료안과 관련된 성과는 전적으로 진호 동무가 이룩해 놓았다는 것입니다."

그는 야무진 눈길로 기철이를 돌아본 다음 말을 이었다.

"물론 취입공정도 무시할 수야 없겠지요. 그러나 제 생각엔 그것이 정당한 의도에서 창안된 것이 못 된다고 봅니다. 성과가 크다고 어떻게 그 성과에 온당치 못한 의도를 용해시킬 수 있겠습니까. 전 우리 기술안이 당에 보고되기 때문에 이 사실을 밝히지 않을 수 없습니다."

모두들 아연한 눈길로 정아를 바라보았다.

누구보다 놀란 것은 진호였다.

'아-니?'

정아가 누구를 사모하고 있는가 하는 것은 진호도 이젠 알고 있었던 것이다.

'그러니 이젠 맘이 변했다는 건가? 사랑을 품을 만한 사람이 못 된다고 단정해 버렸는가?'

진호는 기철이를 돌아보았다.

굳은 듯이 앉아 있는 그는 숨도 쉬지 않는 것 같았다.

모멸과 치욕으로 하여 낯색이 창백해질 대로 창백해 있던 그는 마치 견딜 수 없는 중압을 헤치기라도 하듯 자리에서 일어났다.

"옳습니다. 정아 동무 말이 옳습니다."

그리고는 다시 고개를 아래로 푹 떨구었다.

"전 사실 새 연료안이 가망이 없는 것으로만 여겼댔습니다. 그러다가… 그러다가 성공하리라는 것을 알고서야 설계에 달라붙었습니다. 성과가 너무도 커서 평가에 유혹돼서 말입니다. 전… 전 사실 그렇게도 량심이 없는 놈입니다."

그의 목소리는 고통에 몸부림치는 사람의 괴로운 신음이였으나 거기에는 뜨거운 진정이 너울치고 있었다.

"…"

부장은 물론 심사원들까지도 저마끔(저마다) 깊은 생각에 잠겨 있었다.

아름다워라 청춘이여!

36

9월에 접어들자 한 여름의 더위가 가신 푸른 하늘에 올해 들어 처음으로 서늘한 공기가 감돌기 시작했다. 가을은 눈에 띄지 않게 찾아들어 조심스레 퍼져나갔다.

황(단풍)이 들자면 아직 멀었지만 그래도 나무잎(나뭇잎)이 한 잎 두 잎 떨어지기 시작하는 계절이 온 것이다.

"그러니까 꼭 반년이군요. 어때요? 그동안 무척 힘들었지요?"

무성한 잡초들이 자란 동뚝길(큰물을 막기 위해 쌓아올린 둑길)을 앞서 걷던 정아는 무릎을 스치는 풀대 하나를 뽑아들고 뒤따라오는 진호를 돌아보며 물었다.

"글쎄, 그 반년이 힘이 들었는지 어쨌는지 짧았던지 길었던지 내 자신도 모르겠소. 단지 이제 와선 우리가 정말 한 가지 일을 끝냈는지 의문스러울 따름이요."

"보람찬 일일수록 아마 과정들은 기억에 남지 않는가 봐요."

이들은 며칠 전에 새 연료에 대한 취입시험을 완전히 끝냈던 것이다.

확증시험까지 끝내자 제철소에서는 즉시 도입을 위한 전투(혁명과업을 수행하기 위하여 혁명적으로 벌이는 투쟁)를 조직했다. 도입에 필요한 일체 설비와 자재들은 부의 조치에 따라 이미 현장에 마련돼 있었다.

취입공정이 완성될 때까지의 열흘간을 휴가로 받은 진호는 집으로 가기 위해 지금 수도행 정기려객선이 정박해 있는 부두로 향하는 길이였다.

"다음 대상은 용광로라지요?"

"아니 회전로부터 할가 하오. 회전로의 취입조건을 개조하는 과정에 용광로도 병행해서 연구하는 게 더 나을 것 같아서."

"그러니 이젠 저의 임무도 끝났군요. 변변치 못한 '조수'였다고 욕하지 마세요."

밝게 웃으면서도 어딘가 서운한 빛을 감추지 못하는 정아였다.

"그 사이 정말 동무의 수고가 많았소. 뭐라고 했으면 좋을지…"

"또 그 말이예요?"

언제나 이런 말이 나올 때면 그런 것처럼 이번에도 정아는 그 말이 결코 진정이 아니라는 듯 또 진정으로 받아들일 수 없다는듯 롱으로 치부했다.

"아니요. 사실 동문 날 도와주었다기보다 가르쳐주었소. 난 많은 것을 동무한테서 배웠단 말이요."

"아이 참, 그 말이야 제가 해야지요. 전 동무와 일하면서 키가 한 뼘 (뼘)이나 더 자랐는걸요. 이젠 저도 무엇을 위해 어떻게 일해야 하는가를 똑바로 알게 된 것 같아요. 우리 일에는 가능성의 한계가 없다는 동무의 신조가 저의 마음속에도 든든히 자리를 잡았으니까요."

진호의 머리속에는 '중유절약안'을 놓고 서로 론쟁하던 일이며 그처럼 새 연료안을 반대하던 정아가 자기의 기술안에 호응해 나섰다는 말을 듣고 놀라던 일, 그리고 서로 밤을 패며 분석에 몰두하다가 쪽잠이 들었던 일들이 선히 떠올랐다. 그러자 저도 모르게 웃음이 나왔다.

지나간 일이라고 다 아름답게 추억되는 것은 아닌 것이다.

아무리 힘들고 고통스러웠다 해도 그만한 가치가 있는 일이라고 자부하게 될 때라야, 그리고 자신을 위해서가 아니라 집단과 사회의 리익을 위해 애썼다고 말할 수 있을 때라야 부끄럼 없이 지난날을 돌이켜보며 웃을 수 있는 것이 아니랴.

진호는 그런 웃음을 웃을 수 있는 자신이 행복했다. 아니 그런 존재로 되게 도와준 정아가 고마왔다.

뚝은 넓었으나 길은 좁게 나 있어 나란히 걷자면 부득불 한 사람은 뚝 우로 걸어야 했다. 그러나 진호는 그까짓 것쯤 거치장스러울(거추장스러울) 것이 없다는 듯 무성한 풀대를 짓밟으며 정아 옆으로 다가섰다.

'지금 이 처녀는 어떤 마음일가? 책임기사에게 어떤 감정을 품고 있을가?'

바람에 흩날리는 머리카락을 쓸어 올리는 정아의 옆 모습을 지켜보노라니 불쑥 이런 생각이 드는 것이였다.

현장심사가 있은 그날부터 줄곧 정아의 눈치를 살펴온 진호였으나 좀처럼 내심을 가늠할 수가 없었다.

결코 그럴 수 없으리라는 것을 짐작하면서도 이 모질고 깔끔한 처녀가 혹시 책임기사를 단념해버리지나 않았을가 하는 위구까지 스며드는 것을 어쩔 수 없었다.

그렇게 봐서 그런지 정아의 태도에는 책임기사에 대한 사소한 구속의 그늘도 없는 것 같았는데 이 점이 진호에게는 더욱 의심을 자아내는 것이였다.

더우기 고백을 한 것도 아닌데다가 어떤 감정을 품고 있었다는 것조차 상대가 모르는 터여서 그냥 물러선다고 해도 도덕적인 의무감에 지배되지 않으리라는 것은 당연한 일이였다.

드디어 이들은 동뚝에서 내려섰다.

이제부턴 숱한 강괴 더미들이 야적되여 있는 적재장을 지나야 했다. 이 적재장이 끝나는 곳에 바로 부두가 있었다.

"이제 가면 무척 반가와하겠군요. 부모님들이랑 진희가 말이예요. 그리고 현옥 동무도요. 현옥 동무에게 저의 인사를 전해주세요."

현옥이에 대한 생각이 미친 것이 기쁜 듯 그는 뽑아든 풀대를 손가락 끝에 뱅뱅 감으며 빠른 말씨로 속삭였다.

"제가 보고 싶어 하더라고, 그리고 고맙다는 인사도요."

"고맙다는 건 뭐요?"

"저에게 많은 걸 깨닫게 해주었으니까요. 사랑이 어때야 한다는 교훈 말이예요. 그리고 우리 기술안을 방조해준 데 대해서도 응당 인사를 해야잖겠어요."

"기술안?"

진호를 돌아본 정아는 미소를 머금은 채 말을 이었다.

"이번에 우리가 새롭게 개조하기로 한 축열실 도안 있지요? 그건 바로 현옥 동무가 설계한 거랍니다."

'현옥이가?'

진호는 우뚝 걸음을 멈추었다.

현옥이가 그걸 설계하다니? 전혀 상상도 못한 일이었다.

"도면을 보내면서 그는 절대로 누가 보낸다는 걸 밝히지 말아달라고 했어요. 아니 처음부터 설계의 명기란에 다른 사람의 이름을 써넣었으니까요. 때늦은 후회긴 하지만 이제라도 다소나마 보상하고 싶노라고, 그렇게 해서라도 동무에 대한 마음의 부담을 덜고프다고 말이예요. 그러고 보면 진정한 조수는 제가 아니라 그였지요."

'그 많은 도면을 과연 그가 다 그렸단 말인가?'

숱한 밤을 밝혔을 그, 그때마다 자기를 저주하기도 하고 원망도 했을 현옥이의 모습이 점점 더 크게 확대되면서 어쩐지 가슴을 아프게 허비는 것이었다.

"얼마나 아름다와요. 잘못된 자신을 뉘우치며 새롭게 갱생하려는 그의 모습이야말로 진정한 아름다움이 아니겠어요. 그렇지 않아요?"

진호는 뭐라고 대꾸해야 할지 알 수 없었다.

"진호 동무 정말 얼마나 행복해요. 전 진호 동무를 볼 때면 얼마나 부러운지…"

그제야 진호는 정아의 목소리에 어떤 애소가 깃들어 있음을 깨닫고 제정신으로 돌아왔다.

그는 그 애소가 현옥이에 대해 말하기 시작하자 여태껏 가슴 속에 묻어두었던 감정, 책임기사에 대한 애달픈 감정이 저도 모르게 새나왔다는 것을 느끼지 않을 수 없었다.

'그러니 그런 모습을 책임기사한테서는 기대할 수 없다는 건가? 그래서 이젠 단념했다는 건가?'

진호의 내심을 짐작하기라도 한듯 그는 손가락에 감았던 풀대를 풀며 고개를 저었다.

"아니예요. 그렇다고 그에 대한 감정이 달라진 건 아니예요. 전 여전히 그를 사랑해요. 어쩐지 이전보다 더 열렬히 사랑하고 싶어요. 결함이 있다고 물러선다면 그게 무슨 사랑이겠어요. 사랑은 둘째 치고 저에게 리성이라는 게 있어 무엇하겠어요. 전 그가 이젠 자기의 잘못을 진심으로 뉘우치고 있다는 것도 알아요. 알고말고요. 전 다만…"

갑자기 고개를 숙이는 그의 눈가에는 어떤 고뇌가 물결쳤다.

"전 다만 그가 절 어떻게 생각할가? 이제 와서도 저의 사랑을 받아줄 여지가 있을가 하는 이 하나의 생각밖엔 없어요. 전 그가 사랑한다는 이 한마디만 해준다면 이제라도 그의 품에 뛰여들겠어요. 모든 걸 털어놓겠어요. 내 마음이 얼마나 괴로왔는지 아는가고, 동무가 얼마나 야속했는지 아는가고 소리치며 목 놓아 울고 또 울겠어요. 그러나 그가 저의 이런 심정을 리해할가요? 자기의 결함을 타매하는(너절하게 여기고 경멸하거나 비난하는) 것으로써 자기를 사랑해온 저의 심정을 리해하겠는가 말이예요. 전 그걸 생각하면 어쩐지…"

정아의 두 눈에는 어느덧 맑은 이슬이 고여 있었다.

"만약 그래서 그가 절 랭대한다면 세상에 저보다 불행한 녀자가 어디 있겠어요."

비로소 진호는 그가 고민하는 리유를 알 수 있었다.

자기의 진정한 사랑을 모욕으로 곡해받지 않을가 하고 두려워하고 있는 처녀, 그 사랑이 그처럼 열렬하건만 혹시 모자라는 것이 아닐가 하고 우려하는 처녀, 가슴 속에 품고 있는 사랑이 그 어떤 것도 다 정화시키고도 남을 만치 깨끗한 것이련만 그 아름다움조차 의식하지 못하고 있는 처녀라는 생각이 들수록 정아가 더더욱 순결해보였고 과연 이런 처녀의 사랑을 받는 책임기사야말로 얼마나 행복한 존재랴 싶은 느낌이 가슴을 메게 했다.

그럴수록 어떻게라도 정아를 위로해주고 싶은 충동이 사품쳐 올랐다.

"아니, 그는 리해할 거요. 세상에 그런 진정을 리해하지 못할 사람이 어디 있겠소."

"리해해줄가요?"

"꼭 리해하고말고."

"그래도 흔히 남자들을 보면…"

어딘가 미심쩍어하는 정아의 표정을 보는 순간 진호는 그가 바로 자길 념두에 두고 남자 일반을 의심한다는 것을 알 수 있었고 그것은 은연중 현옥이에 대한 자기의 태도를 돌이켜보게 했다.

눈 오는 날 자기에게 매달려 흐느끼는 그를 뿌리치던 일이며 병원에까지 찾아온 그가 자기 심정을 리해하지 못한다고 랭정하게 대하던 일.

이 모든 추억들이 어쩐지 새로운 의미로 부각되면서 마음을 괴롭혔다.

"걱정 마오, 정아 동무! 나 같은 사람은 리해하지 못해도 책임기사 동무 결코 그런 사람이 아니요. 절대로 그런 사람이 아니란 말이요."

"사실 따져보면 저에게도 잘못이 없지 않아요."

정아의 얼굴에는 죄스러운 립장에 있는 자신의 처지를 스스로 인정하는 그런 자책이 어리였다.

"제가 첨부터 좀더 대담했으면 그가 실책을 범하지도 않았을 거고 저역시 이런 처지에 빠지지는 않았을 거예요. 그런데 전 그렇지 못했거던요. 말하자면 진정한 사랑으로 그를 대해주지 못했지요."

정아의 말을 들을수록 진호는 정아가 하는 말마디에 담겨진 사랑에 대한 어떤 새로운 느낌에 휩싸이는 것을 어쩔 수 없었다.

"그렇지만 일 없어요."

정아는 갑자기 방긋 웃었다.

그것은 흔히 생각을 달리 할 때, 부질없는 생각에 매달려 있는 자신을 부정할 때 짓는 미소였다.

"그런 고민을 하는 것도 다 제가 나약하기 때문인 걸요. 전 믿어요. 사랑이 어때야 한다는 걸 이젠 확고히 믿어요."

정아의 두 눈에는 어떤 기쁨과 확신의 빛이 력연(역연)했다.

"언젠가 동문 진실한 사랑은 서로가 상대를 위하는 마음이 같아야 한다고 했지요? 그래야 참된 행복이 있을 수 있다고요. 그렇지만 전 이렇게 생각해요. 이제야 명백히 말할 수 있을 것 같아요. 누구나 자기를 위한 감정과 상대를 위한 감정, 이 두 감정 중에서 자기를 위한 감정보다 상대를 위한 감정이 크고 진실해야 한다고 말이예요. 바로 그 차이가 사랑의 크기라고요. 말하자면 상대를 위한 감정이 크고 진실할수록 그 사랑은 더욱 아름다와진다고 말이예요."

"?!"

정아의 말은 너무도 심중한(심각하고 중대한) 의미를 담고 있는 것이여서 얼른 그 뜻을 파악할 수가 없었다.

'자기를 위하는 감정보다 상대를 위하는 감정이 크고 진실해야 한다구? 그것이 사랑의 크기라구?'

쉽사리 리해하기는 어려웠으나 뭔가 새로운 것을, 어떤 고상한 감정을 불러일으키는 말이였다.

문득 사랑에 대해 력설하던 자기의 말이 생각났다.

"사랑이란 처녀의 외적인 미와 내적인 지향의 합으로 이루어지는 걸세. 그렇지만 어디까지나 지향이 우위라는 것만은 명심해두게."

그제야 그는 자기가 주장해오던 사랑의 관점이 정아와 비하면 얼마나 일반적이며 자기 본위에 지나지 않았던 것인가 하는 것을 깨닫지 않을 수 없었다.

'그것이야말로 남들이 애써 가꾸어놓은 과원에 뛰여들어 자기 맘에 드는 것을 마음대로 골라 따먹으라는 것과 무엇이 다르랴! 아니 그렇다고 해서 나쁠 것이 없으며 바로 그런 사람이야말로 제일 행복자라는 것을 공공연히 선포한 것과 무엇이 다르랴! 하지만 정아는 오히려 자기의 노력으로 그런 열매를 가꾸어야 한다고 하지 않는가! 그 과정이 바로 진정한 사랑이라고 하지 않는가! 그래! 진실한 사랑이란 창조해야 하는 것이 아니랴. 그래서 아름다운 것이 아니랴. 인간의 본성이 창조성에 있다면 그중에서도 가장 숭고한 창조사업이 바로 사랑이 아니고 뭐랴! 그러고 보면 난 너무도 자기의 요구만 내세웠고 그 요구에 상대가 따르기만 바랐었지…'

새삼스레 현옥이 모습이 떠올랐다. 그러나 이번엔 있지도 않았던 기묘한 상념이 상기되는 것이였다.

늘 구슬픈 눈길로 자기를 바라보군 하던 그였으나 이번에는 그런 모습과는 전혀 달리 저주가 담긴 야무진 눈길로 쏘아보며 이렇게 웨치는 것이였다.

"동무를 원망해요. 아니 이젠 증오해요. 세상에 동무 같은 사람이 어데 있겠어요. 동무가 바라는 행복이 어떤 건지 보고 싶군요. 아니 꼭 보고야 말겠어요."

그의 눈매에는 단지 쌀쌀한 빛만이 아니라 억울한 박해를 당하여 악에 북받친 사람의 분노가 번뜩이는 것이였다.

'과연 그가 이제 와서 나를 어떻게 여길가? 나를 받아줄 여지가 있을가, 없을가? 아무리 먼발치에서나마 기다려줄 것인가!'

마침내 이들은 경쾌한 려객선이 가벼운 발동소리를 내며 정박해 있는 부두가에 이르렀다.

벌써 적지 않는 사람들이 배 우에 올라 있었다.

선창에는 누구를 바래우러 나왔는지 어린애를 품에 안은 젊은 녀인 한 사람만이 서 있었다. 자기 혼자 전송 나온 것이 창피했던지 그는 아기의 손목을 흔들며 모기만 한 소리로 "아빠, 잘 갔다 오세요." 하고 중얼거리는데 보매 부끄러움을 억지로 참고 있는 모습이였다.

자기가 그 녀인의 남편이라는 것을 드러내기가 멋쩍었던지 승객들 속에 흰 와이샤쯔를 입은 건강한 체격의 젊은 친구는 공장 쪽을 보는 척하면서도 줄곧 녀인 쪽을 흘끔흘끔 곁눈질했는데, 우스운 것은 사람들이 헨둥하게(뚜렷하고 명백하게) 짐작하고 있는데도 줄곧 그만은 아직도 시침을 떼고 딴전을 피우는 꼴이였다.

"이제야 나타났군. 여기야 여기!"

갑판 우에 올라가 있던 태수가 진호를 향해 소리쳤다.

"좀 일찍 나올 노릇이지 이 배가 뭐 동무 전용선인 줄 아나?"

배 우로 올라선 진호는 곧 그의 팔을 잡고 심중한 어조로 말했다.

"정아 동물 좀 도와주게. 듣고 보니 우리가 생각했던 것보다 훨씬 심각하단 말일세."

태수는 다 짐작하고 있다는 듯이 고개를 끄덕이였다.

"여기 일은 걱정 말게. 힘껏 해볼 테니. 친구들을 만나면 안부나 전해
주게. 그리고 이 편지를 현옥 동무한테 부탁하네. 은심이가 보내는 걸
세. 동무로 사귀고 싶다고 말이야."

진호가 어쩔 사이도 없이 태수는 편지를 그의 호주머니에 집어넣었다.

이때 배전으로 다가선 정아가 진호에게 손을 내밀었다.

"잘 갔다 오세요. 좋은 소식 기다리겠어요."

"고맙소."

정아의 손을 잡은 진호는 믿음에 찬 눈길로 그를 바라보았다.

"동무 일도 잘 되길 바라오. 아니 꼭 잘 되리라고 믿소."

하얀 려객선은 마치 진호가 오르기를 기다리기라도 한 듯 맑은 고동
소리를 울리며 선체를 돌리였다.

넓게 트인 강을 향해 미끄러지는 선미로는 흰 연기가 풍풍풍 솟구쳐
나왔다. 해빛에 반짝이는 하얀 선체는 파도를 가르며 웅기중기(웅기종기)
산처럼 솟아 있는 기선들 옆을 지났다.

진호는 기슭을 향해 서 있었다.

부두가에 서 있는 태수와 정아의 모습, 점점 작아지는 그들의 모습을
그는 굳어진 듯이 지켜보고 있었다.

손을 흔드는 그들에게 같이 손을 흔들던 그는 불시에 뜨거운 것이 가
슴 속에 차오르는 것을 어쩔 수 없었다. 무어라 형용하기 어려운 감회가

가슴 속에 넘쳐흘러들었다.

그 감회는 우수와 희열과 미래에 대한 희망이였으며 삶에 대한 랑만과 긍지였다. 그리고 그것은 류달리 강렬한 생에 대한 기쁨이였고 앞으로 닥쳐올 일에 대한 흐뭇한 기대의 정이였다.

그는 자기의 두 눈에, 맑은 이슬이 고여 오르는 자기의 두 눈에 무엇인가 타오르는 것을, 이 세상의 모든 번민을 초월한 그 어떤 고결한 희열이 마음속 깊이 잠긴 비애를 뚫고 용감히 솟구쳐 오르고 있다는 것을 똑똑히 느낄 수 있었다.

그는 생에 대한 이 새삼스러운 희열이 기뻤고 그 희열을 마음껏 음미할 수 있게 된 자기가 행복했다.

‘아- 얼마나 아름다운가, 우리의 생활은!’

그는 뜨거운 것을 삼키며 다시금 부르짖었다.

‘정녕 얼마나 아름다운가! 우리의 삶, 우리의 청춘은!’

바다처럼 넓은 수면 우에는 려객선이 남기는 두 줄기의 파문이 끝없이, 끝없이 펼쳐지고 있었다.

북녘 청년들의 사랑과 야망

- 남대현 『청춘송가』에 나타난 사랑법 -

임헌영(문학평론가)

1. 북녘 소설의 새로운 이정표

남대현의 『청춘송가』(평양 문예출판사, 1987)는 북녘에서 소설사의 분수령을 이룬 문제작이었는데, 그 반향이 너무나 커서 바로 남녘에서도 상·하권으로 출간(공동체, 1988)되어 널리 읽혔다. 냉전 시기였음에도 불구하고 남북에서 함께 베스트셀러였던 보기 드문 이 작품을 화해와 평화공존의 시대를 맞게 된 지금 새삼 출간하게 된 건 매우 경하스러운 일이다.

1987년 무렵의 남녘은 전두환 군부독재의 폭압이 빚은 갈등이 극대화되어 이를 극복하려는 범민족적인 화해와 통일을 향한 투지가 휩쓸던 청춘의 혁명의 연대였다. 그 열기는 북녘 바로알기 운동으로 비화되었는데, 흘러간 과거가 아닌 당대의 변모한 북녘을 이해하는 가장 적합한 소설로 각광받았던 게 『청춘송가』였다. 이 작품은 지금 다시 읽어도 역시 흥미 있을 정도로 이미 정평이 나 있다.

이 시기의 북녘은 제2차 경제건설계획(1978~1984)이 종료된 후 정리 조정 기간을 거쳐 제3차 7개년 경제건설계획(1987~1993)이 시작되던 때로, "인민경제의 주체화, 현대화, 과학화를 계속 힘 있게 다그쳐 물질적·기술적 토대를 마련"하는 데 강점을 찍었던 시기였다. 따라서 그 이전에 성행했던 생산 향상 다그치기의 노동 영웅상의 승계정신으로 과학적인 기술혁신을 주도히는 테크노크라트를 부각시켜야 할 계제를 맞고 있었는데, 『청춘송가』는 바로 그런 시대적인 요청에 절묘하게 부응했다.

소설문학사적으로 보면 북녘의 1980년대는 일대전환기를 이룩한 시기였다. 8·15 이후 일관해왔던 주제는 ①반제 민족해방투쟁의 올바른 전통을 창조·계승·발전시켜 그 정신을 바탕삼아 민족통일을 이룩하려는 투지를 그린 소설들, ②사회주의 사회 건설을 위한 새로운 인간상 창조와 윤리·가치관 확립에 초점을 맞춘 작품들, ③주체사상에 의한 형상화 작업, ④한국을 소재로 한 소설들, ⑤기타 역사, 전기, 실록물들로 나눠볼 수 있다. 특히 1970년대 이후에는 주체사상을 형상화하는 데 주력했고 80년대에 접어들면서 큰 변모를 이룩했는데, 다음 몇 가지로 요약할 수 있다.

그 첫째는 혁명정신에 투철한 긍정적인 인물을 여전히 주인공으로 내세우되 교시 위주의 수동적인 영웅상이 아니라 주인공의 인간성과 신념을 중요시하는 내면적인 탐구의 부각이다. 두 번째 변화는 영웅상은 대개 역사적인 대사건을 배경 삼았으나 80년대에는 일상생활 현장을 중시하고 있다는 점이다. 세 번째 특징으로 주인공이 사회 내부에 잠재해 있는 문제를 발굴하여 이를 해결해내는 방향으로 나아가고 있다는 점을 들 수 있다. 네 번째는 여성문제를 매우 중요시하게 되었다는 사실이다 (김재용, 『북한문학의 역사적 이해』, 문학과지성사, 1994, 참고).

이런 많은 변모를 형상화한 『청춘송가』를 한국의 일반 독자들이 흥미 깊게 읽힐 수 있도록 하기 위해서는 우선 북녘 청년들의 사랑법으로 접근하는 것도 좋을 것 같다.

2. 혁명과 사랑의 변증법

사랑은 문학예술사에서 가장 보편적인 주제로 어느 시대 어느 사회체제에서도 가장 높은 관심도를 보였다. 봉건제-자본주의 사회체제와 윤리관을 부정하고 새로운 가치관에 따른 인간관계를 창조하는 것을 목적으로 삼고 있는 사회주의 체제에서 "문학이란 인간학이며, 산 인간들을 그리고 그들의 생활을 그리는 것이 곧 문학"이다. "문학예술 작품에서도 주인공들의 정치생활, 경제생활, 문화생활 등 다양한 생활을 여러 모로 깊이 있게 그리면서 그들의 정치사상적, 윤리·도덕적 풍모와 내면세계를 풍부하게 밝혀내야 하며 성격과 생활을 일면적으로 단순화하여 보여주는 현상을 경계하여야 한다."(사회과학원 문학연구서 『주체사상에 기초한 문예이론』, 서울 인동, 『북한의 문예이론』으로 출간)는 것이 북녘의 입장이다. 따라서 한 인간의 '윤리·도덕적 풍모'를 밝히는 영역에서 남녀 사이의 애정문제는 중요한 주제로 등장한다.

사랑을 "어떤 대상을 귀중히 여기고 아끼는 마음 또는 태도"로 본다는 점에서는 자본주의적 입장과 그리 다를 바 없으나 부르주아 철학자들은 "사랑을 사람들을 환상적인 행복으로 유혹하며 개인의 목적을 실현하기 위한 수단으로, 육체적인 본능의 표현으로 묘사하면서 쾌락주의, 비판주의, 염세주의를 퍼뜨리고 있다."고 비판한다. "노동계급의 철학에서는 사랑을 사회역사적 발전의 모든 과정과 밀접한 연관 속에서 고찰"한다면서, "개성적이고 선택적인 감정과 서로 평등하고 자유로운 이성에 대한 애정으로, 인간의 정신 도덕적 풍모 완성의 중요 척도"로 본다고 밝힌다. 이어 주체철학에서의 사랑이란 "자주성, 창조성, 의식성"에 바탕 삼는 것이라면서, "사람들의 자주적인 지향과 요구를 그 무엇보다도 귀중히 여기며, 그것을 옹호 실현하기 위하여 자기의 모든 것을 다 바치는 것"을 지고의 미덕으로 평가한다. 물론 여기서 "가장 고귀한 것의 하나는 혁명적 동지애"라고 쓴다.

사람을 사랑한다는 것은 본질에 있어서 사람의 생명인 자주성을 귀중히 여긴다는 것을 의미한다. 사람들의 자주적인 지향과 요구를 그 무엇보다도 귀중히 여기며 그것을 옹호 실현하기 위하여 자기의 모든 것을 다 바치는 것은 인간에 대한 열렬한 사랑의 표현으로 된다.(사회과학원 철학연구소 『철학사전』 중 '사랑' 항목. 한국, 도서출판 힘, 1988 출간).

이런 사랑의 정의 속에는 사회주의적 가치체제에 공감하는 같은 목적성을 지닌 인간끼리라야 사랑이 가능하다는 점과, 자신의 사랑을 공고히 지키기 위해서는 그 장애물에 대한 증오와 경계가 필요하다는 애증의 두 측면이 겹쳐 있다. 남녀의 사랑을 보다 구체화시킨 '연애'를 "사상 정신적으로 뜻이 맞고 이상이 같은 청춘 남녀들이 서로 사귀어 사랑하는 것 또는 그런 관계"라고 풀이하는 것으로도 알 수 있듯이 갈등과 모순을 전제로 한 연애는 배제된다. 세계관, 역사관, 인생관의 공감대가 전제된 뒤에 연애는 이루어지는 것으로 나타나며, 실지로 북녘 소설의 대부분은 이런 윤리관에 입각해 있다. 연애소설은 "자본주의 사회에서 남녀 간의 사랑을 주제로 한 소설. 연애소설은 연애를 색정적으로 묘사함으로써 청년들을 사상 정신적으로 타락시키는 해독적 작용을 한다."(과학백과사전 출판사 『현대 조선말 사전』)라고 매도한다. 연애만을 위한 연애를 부정하는 자세는 주체철학이 정의한 사랑관과 일치한다.

북녘의 사랑법은 사회주의 운동사의 초기(20세기 초엽)에 나타났던 급진적인 자유분방한 향락연애 사상 시절의 저 황홀했던 추억을 걸러낸 채 사회주의적 윤리의식으로 정착화한 애정관을 주장하여 오히려 진보 속의 보수성을 엿볼 수 있게도 만든다. 북녘은 앵겔스의 『가족, 사유재산 및 국가의 기원』에서 밝힌 기본 이념과, 레닌의 여성의 사회 참여권 등까지는 수렴하나 그 뒤의 모험주의적인 콜론타이(Alexandra Mikhailovna Kollantai)식 전위로서의 연애론은 인정하지 않는다.

연애란 이래서 사회의 세포인 가정을 이루기까지의 과정을 뜻하는 것이지 청춘 남녀의 환상적인 타락의 산물로는 보지 않는다는 관점이다. 더구나 육체관계는 어떤 소설에서도 대담하게 노출된 적이 없다.

3. 북녘에서의 사랑의 조건

남녀의 애정에서 육체의 조건은 변하지 않는 요소로 작용해 왔는데, 이는 사회주의적 가치관에서도 크게 다르지 않다. 『청춘송가』의 주인공 진호의 애인 현옥은 "대학적으로 소문난 미인이겠다. 최우등이겠다." 라는, 우리 식으로 재색 겸비로 축약된다. "사랑이란 처녀의 외적인 매력과 그가 지니고 있는 내적인 지향의 합으로 이루어지는 걸세."라는 대화가 암시하듯이 인간의 역사는 아직도 용모를 가치판단의 척도에서 제외시키는 데는 이르지 못하고 있다. 그럼에도 불구하고 북녘 소설은 여성의 외모 묘사에서는 매우 인색한데, 이 소설에서는 드물게도 현옥을 이렇게 묘사한다.

꼭 다문 입, 가늘면서도 길게 휘여든 눈썹과 특히 그 밑에서 한곳을 응시하면서도 그윽한 미소를 띠우고 있는 듯한 정찬 눈매, 이 모든 인 상은 자기로서는 도저히 마주설, 특히 심층에 고여 있는 감정을 가늠해 야 할 대상으로 여기기엔 너무도 눈부신 모습이었다.

진호는 중유를 대신할 수 있는 고체연료 개발에 전력했으나 실패하여 연구소에서 제철소로 가게 된다. 현장 경험이 없어서 실패했다고 느낀 그로서는 도리어 제철소로 가는 것이 소망이었으나 현옥은 마치 그가 어떤 과오라도 저질러서 내몰린 양 오해하게 된다. 더구나 관료적인 오빠로부터 그를 멀리하라는 충고까지 있자 둘의 사랑은 멀어졌다.

진호는 제철소에서 끈질긴 연구 끝에 새 연료 개발에 성공하게 되어 자폐증으로 멀리했던 현옥을 다시 찾으려는 투지로 가득 찬다. 이들 두 청춘 남녀의 사랑이 흔들리는 갈등기를 지나 되찾기까지의 과정을 그린 것이 『청춘송가』의 줄거리인데, 여기서 현옥이 가장 심각한 사랑의 파탄 요소로 여긴 것은 진호가 제철소로 내려간 속내를 그녀에게 진솔하게 털어 놓았는가 아닌가 라는 문제와, 당과 사회로부터 진호가 버림받았는가 아닌가란 점이다. 행여 남자가 잘난 척한 동기였다면 도저히 용납할 수 없다는 것이 그녀의 입장이다. 다시 사랑을 회복할 수 있도록 된 데는 진호에게 거짓이 없었음이 밝혀진 데다 오히려 현옥이 오해했던 때문에 빚어진 자책에 의한 번성이 컸기 때문이다.

진호에겐 약간의 가부장적 잔재가 없지 않다. "남자들이란 아무리 사랑스러운 애인에게라 해도 절대 고분고분하기만 하면 안 되는 것은 물론 어떤 경우에도 자기주장을 고집할 줄 알아야 한다는 것"이 그의 생각이다. "아무리 처녀가 간절히 바라도 사내로서의 억센 담보와 듬직한 무게가 느껴져야 처녀의 가슴도 더욱 사랑에 불타게 된다는 것"이다. 사실 진호는 그 뒤 혼자 흔들거리는 사랑을 아파하면서도 현옥에게 단한 번의 나약성이나 자신의 고통을 하소연하지 않는다. 이게 사회주의적 남성상의 이상형일까? 현옥이 그가 있는 제철소로 찾아갔을 때도 진호는 "난 사실 한 순간도 동무를 잊은 적이 없었소."라고 소리치며 뜨겁게 안아 주고 싶은 충동을 억제한다.

"과학은 창조할 줄 알아도 사랑은 창조할 줄 모르는" 진호에게 진정한 사회주의적 사랑을 일깨워 준 것은 강철직장 기사인 정아였다. 그녀는 강철직장 책임기사이자 진호의 새 연료 개발을 처음에는 비관적으로 보다가 그 가능성을 예견하고는 약삭빠르게 지지해 준 기철을 사랑한다. 그녀는 기철을 "사모하면서도 정도 이상으로 냉정하게" 대한다. 기철의 지나친 무관심에 대한 반발로 야기된 정아의 이런 반감은 "사업에선 성공 할 수 있어도 사랑에선 실패하기 마련이야. 저런 수재들이란 사랑에선 꼭 불우하기 마련이거든. 내 말이 틀리나 이제 두고 보렴!"이라고 자못 도전적이다. 그녀는 자기가 사랑하는 남자에게는 불리한 발언과 행동을 떳떳이 하면서 오히려 진호를 헌신적으로 도와 새 연료 개발을 성공시킨다. 뿐만 아니라 그녀는 나중에 태도를 바꿔 진호의 입장을 지지하게 된 기철의 자세를 기회주의적이라고 냉철하게 비판해댄다.

그러면서도 그녀는 애인에게 "결함이 있다고 물러선다면 그게 무슨 사랑이겠어요."라면서 기철에 대한 변하지 않는 사랑을 하소연한다. "자기의 결함을 타개하는 것으로써 자기를 사랑해 온" 상대를 포기하지 않는 모습을 정아는 보여주었다.

만약 남녘 땅에서라면 방황하는 진호와 정아는 영락없이 미묘한 사이로 전락해 버렸을 아슬아슬한 장면이 너무나 많았지만 둘은 그러지 않아서 오히려 독자들에게 부자연스러운 느낌을 줄 여지도 있을 지경이다. 그러나 이 장면은 소설에서 가히 압권이다.

"흔히 맘에 드는 사람에 대해서는 괜히 내리깎는" 버릇이나 반감을 가진 여인상으로 정아를 이해해서는 안 될 것이다. 그녀는 북녘 사회 체제가 낳은 새 세대의 가치관에 따른 당과 국가에 충성하는 사랑의 실천자로 볼 수 있다.

『청춘송가』의 세 번째 사랑의 유형은 진호의 동창 친구인 태수와 은심이다. 이들은 은심에게 과거가 있었다는 것 말고는 비교적으로 평범한 사랑을 실천하는 부부로 부각된다. 안온한 가정생활에 자족과 만족을 아는 북한 사회의 중산층적 삶의 한 전형을 느끼게 한다.

은심은 유치원 교양원이다. "아버지는 전쟁 이듬해에 돌아갔고 어머닌 은심이를 낳던 해에 돌아갔다." 고아로 자란 그녀는 철제 일용품 공장의 지도원과 교제하게 되었다. 남자 쪽에서는 애인의 부모와 고향이 궁금하여 갖은 어려움을 뚫고 수소문하여 25년만에야 은심은 아버지의 산소를 찾을 수 있었다. 알고 보니 은심의 아버지는 "해방 전에 잘 살았다는 거야. 어느 정돈지는 몰라도 밥술을 굶지 않았다는 거야. 가게 방을 차려 놓았다기도 하고…"라는 행적이 밝혀진다. 남자는 은심의 아버지 존재가 확인되자 점점 그녀를 멀리하기 시작한다. 북한에서는 전쟁 고아들이 나중에 알고 보니 "왕별을 단 아버지"를 찾게 된 예가 가끔씩 있었던 것으로 이 소설은 쓰고 있다.

태수 역시 "은심이 아버지도 왕별을 달고 있거나 아니면 그쯤한 사람일 거라고 기대했던 게 틀림없어."라는 추론인데, 인간 사회 어디서나 출신성분에 따른 기득권을 노리는 사람이 존재함을 느끼게 해준다. 은심은 그 남자가 대학입학 추천을 받게 된 것이 너무나 기뻐서 가방을 선물했으나, 그가 대학으로 떠나면서 그 가방을 되돌려주었다. 출세 지향적인 남자의 배은망덕이다. 그 뒤 은심은 매일 밤 울고 아버지까지 원망했다. 이때 은심을 달래서 새로운 연애를 하게 된 것이 기사인 태수였다. 태수의 애정관은 "새로운 교육을 받고 자라난 새 세대"답게 "엄중한 과오를 범하고도 당의 관대한 처사로 하여 갱신된 사람이 얼마나 많은가!"라는 것이었다. 태수가 찾아갔을 땐 마침 그녀가 마당에서 아이들에게 노래를 가르쳐 주고 있었다. '우리의 집은 당의 품…'이라는 노래였다. 그는 저녁에 다시 그녀를 찾아가 이렇게 말한다.

"난 동무가 고민하고 있다는 걸 알고 있소. 그래서 찾아왔소. 물론 이해는 할 수 있소. 하지만 동문 새 세대가 아니오. 새 세대로서 그런 걸 가지고 고민한다는 건 부끄러운 일이 아니오. 수치란 말이오. 그 따위 낡은 유물은 우리 세대가 털어 버려야 하지 않겠는가 말이오."

다음 날 그들은 또 만나 "우린 오직 어떤 경우에도 우리를 키워 준 당의 은덕에, 당의 사랑에 보답해야 할 그 의무밖에 없소. 그 어떤 번민도 새 것을 위한 투쟁으로 환원시킬 권리밖에 없단 말이오."라고 말하는 태수의 진지성 앞에서 은심은 눈물을 쏟는다. 이들이 엮어낸 사랑은 "사랑이란 무엇보다 상대에 대한 참다운 이해로부터 출발해야 한다."라는 것이었다.

은심이 이룩한 사랑은 새 세대의 사상으로 낡은 세대의 그것과 구별된다. 그러나 새 세대일지라도 첫사랑이나 잃어버린 사랑에 대한 달콤한 기억으로부터 완전히 자유로울 수는 없음은 사회체제나 윤리의식의 차원을 넘는 인간의 보편성임을 느끼게 하는 장면도 없지 않다.

그러나 어떤 경우든 북한에서의 사랑은 "자주성, 창조성, 의식성"으로 집약된다. 오해로 빚어진 사랑의 갈등 속에서 가슴 아파하는 현옥에게 정아는 이렇게 말한다.

"아무리 굉장한 사랑일지라도 어떤 새로움을 가지고 사랑하는 사람의 생활을 채워 주지 못한다면 충분치 못한 게 아니겠어요. 만약 동무가 그를 진정으로 사랑한다면 그의 가슴 속에 뛰여들어야지요. 귀찮아하건 성을 내건 아랑곳하지 말고 말이예요. 체면이나 자존심이 문제겠어요? 그가 괴로워하면 그 괴로움을 같이 나누어 가지는 것으로써 사랑을 해야지요."

이런 사랑의 추구 자세는 "참다운 리해를 통해서만 꽃피고 열매 맺는다는 걸 더욱 절실히 깨닫게 됐소."라는 대목이 여러 번 반복되는 것으로 알 수 있듯이 '이해'의 중요성이 강조된다. 따라서 사랑은 "자기 요구에 맞는 대상을 고르는 것을 응당한 일로, 그런 사람을 찾는 것을 행복"
으로 여기는 윤리의식을 비판한다. 이런 사랑을 정아는 창조성이 없는
것으로 본다.

　　"만약 사랑을 동무처럼 생각한다면 꽃들이 만발한 화원이나 열매들
　이 주렁진 과원에서 제 마음에 드는 꽃을 꺾거나 입에 맞는 열매를 따
　는 거나 다를 게 뭐예요? 그래 그걸 사랑이라고 할 수 있어요? 전 진실
　한 사랑이라면 그런 꽃과 열매를 따기 전에 자신의 힘으로 그렇게 아름
　답고 탐스럽게 가꿔야 한다고 봐요. 태수 동무처럼 말이예요."

단어 표기와 뜻풀이

단어 표기와 뜻풀이

(ㄱ)

가긍한 – 불쌍하고 가여운
가들을 – 알아들을
가무려뜨렸다 – 숨겼다
가치 – 개비
각근하게 – 정성을 다해 힘껏
간고한 – 어렵고 힘든
간종그려 – 가지런히 추려
갈범 – 몸에 어중어중한 칡덩굴 같은 줄무늬가 있는 범=칡범
값눅은 – 값 싼, 보잘 것 없는
강괴 – 용광로에서 녹인 쇠를 거푸집에 부어 굳힌 덩어리
강구었다 – 기울였다
강질 – 강철의 질
거치장스러울 – 거추장스러울
거퍼 – 거푸
건너방 – 건넌방
걸구 – 거지 귀신
걸기도 – 어설프게 건드리기도
검질긴 – 성질이나 행동이 끈덕지고 질긴
겨끔내기로 – 서로 번갈아
결곡한 – 깨끗하고 야무진
결패 – 우물쭈물하지 않는 결단성과 패기
계산하자는 – 따지자는
고개방아 – 고갯방아
고심참담한 – 마음을 태우며 걱정하고 애를 쓰던
곤난 – 곤란
골치거리 – 골칫거리
곬 – 한쪽으로 트여 나가는 방향이나 길
곰곰히 – 곰곰이
곰살궂지 – 부드럽고 친절하지
과만한 – 과분한
구두발 – 구둣발

240

구럭 - 끈으로 그물처럼 떠서 물건을 넣게 만든 용기
구리빛 - 구릿빛
구변 - 말재간
군 - 곤
굽인돌이 - 굽어 도는 곳
궁륭식 - 활처럼 한가운데가 높고 길게 굽은 형태
권척 - 줄자
귀가 - 귓가
귀구멍 - 귓구멍
귀속말 - 귓속말
그시 - 그때
그쯘한 - 빠짐없이 충분하게 갖추어 놓은
금별메달 - 금메달
기여이 - 기어이
기하 - 기하학
까끈까끈하게 - 깐깐하고 끈덕지게
깡 - 강
꼬물만큼도 - 조금도
꼴 - 골
꾸레미 - 꾸러미

(ㄴ)
나 어린 - 나이 어린
나무잎 - 나뭇잎
나무지 - 나머지
낚시대 - 낚싯대
날아가고 - 흩어지고
남비공 - 쇳물덩어리를 만드는 형틀에 붓기 위해 사용하는 냄비 모양의 도구를 다루는
          기능공
남새 - 채소
넉근히 - 너끈히
녀선생 - 여선생
녀인 - 여인
녀자 - 여자
년령기 - 연령기
념 - 생각
념원 - 염원
노나 - 나눠

노래소리 - 노랫소리
누긋이 - 부드럽고 순하게
눈굽 - 눈 가장자리
눈확 - 눈구멍
뉴대 - 유대
능구렝이 - 능구렁이

(ㄷ)
다치지 - 건드리지
달았다 - 부연했다
담배대 - 담뱃대
담배불 - 담뱃불
담보 - 보장
대공 - 높고 넓은 하늘
대렬 - 대열
대상 - 상대
대휴 - 휴일에 일한 대신 주는 휴가
더우기 - 더욱이
덜렁바우 - 덜렁이
덜퉁스럽기만 한 - 성질과 행동이 찬찬하지 못한
데타 - 데이터
뗀겁 - 뜻밖의 일을 당해 허둥지둥함
도간도간 - 드문드문
도고하던 - 높은 체하며 교만하던
도리여 - 도리어
동뚝길 - 큰물을 막기 위해 쌓아올린 둑길
되알진 - 억세고 야무진
된타격 - 몹시 센 타격
두들겨 패는 - 매섭게 비판하는
두리 - 둘레
둥글의자 - 회전의자
뒤걸음질 - 뒷걸음질
뒤다리 - 뒷다리
뒤더수기 - 뒷덜미
뒤모습 - 뒷모습
뒤전 - 뒷전
드디여 - 드디어
드문하게 - 자주

드팀없는 - 조금도 틀림없는
땅크 - 탱크
떠박지르는 - 힘껏 떠미는
뚝한 - 무뚝뚝한
뜬소리 - 공허한 말

(ㄹ)
라렬 - 나열
라체 - 나체
락관적 - 낙관적
락망 - 낙망
락심 - 낙심
락오자 - 낙오자
락인되고 - 찍히고
락제 - 낙제
락화생 - 땅콩
락후 - 낙후
란간 - 난간
란장판 - 난장판
란폭한 - 난폭한
랑만 - 낭만
랑비 - 낭비
래빈 - 내빈
랭가슴 - 냉가슴
랭기 - 냉기
랭담 - 냉담
랭동기 - 냉동기
랭랭한 - 냉냉한
랭소 - 냉소
랭정성 - 냉정성
랭철 - 냉철
랭풍 - 냉풍
량 - 양
량심 - 양심
려관 - 여관
력량 - 역량
력력히 - 역력히
력사 - 역사

력설 - 역설
력연 - 역연
련결 - 연결
련계 - 연계
련락 - 패스
련민 - 연민
련상 - 연상
련습 - 연습
련정 - 연정
렬거 - 열거
령감 - 영감
령롱 - 영롱
령리 - 영리
례 - 예
례외 - 예외
로골적인 - 노골적인
로련 - 노련
로체 - 용광로의 몸체
로출 - 노출
로타리 - 로터리
로파심 - 노파심
로획물 - 노획물
록음기 - 녹음기
론거 - 논거
론문 - 논문
론쟁 - 논쟁
론증 - 논증
료량 - 요량
료원한 - 요원한
료해 - 어떤 사건의 원인이나 일의 진행과정에 대한 분석
룡단 - 용단
루명 - 누명
루차 - 누차
루추 - 누추
류다른 - 유다른
류동 - 유동
류사 - 유사
류전 - 유전

류형 - 유형
륙감 - 육감
륜 - 링
륜곽 - 윤곽
률동 - 율동
률조 - 율조
릉라도 - 능라도
리론 - 이론
리성 - 이성
리유 - 이유
리치 - 이치
리해 - 이해
립방 - 입방
립장 - 입장
립춘 - 입춘

(ㅁ)
마사놓고 - 부서뜨려놓고
말 째겠는 걸 - 다루기 불편하고 까다롭겠는 걸
말밥 - 구설수
말코지 - 물건을 걸기 위해 벽에 매달아 두는 갈고리
망질 - 맷돌질
망탕 - 되는대로 마구
맞갖잖은 - 마음이나 입에 맞지 않는
맞다들어선 - 직접 마주쳐선
매련때기 - 헤아려서 갖춤
맴돌이 - 소용돌이
머리속 - 머릿속
메닥질 - 함부로 매대기질
멧드 - 매트
멱장 - 외통수
면바로 - 정면으로
모대기던 - 괴롭거나 안타깝거나 하여 몸을 이리저리 뒤틀던
모색 - 본디의 특색이나 얼굴의 생김새
모지름 - 고통을 이겨내려고 모질게 쓰는 힘
목고 - 목도=무거운 물건을 묶은 밧줄에 몽둥이를 꿰어 양쪽에서 사람이 어깨에 메고
        나르는 일, 또는 그 일을 할 때 쓰는 길고 굵은 몽둥이
뫃고 - 모으고

무드기 - 수북할 정도로 많이
무람없는 - 몹시 가까워 스스럼없는
무맥형 - 역량과 줏대가 없는
무을 - 만들
무지한 - 거칠고 우악스러운
문지기 - 골키퍼
문짬 - 문에 난 틈
뭇게 - 짓게
뭉청 - 어떤 부분이 대번에 큼직하게 잘리거나 끊어지거나 허물어지는 모양
미누스 - 빼기
미사려구 - 미사여구
미타한 - 미심쩍은

(ㅂ)
바께쓰 - 양동이
바나 - 버너
바다가 - 바닷가
바지가랭이 - 바짓가랑이
박산 - 박살
발가우리하게 - 은은히 도는 빛깔이 발간
발자욱 - 발자국
밤패워 - 밤새워
방어수 - 수비수
방조 - 도움
배렬 - 배열
배전 - 뱃전
밸 - 작은창자
버성겨진 - 벗어지거나 빠져서 사이가 성긴
버치 - 속이 우묵하고 입이 벌어진 큰 그릇
번대머리 - 대머리의 낮춤말
번질 - 한 장씩 넘길
베찰 - 벽찰
보리자루 - 보릿자루
봉창 - 보충
부두가 - 부둣가
부러 - 일부러
부족점 - 단점
불도젤 - 불도저

불살구개 - 불쏘시개
붐 - 분
비렬 - 비열
비발치는 - 빗발치는
비자루 - 빗자루
비치지 - 뜻이나 마음을 밖으로 드러내지
빨래감 - 빨랫감
빵꾸 - 펑크
뽀트 - 보트
뽐 - 뺨
뽐쁘실 - 펌프실
쁠류스 - 더하기
삐쳐 - 참견해

(ㅅ)
사품쳐 - 격렬하게 흐르는 강물처럼 요동쳐
산생시켰고 - 생겨 나타나게 하였고
살폿이 - 살포시
상 - 성=추측이나 가능성을 나타내는 말
새라새로운 - 새롭고 새로운
새물새물 - 입술을 약간 샐그러뜨리며 소리 없이 자꾸 웃는 모양
색갈 - 색깔
생묵 - 처음
샤타 - 셔터
서렬 - 서열
서뿔리 - 섣불리
석쉼한 - 약간 쉰 듯한
선률 - 선율
설분 - 분한 마음을 풂
성냥곽 - 성냥갑
성에장 - 성엣장
세대주 - 한 단위의 책임자나 집안의 가장
셈평 좋게 - 태평스럽고 넉살 좋게
소격하게 - 소홀하게
소발통 - 소의 발굽
속눈섭 - 속눈썹
송두리채 - 송두리째
쇠물 - 쇳물

수자 - 숫자
수집음 - 수줍음
수태 - 수줍음
수표 - 결재
숙망 - 오랫동안 품어온 소망
순순하기만을 - 조용히 흘러가기만을
순시도 - 한시도
숫눈 - 눈이 와서 쌓인 상태 그대로의 깨끗한 눈
스르시 - 소리 없이 슬며시
슬라크 - 광석을 제련하고 남은 찌꺼기=슬래그
시그러뜨린 - 접질린
시까슬러대겠는 걸 - 상대를 올렸다 낮췄다 하며 비위 상하게 하겠는 걸
시끄럽게 - 복잡하게
시내물 - 시냇물
시누런 - 싯누런
시뭇이 - 입술을 실그러뜨리며 소리 없이
시틋한 - 마음이 내키지 않아 시들한
시편 - 시험 분석용 광물의 조각
실컨 - 실컷
심중한 - 생각이 깊고 침착한, 심각하고 중대한

(ㅇ)
아련해뵈는 - 부드럽고 가냘퍼 보이는
아름찬 - 보람찬
아무 검 뭐람 - 아무렴 어때
아빠트 - 아파트
아지 - 어린가지
아질 - 아찔
아츠러운 - 신경을 몹시 자극하여 듣기 괴롭고 날카로운
아퀴짓는 - 일을 마무리하는
안깐힘 - 안간힘
안받침 - 뒷받침
안요 - 아뇨
애숭이 - 애송이
약 - 생략
어망결에 - 갑작스럽게
어방 - 어름
어성 - 언성

어스벙 - 사람이나 짐승이 얼빠진 듯 어슬렁거림
어줍은 - 부자연스럽고 어설픈
어쨌던 - 어쨌든
어쩔 번 했을가 - 어쩔 뻔 했을까
억대우 - 덩치가 매우 큰 소
억실억실한 - 선이 굵고 시원시원한얼싸한 그럴싸한
얼른얼른 - 무엇이 잇따라 보이다 말다
얼음보숭이 - 아이스크림
엄엄하게 - 매우 엄하게
엇서기가 - 엇나가기가
에네르기 - 에너지
여직 - 여태
연도 - 연기가 빠져나가는 통로
연재 - 그을음
열도 - 뜨거움
열효률 - 열효율
영양제 식당 - 노동자 무료 구내식당
오금을 박았다 - 함부로 말이나 행동을 하지 못하게 단단히 이르거나 을렀다
오래동안 - 오랫동안
오유 - 오류
와뜰 - 갑자기 소스라치게
왕별 - 군대의 장성
왕청 같은 - 생각하였던 것과는 전혀 엉뚱한
외곡 - 왜곡
외토리 - 외톨이
왼재기 - 왼손잡이, 왼발잡이
요드 - 요오드
요진통 - 가장 요긴한 데나 가장 중요한 대목
용금 - 높은 온도에서 녹아 액체 상태가 된 쇠
용선 - 선철
용타고 - 기특하고 장하다고
우 - 위
우단점 - 장단점
우렷이 - 은근하면서도 뚜렷하게
우쭉삐쭉 - 삐쭉빼쭉
옹기중기 - 옹기종기
원다반 - 둥근 쟁반
원쑤 - 원수

원주필 - 볼펜
위구 - 염려와 두려움
위훈 - 위대한 공훈
유보도 - 산책길
유정하게 - 그윽하고 조용하게
융화 - 타협
을래야 - 으려야
음해 - 한 가지 생각에 골몰해
의문부 - 물음표
이마살 - 이맛살
이미의 - 이전의
이발 - 이빨
이붓자식 - 의붓자식
이여 - 그 나머지
이외의 - 이치 밖의
인내성 - 인내심
인차 - 곧
일 없어 - 괜찮아
일군 - 일꾼
일매진 - 고르고 가지런한
일보철 - 일일보고 파일
일찌기 - 일찍

(ㅈ)
자감 - 스스로 겪어서 맛봄
자동권양기 - 밧줄이나 쇠사슬로 무거운 물건을 자동으로 들어 올리거나 내리는 기계
=자동 윈치
자신심 - 자신감
잔등 - 등
잡도리 - 어떤 일을 하거나 치를 작정이나 기세
재털이 - 재떨이
저락 - 등급이나 가치가 떨어짐
저렬 - 저열
저마끔 - 저마다
저으기 - 적이
전률 - 전율
전지불 - 전짓불
전투 - 혁명과업을 수행하기 위하여 혁명적으로 벌이는 투쟁

정가로운 - 매우 정갈한
정렬 - 정열
정보 - 바른 걸음걸이
제꼈는 - 해낸
조괴공 - 쇳물을 받아 덩어리를 만드는 기능공
조손지 - 조소인지
종대 - 낚시찌
종이장 - 종잇장
주단 - 명주와 비단
주런이 - 줄을 지어 가지런히
주밋주밋하는데 - 주뼛주뼛하는데
주추 - 바탕
주패 놀이 - 트럼프 놀이
죽기내기로 - 죽을힘을 다해
준절하게 - 엄격하게
증산 - 점차 높여나감
지꽂은 - 짓꽂은
지내 - 너무
지리눌렀던 - 지지눌렀던
지싯지싯 - 남이 싫어하는지는 아랑곳 않고 제 좋은 대로
지어는 - 심지어는
진렬관 - 진열관
질정할 - 갈피를 잡을
쨋쨋한 - 밝고 좀 따가운
쪼각 - 조각
쫄이는 - 졸이는

(ㅊ)
차두룩 - 차도록
차례지는 - 주어지는
차폐 - 차폐=가려 막고 덮음
참봉 - 시각장애인을 낮잡아 부르는 장님의 평안도 사투리
창황 - 너무 갑작스러워 어떻게 하기 어려운 상황
천부 - 태어날 때부터 지닌 것
청우계 - 기상관측에 쓰는 기압계
체소한 - 몸집이 작은
초절임 - 초벌 절임
추서지 - 회복하지

축로공 - 로를 쌓는 기능공
춰주는 데 - 추어주는 데
치렬 - 치열
치차이발 - 톱니바퀴의 날

(ㅋ)
카로리 - 칼로리
코구멍 - 콧구멍
코날개 - 콧방울
코노래 - 콧노래
콜롬부스 - 콜럼버스
키질했던 - 일이나 감정을 부추겨 더욱 커지게 했던

(ㅌ)
타기 - 침을 뱉듯이 버림
타내지 - 창피하게 여기지
타당화 - 정당화
타매하는 - 너절하게 여기고 경멸하거나 비난하는
탁우 - 탁자 위
탕개 - 물건을 동인 줄을 조이는 물건을 가리키는 말로 '긴장'을 뜻함
탕크 - 탱크
턴넬 - 터널
털석 - 털썩
텔레비죤 - 텔레비전
톺으며 - 토하며
퇴마루 - 툇마루

(ㅍ)
팍 - 아이스하키에서 쓰는 공=퍽
판가리되는 - 판가름되는
판다른 - 아주 다른
폐롭지 - 남에게 폐를 끼치지
폐부 - 폐부
포의자 - 피륙으로 씌운 의자
포치 - 버려두어야
푸접 - 붙임성
프로그람 - 프로그램

(ㅎ)
하소 – 하소연
한갓 – 한갓
할래야 – 하려야
할레혜성 – 핼리혜성
함마 – 해머
합각지붕 – ㅅ(사이시옷)자 모양의 지붕
해빛 – 햇빛
해연 – 바다제비
햇내기 – 신출내기
허거픈 – 아득하고 어이없는
허비였기 – 날카롭게 긁었기
헤기우는 – 당겨지는
헤덤비기도 – 공연히 바쁘게 서두르기도
헤식은 – 싱거운
헨둥하게 – 뚜렷하고 명백하게
헴 – 철
혀바닥 – 혓바닥
형타 – 틀
호반 – 호숫가
호상리해 – 상호이해
호케이 – 하키
혼쌀 – 혼쭐
황 – 단풍
회수 – 횟수
후과 – 잘못된 일의 결과
후날 – 훗날
휘거 – 피겨
휘친휘친 – 휘청휘청
휴계실 – 휴게실
휴지부 – 쉼표
흑색금속 – 선철과 강철 및 2차 가공 금속

〈아시아 문학선〉을 펴내며

우리는 무엇보다 언어에 주목한다.

지난 오 백 년 동안, 우리에게 알려진 세계의 언어들 중 거의 절반이 사라졌다고 한다. 에트루리아어, 수메르어, 컴브리아어, 메로에어, 콘월어, 음바바람어……지금 이 순간에도 지구 곳곳에서 수많은 언어들이 사라지고 있다. 소멸의 속도도 점점 빨라진다. 대신 그 자리를 영어와 또 하나의 언어, 그러나 기왕에 존재했던 어떤 언어와도 전혀 다른 종류의 기계어 '비트'가 메워 나가는 중이다.

한 가지 언어가 사라진다는 것은 무슨 뜻일까. 그것은 한 집단의 기억이 최후를 맞이한다는 뜻이다. 물론 성실한 언어학자들의 노력으로 운 좋게 몇몇 단어가 살아남을 수도 있다. 그렇지만 엄밀한 의미에서 그것은 살아 있는 언어가 아니다. 언어는 언어학자의 노트에 적히는 것만으로 생명을 보장받을 수 없다.

이제 우리는 이와 같은 일방통행의 역사에 작으나마 흠집을 내고자 한다. 그 출발이 바로 〈아시아 문학선〉이다.

우리는 서구가 주도했던 지난 시기의 근대화 과정에서 수많은 문명의 유전자가 흔적도 없이 사라졌고, 지금도 아시아 어딘가에서 어떤 기억의 보살핌도 받지 못한 채 속절없이 사라져가는 것들이 많다는 사실을 잘 알고 있다. 그러나 우리는 겸손해야 한다. 소멸은 대개 슬프지만, 때로는 자연스럽게 권장되어야 할 어떤 것이기도 하다. '불멸의 신화'가 지닌 폭력성을 흔히 목격하지 않았던가. 우리는 서구 근대의 가치를 대체하는 아시아 담론을 창출하겠다는 다부진 야심을 갖고 있지 않다. 우리는 다만 아시아의 수많은 언어가 제각기 품어 온 기억의 서사들을 존중하려 할 뿐이다.

특히 문학에 관한 한, 아시아는 이른바 세계화가 가장 덜 진척된 영토로 존재한다. 아시아 문학은 대다수 서구인들에게 여전히 낯설고 어색하면서도 이따금 신기하고 흥미로운 존재다. 가상공간과 더불어, 빈약한 서사를 보충해 줄 최후의 영토로 간주되기도 한다. 그런 시선 속에서, 지난 몇 세기 동안, 아시아는 수없이 발명되고 발견되었다. 그 결과 논과 밭, 구릉과 숲으로 이루어진 아시아의 주름진 대지는 이차원의 매끈한 평면으로 아주 쉽게 왜곡되었다. 거기에서 소수와 은유는 묵살되고, 틈과 사이는 간단히 메워졌다.

이제 우리는 다시 주름들을 기억하려 한다. 고속도로와 지름길이 길의 다가 아니듯, 표준어와 다수만 아시아의 입체를 구성하지는 않는다. 그러나 놀랍게도, 서구인에게 낯설고 어색한 것 이상으로, 우리 스스로 아시아를 얼마나 낯설고 어색하게 생각하고 있는지! 불행히도 우리 주변에는 읽고 싶어도 읽을 아시아조차 많지 않다. 우리의 기획은 이런 경이로운 무관심과 태만을 반성하는 데서 출발한다. 동시에 우리는 혹 '미지의 세계' 아시아를 또 하나의 개척영역, 흔히 말하듯 '미래의 먹거리' 쯤으로 상정하는 것은 아닌가, 우리 안의 유혹을 끊임없이 경계한다.

이렇게 경계선을 넘으려 한다.

바라건대, 저 너머에는 새로운 세계문학이!

〈아시아 문학선〉 기획위원회

청춘송가 2

2018년 6월 29일 초판 1쇄 펴냄

지은이 남대현 | **펴낸이** 김재범 | **편집장** 김형욱
인쇄·제본 AP프린팅 | **종이** 한솔PNS
펴낸곳 (주)아시아 | **출판등록** 2006년 1월 27일 | **등록번호** 제406-2006-000004호
전화 02-821-5055 | **팩스** 02-821-5057
주소 경기도 파주시 회동길 445(서울 사무소: 서울시 동작구 서달로 161-1 3층)
이메일 bookasia@hanmail.net | **홈페이지** www.bookasia.org
페이스북 www.facebook.com/asiapublishers

ISBN 979-11-5662-363-2 04800
      978-89-94006-46-8(세트)

*값은 뒤표지에 표시되어 있습니다.

이 도서의 국립중앙도서관 출판시도서목록(CIP)은 서지정보유통지원시스템 홈페이지(http://seoji.nl.go.kr)와
국가자료공동목록시스템(http://www.nl.go.kr/kolisnet)에서 이용하실 수 있습니다.(CIP제어번호: CIP2018013425)